Geheimnis der Schattenwanderer

Jessica M. Rhodes

GEHEIMNIS DER

SCHATTEN
WANDERER

FSC
www.fsc.org
MIX
Papier aus ver-
antwortungsvollen
Quellen
Paper from
responsible sources
FSC® C105338

Diese Geschichte beruht nicht auf realen Ereignissen.
Ähnlichkeiten mit lebenden oder toten Personen sind rein zufällig
und nicht beabsichtigt.

1. Auflage
Inhalt & Buchsatz: Jessica M. Rhodes
Lektorat: Nina Krönes, Lektorat Zeilenkleid
Korrektorat: Claudia Heinen
Covergestaltung: Christin Giessel, Giessel Design

Herstellung und Verlag: BoD – Books on Demand, Norderstedt.
ISBN: 978-3754346983

Besuche mich auf:
www.jessicamrhodes.com
Instagram: @jessica_m_rhodes

INHALTSWARNUNG

Lieber Leser,

für das Interesse an meinem Werk bin ich überaus
dankbar. Diese Geschichte soll für dich jedoch keine
Bürde sein. Wenn sensiblere Inhalte, wie z. B. Tod,
Trauerprozess, Darstellungen von Gewalt und/oder
der Konsum von Rauschmitteln dir zusetzen, würde
ich dir davon abraten, weiterzulesen.

Pass auf dich auf.

Jess.

Für euch Warmherzigen.

1

Mein ganzes Leben verbrachte ich zur falschen Zeit am falschen Ort. So fühlte es sich zumindest an. Als würde in der Ferne ein Nebelhorn meinen Namen rufen, das nur ich hören konnte. Ich verzehrte mich nach einer höheren Aufgabe, von der ich aber nicht einmal selbst wusste, wie sie lautete. Diese Sehnsucht nach einem *mehr* wurde gerade wieder unerträglich. Sodass ich mich kaum noch selbst erkannte und absolut jede Entscheidung in meinem Leben infrage stellte. Kein guter Tag.

Zu meinem Glück war es aber auch der eine Tag in der Woche, den mein Halbbruder und ich in der Stadtbibliothek verbrachten. Hier fühlte ich mich wohl. Der himmlische Geruch der alten Bücher fing mich völlig ein.

Dieser spezielle Duft hatte mich schon immer beschäftigt und vor Kurzem war ich sogar über eine Studie dazu gestolpert, die erklärte, warum Bücher überhaupt einen Geruch absonderten. Es lag daran, dass beim Voranschreiten der Zeit im Papier chemische Verbindungen entstanden. Komplexe Stoffe, von denen man manche kaum aussprechen konnte. Jedoch drei davon blieben in meinem Gedächtnis hängen.

Bittermandel, Essig und Vanille.

Ich schritt die wuchtigen Regale ab und erwischte mich dabei, wie ich die Luft nach diesen Bestandteilen beschnupperte. Vielleicht war es dem Umstand geschuldet, dass ich durch die Studie von ihnen wusste, und mir jetzt einbildete, sie deutlich identifizieren zu können. Sie schwebten geradewegs aus den Geschichten zwischen den Buchdeckeln heraus und an mich heran.

Beschwingt drehte ich mich einmal herum und ließ meinen Blick dabei genüsslich über das dunkle Holz der Regale schweifen und über die Abenteuer, die dazwischen aufgereiht standen. So ein Besuch in der Bibliothek half mir dabei, Tage zu überstehen, die ich vorüber wissen wollte. Nur zu gern ließ ich mich von den Geschichten vereinnahmen. Flüchtete in sie hinein.

Die Bestandteile eines Geruchs waren das eine. Den eigentlichen Reiz machten die Erinnerungen aus, die man damit verband. Bücher ließen mich immer an Augenblicke mit meinem Dad denken und die vertraute Wärme darin. Die Art, mit der er die Lippen schürzte, während er mir den Dialog zwischen Fabelwesen vorlas. Meine eigene Vorfreude, wenn er voller Heiterkeit Gebäck vorbereitete. Seine Umarmungen. Sein Lächeln, das ich schon so lange nicht mehr gesehen hatte. Wie sehr ich es vermisste. Ihn vermisste.

Der Holzboden knarzte unter meinen Schritten. Das Geräusch hallte von den hohen Steinwänden zurück. Oft betrachtete ich die Kratzer und Rillen darin. Wie viele Menschen hier wohl schon entlanggegangen waren?

Die Bücherei war der ganze Stolz dieses Stadtteils und trotzdem fehlten die finanziellen Ressourcen, um das Inventar zu sanieren oder regelmäßig neue Bücher anzuschaffen. Kurzum, sie wurde vor allem gerne besucht und angesehen, gelesen wurde hier selten. Der ehrwürdige Charme dieser Einrichtung ließ mein Herz höherschlagen, wann immer ich hier war.

Ich spielte an dem silbernen Narwal-Anhänger herum, der kurz über dem Schlüsselbein kühl auf meiner Haut ruhte. Mit der anderen Hand fuhr ich in einer angedeuteten Berührung über die Buchrücken und überflog dabei die Titel.

An jedes Werk, das ich schon einmal gelesen hatte, machte ich im Geiste einen Haken. Sicher hätte ich eines herausziehen und mitnehmen können, um es erneut zu lesen. Doch ich wollte weiterhin in der sanften Umarmung der Umgebung verweilen, die mir so vertraut war. Trotzdem machte sich zunehmend ein flaues Gefühl in meinem Magen breit. Ich ärgerte mich über mich selbst, weil mich wieder diese wütende Sehnsucht überkam. Der Drang nach *mehr*.

Schwer legte er sich auf meine Brust und schnürte mir die Luft ab. Kurz schloss ich die Augen und ließ es zu. Nur für einen Moment gab ich mich ihm hin. Als sich mein schlechtes Gewissen meldete, zwang ich mich, im Geiste die Dinge aufzuzählen, die so viel Dankbarkeit in mir auslösten und die mein Leben zu dem machten, was es war. Allem voran meine Familie. Meine herrlich verrückte Familie.

Es half. Langsam ebbte das Gefühl der Beklemmung wieder ab. Es verzog sich zurück in die Ecke meines Hirns, wo es stetig lauerte und nur darauf wartete, laut zu werden.

Noch während meiner Zeit am College hatte ich durch Mom eine Stelle in der Buchhaltungsabteilung einer Marketingagentur ergattern können. Meine Arbeit hatte darin bestanden, die unterschiedlichsten Botengänge zu erledigen. Nach meinem Abschluss war ich dennoch geblieben, was sich für mich gelohnt hatte. Mittlerweile war ich seit drei Jahren dort und für die wesentlichen Tätigkeiten zuständig. Es war nicht der aufregendste Job, aber ich konnte die Rechnungen bezahlen und wusste mich abgesichert.

Trotzdem kam ich nicht an diesem Kratzen im Inneren vorbei. Das, was mir zuflüsterte, es müsste noch mehr für mich geben. Dort draußen wartete eine Welt voller Möglichkeiten. Stattdessen jonglierte ich als Buchhalterin Zahlen in einem klimatisierten Raum ohne Fenster.

Gedankenverloren biss ich mir auf die schmalen Lippen. Sie passten zu der spitzen Nase und den feinen Zügen, die mein Gesicht zierten. Ich nahm einen tiefen Atemzug und schüttelte die Schultern aus, die über mein Grübeln steif geworden waren. Geräuschvoll ließ ich die Luft wieder durch meinen Mund entweichen und ergriff den nächstbesten Titel, der vor mir stand.

Bücher. Sie waren meine Rettung. In ihnen konnte ich reisen, wohin ich wollte.

Ich musterte das Cover in meiner Hand, als im Augenwinkel etwas meine Aufmerksamkeit erregte. Sofort hob ich den Blick wieder und blinzelte angestrengt in die Lücke, in der das Buch eben noch gestanden hatte.

Ein spitzer Schrei löste sich aus meiner Kehle und ich wich so heftig zurück, dass mir die langen blonden Haare einen Moment die Sicht nahmen und ich gegen das nächste Regal stieß. Ein dumpfer Schmerz breitete sich in meinem Rücken aus und rang mir ein Zischen ab.

Mein Rock bauschte sich auf, als ich langsam an dem Holz zu Boden rutschte, während ich mit pochendem Herzen und weit aufgerissenen Augen noch immer die Stelle anstarrte. Ich suchte nach einer rationalen Erklärung, aber konnte die Gänsehaut nicht leugnen, die dafür gesorgt hatte, dass sich jedes Haar an meinem Körper aufstellte. Zwar war mir die Sicht darauf nun versperrt, aber der Anblick hatte sich auf meine Netzhaut gebrannt.

Zwischen den Büchern hatte mich jemand beobachtet. Jemand, dessen Augen tiefschwarz waren. Zumindest glaubte ich, dass es so gewesen war. Ich hatte weder das Weiß gesehen noch eine Iris oder Pupille.

Nur einen Augapfel so dunkel wie die Tiefsee.

»O Shit! Entschuldige!«, hörte ich eine aufgeregte Stimme.

In meinem Kopf rasten die Gedanken, aber ich konnte mich kein Stück bewegen. Wie versteinert beobachtete ich den Mann, der in meinen Gang geeilt kam. Ich verengte die Augen zu Schlitzen, weil mein Sichtfeld anfing zu pulsieren.

Vielleicht hatte ich mir den Kopf doch heftiger gestoßen, als zunächst angenommen. Ich erkannte die gebräunte Haut, den Bart und die buschigen Augenbrauen. Es war das Gesicht, auf das ich durch den Spalt im Bücherregal einen Blick werfen konnte, aber jetzt sahen seine Augen normal aus.

Voller Verwirrung blinzelte ich ein paar Mal, während sich meine Atmung langsam beruhigte und sich die Sicht etwas klärte.

Hier saß ich, platt, auf meinem Hintern, und hielt mir eine Hand auf die Brust. Jetzt da die *Gefahr* so schnell gebannt schien, musste ich innerlich über meine Reaktion lachen. Zwar war ich schon fünfundzwanzig Jahre alt, dem Schrei nach zu urteilen, hätte man mich aber auf höchstens zwölf geschätzt.

Der Mann ließ den Bücherwagen, den er an der Hand führte, hinter sich auf dem Flur stehen und ging vor mir in die Hocke. Wofür ich ihm dankbar war, denn er war ziemlich groß. »Hast du dir wehgetan?« Seine Stimme war warm und klar.

Ich schätzte, dass er ungefähr in meinem Alter war. Vielleicht ein wenig älter. Sein Bart war dicht und genauso schwarz wie seine Augenbrauen und die kurzen Haare.

Er trug ein Flanellhemd mit groben Karos in Rot- und Schwarztönen, das er nicht zugeknöpft hatte. Die Ärmel waren hochgekrempelt, sodass ich die Sehnen an seinen Unterarmen, die er auf den Oberschenkeln ruhen ließ, hervortreten sah. Über der Brust lag dunkelgrauer Stoff eng an und die Anhänger der beiden Ketten schwangen davor hin und her.

Meine Aufmerksamkeit wanderte zu seinen Augen. Ich nahm sie genau unter die Lupe. Zwar hatte ich nur eine Sekunde gebraucht, um mich für verrückt zu erklären und einzusehen, dass ich mich verguckt haben musste, trotzdem wollte ich sichergehen.

Die Form seiner Augen war dieselbe, aber sie waren hell und stahlgrau. Nicht schwarz. Die Lichtverhältnisse mussten mir einen Streich gespielt haben.

Ich bemerkte, dass sich seine Augenbrauen bewegten und er den Kopf schräg legte. Da wurde mir bewusst, wie lange ich ihn schon anstarrte. Meine Wangen standen in Flammen. Außerdem war ich ihm noch eine Antwort schuldig. »Nein. Nichts passiert«, stotterte ich und fing an, mich an dem Regal in meinem Rücken hochzuziehen.

Ich riskierte einen weiteren schnellen Blick, doch seine Augen waren noch immer hell. Der Kontrast zu dem dunklen Haar war beinahe surreal und raubte mir den Atem. Es lenkte mich so sehr ab, dass ich nicht mitbekam, wo ich meine Finger anlegte. Sie rutschten auf dem Regalbrett zur Seite und ließen ein paar Bücher herunterfallen. Ich stieß einen lautlosen Fluch aus und bückte mich schnell danach, um sie einzusammeln.

»Es ist ein Verbrechen, Bücher rumzuwerfen«, sagte ich mit zittriger Stimme und lachte nervös, als ich mich wieder erhob. Kurz wandte ich ihm den Rücken zu, um den kleinen Stapel ins Regal zu sortieren.

»Was schlägst du als Strafe vor?« Sein Lachen klang kehlig und aktivierte etwas in meinem Magen, das freudig hüpfte.

Darum bemüht, mir das nicht anmerken zu lassen, hielt ich inne und sah ihn abschätzend an. Ich hatte das Gefühl, etwas klarstellen zu müssen. »Was?«

Ein spitzbübisches Lächeln breitete sich auf seinen schmalen Lippen aus. Ich konnte nicht anders, als es ihm nachzumachen. *Mist!*

»Ich bin Ben.«

»Amelia«, hauchte ich. Sofort räusperte ich mich und schüttelte kaum merklich den Kopf. »Amelia Valery. Aber die meisten nennen mich Ava.« Für mein Gestottere hätte ich mich ohrfeigen können. *So peinlich!*

»Wegen der Anfangsbuchstaben deiner Namen?«, fragte er und setzte sich in Bewegung, um zu seinem Wagen zurückzukehren.

Ich folgte ihm und nickte.

»Freut mich, dich kennenzulernen, Ava.« Er wandte sich der Unordnung auf dem Wagen zu und stapelte ein paar der Bücher übereinander. Meine Zerstreutheit schien ihm gar nicht aufzufallen. Oder er ignorierte sie geschickt.

»Das mit den Büchern sei dir verziehen.« Ein Zwinkern huschte über sein Gesicht. »Ich habe nicht damit gerechnet, hier jemanden zu treffen. Tut mir leid, dass du dich erschreckt hast«, sagte er.

»Das macht nichts. Heute ist sowieso nicht mein Tag.«

Wieder legte Ben den Kopf schräg und seine Augen nahmen einen fragenden Ausdruck an. Den Stapel Bücher in seiner Hand legte er auf dem Wagen ab und bedeutete mir mit einer Geste, dies auch zu tun. »Solche Tage kenne ich leider nur zu gut. Willst du darüber sprechen?«

»Das ist wirklich nett, aber ich komme schon klar.« Ich musste seinem Blick ausweichen, weil mich das Angebot so unvorbereitet traf. Es war wirklich freundlich von ihm, aber wir kannten uns doch gar nicht.

»Also, ansonsten …« Er legte die großen Hände auf den langen Griff des Wagens, der dadurch noch schmaler wirkte. »Ich bin kein Barkeeper, dem man sein Herz ausschütten kann, nur Bibliothekar, aber …«

Meine Augen wurden groß. »Ach, du bist der neue Bibliothekar!«

»Du weißt über die Einstellungsverhältnisse dieser Bücherei Bescheid?«, stutzte er und die Fältchen an seinen Augen wurden länger. »Wie klein ist diese Stadt?«

Das entlockte mir ein Lachen. Portland war ganz sicher alles, nur nicht klein. »Nein. Es ist nur … Mrs. Banner erzählte meinem Bruder und mir vor etwa drei Wochen, dass sie jemanden suchen will, der sie hier unterstützt.«

Er grinste und hob kurz die Hände, wobei er mir seine Handflächen zeigte. »Nun, sie hat jemanden gefunden.« Als er erneut den Wagen ergriff, zögerte er kurz. »Der kleine vorwitzige Junge unten gehört also zu dir?«

Bei dem Gedanken an Nathan, wie er im Erdgeschoss auf einem der Sitzsäcke in der Kinderabteilung saß und die Mitarbeiter ärgerte, presste ich belustigt die Lippen aufeinander. Sicher verschlang er ein Buch nach dem anderen und teilte sein Wissen nur zu gern. Bescheidenheit war keine Stärke, die mein Bruder oft zum Besten gab. »Kurze braune Haare? Zehn Jahre alt? Und hat dich darauf hingewiesen, dass du niemals so viel lesen könntest wie er?«

»Ja«, bestätigte Ben und lachte gedehnt. »Mir wurde so etwas in der Art gesagt. Und er hat mir in aller Ausführlichkeit erklärt, dass er hier so viel lesen muss, wie er kann, weil er nur noch zehn Bücher pro Woche ausleihen darf.« Die Erinnerung daran ließ mich breit grinsen. »Mrs. Banners Anweisung war da sehr konkret formuliert.«

»Seid ihr denn wirklich jede Woche hier?«

»Jap, immer dienstags.« Ich zuckte mit den Achseln.

»Schön.« Für einen Moment senkte er die Lider. Schließlich setzte er den Wagen in Bewegung und das Grinsen, mit dem er mich bedachte, war noch breiter als zuvor. »Dann werden wir uns sicher wiedersehen.« Mit diesen Worten drehte er sich um und verschwand in einem anderen Gang.

Ein Lächeln umspielte meine Lippen, während ich ihm nachsah. Der Duft der Bibliothek vereinnahmte mich wieder nach und nach. Bittermandel kitzelte mir in der Nase. Es war wirklich faszinierend, entstand der Geruch alter Bücher letztlich doch aus Verfall. Das Papier wurde alt und im schlimmsten Fall zerfiel es sogar zu Staub.

Eine Symphonie aus Schönheit und Verderben.

Moms Lachen war eine Mischung aus Glockenklang und Koboldgeheul. Es war das glücklichste, lauteste und vor allem verrückteste, das ich kannte. Wann immer sie lachte, musste jeder mit einstimmen. Jetzt gerade konnte sie nicht an sich halten, weil ich ihr von der Diskussion berichtete, die Nathan mit Mrs. Banner gehabt hatte, als wir die Bücherei wieder verlassen wollten.

Ich zählte ihr die enorme Menge an, wie ich fand, sehr validen Argumenten auf. Er hatte versucht, der Bibliothekarin glaubhaft zu machen, dass die vierzehn Bücher, die er ausleihen wollte, *technisch gesehen* nur zehn wären.

»Er wird diese arme Frau noch ins Grab bringen.« Mom wischte sich eine Träne aus dem Augenwinkel und ihre vollen Lippen formten ein Lächeln.

Ich stützte mich mit den Händen auf die Arbeitsfläche der Küche und lehnte die Hüfte gegen den Schrank darunter. Das dümmliche Grinsen auf meinen Lippen war mir mehr als bewusst und auch, dass es nicht nur Nathans Debattierkünsten geschuldet war.

»Ist das nicht schön?«, fragte ich meine Mutter, ohne wirklich eine Antwort zu erwarten. »Er liebt Bücher genauso wie ich.«

Ihr fröhlicher Gesichtsausdruck formte tiefe Grübchen in ihren Wangen, für die ich sie schon immer beneidet hatte. Ihre braunen Haare waren von feinen blonden Strähnen durchzogen. Sie trug die langen Locken halb hochgesteckt, damit sie ihr nicht ins Essen fielen. Unter den definierten Brauen leuchtete das Haselnussbraun in ihren Augen beinahe golden. In diesem Augenblick wurde mir mal wieder bewusst, wie ähnlich mein Äußeres dem meines Vaters war, denn mit Mom hatte ich nicht viel gemein.

»Dein Bruder liebt dich«, erklärte sie feierlich und ihre Augen waren voller Zuneigung. »Wenn du Kaugummis von der Straße sammeln würdest, würde er auch das mit Freuden tun.«

Dafür hatte ich nur einen sparsamen Gesichtsausdruck übrig.

»Aber ich unterstütze die Bücher.« Sie zeigte erst auf sich und dann in die Luft, bevor sie sich wieder kichernd ihrem Kochtopf widmete.

Durch die geöffneten Flügeltüren beobachtete ich Nathan, der im Wintergarten an einem drahtigen Metalltisch saß und Hausaufgaben machte. Eifrig ließ er seinen Bleistift über das Papier wandern und rieb sich dabei immer wieder über die Stirn.

»Du hast heute ja besonders gute Laune. Ist auf der Arbeit etwas Schönes passiert?«

Ich sah sie nicht an, aber mein ganzer Körper versteifte sich. Sie könnte nicht weiter von der Wahrheit entfernt liegen. »Weder noch«, log ich und wechselte prompt das Thema. »Gibt es eigentlich einen besonderen Grund dafür, dass das Wohnzimmer in Pappkartons ertrinkt?«

»So schlimm ist es nun auch wieder nicht.« Mom lachte und schüttete ein paar Gewürze in den Eintopf. »Marcus hat die Sachen von einer Londoner Universität zugeschickt bekommen. Es sind Leihgaben. Mit seiner letzten Veröffentlichung hat er die Möglichkeit bekommen, ein paar Papiere und Gegenstände zu sichten.«

Mein Stiefvater, Marcus, war Professor für Okkultes an der Universität hier in Portland und sogar über die Grenzen von Maine hinaus für seine Arbeit bekannt. Er beschäftigte sich vor allem mit der Erforschung von Legenden zu Wesenheiten, die unter dem Begriff der *Shadow People* zusammengefasst wurden.

»Gut, aber was hat das Zeug dann in eurem Wohnzimmer zu suchen?« Ich hob eine Augenbraue.

Sie zuckte hilflos mit den Schultern. »Das musst du Marcus fragen. Sie können hier wohl besser arbeiten.«

In meiner Brust flammte ein Stich auf. Ohne, dass ich es hätte verhindern können, presste ich die Zähne so fest aufeinander, dass es schmerzte. »Sie?«

»Jason ist da.«

Sofort wandte ich mich ihr zu. Mom hatte alle Bewegung eingestellt und sah seitlich zu mir herauf.

»Klasse Zeitpunkt, um das zu enthüllen.« Ich spürte ein wütendes Kribbeln auf meiner Kopfhaut. »Als ich den Tisch gedeckt habe, ist dir der fehlende Teller für ihn nicht aufgefallen?«, fragte ich sie spitz.

»Du weißt, dass er öfter da ist«, rügte sie mich.

»Hätte ich das vorher gewusst, wäre ich nach Hause gefahren.« Ich stieß mich vom Küchenschrank ab und ging ein paar Schritte in den Raum hinein, ohne wirklich ein Ziel zu verfolgen.

»Du weißt, ich respektiere deine Wünsche. Aber du weißt auch, wie ich darüber denke. Wenn du Marcus etwas sagen würdest, dann …«

»Das möchte ich aber nicht«, unterbrach ich sie harsch.

»Wenn du es mich erzählen lassen würdest …« Den Vorschlag hatte sie schon oft gemacht und entsprechend demütig brachte sie ihn auch dieses Mal vor.

Mir fiel es schwer, nicht völlig die Fassung zu verlieren. »Auch das möchte ich nicht. Es ist meine Sache. Meine Entscheidung.«

»Wüsste er, was damals *wirklich* zwischen euch passiert ist, dann würde er sicher nicht mehr mit ihm arbeiten. Er würde ihn sogar hochkant rauswerfen«, wies sie mich auf das Offensichtliche hin. »Meinst du, es ist leicht für mich, ihn ständig hier zu haben?«

Marcus hatten wir erzählt, die Trennung von Jason und mir wäre einvernehmlich und ruhig verlaufen. Dass wir uns einfach nicht mehr glücklich machten, uns nicht mehr liebten, uns aber noch immer viel aneinander lag.

Was für eine riesige Lüge. Aber ich hatte es nicht übers Herz gebracht, Jason alles zu nehmen.

»Dass du mich schützen willst, verstehe ich, Mom«, gab ich mich zunächst einsichtig. »Aber ich muss vor ihm nicht geschützt werden und ich möchte auch nicht, dass Jason rausgeworfen wird.« Frustriert warf ich die Hände in die Luft und wirbelte zu ihr herum.

Mom hatte eine Hand in die Hüfte gestemmt und schürzte die Lippen. »Und was sollen wir dann anderes machen?«

»Ich bin doch kein Teenager mehr. Es ist egal, was zwischen uns vorgefallen ist. Deshalb sollte er nicht seinen Job verlieren. Und was meinst du, wie es mit Marcus' Reputation aussehen würde, wenn er Jason wegen *Privatangelegenheiten* loswerden würde.«

»Ich weiß, nur …«

»Mom«, unterbrach ich sie bestimmt.

Kopfschüttelnd hob sie die Hände. »Schon gut. Ich halte den Mund.« Sie tippte auf den Herd und wischte sich über ihre Schürze, bevor sie sie über den Kopf auszog. »Das Essen ist fertig. Ich gehe die beiden holen.«

»Mommy!«, rief Nathan gerade, als sie das Kleidungsstück über einen der Stühle hängen wollte, und fuchtelte gleich mit beiden Händen in der Luft herum.

Mom warf mir einen kurzen Blick zu, seufzte und wandte sich dann meinem Bruder zu. »Mommy ist sofort bei dir, mein kleiner Komet. Ich muss nur eben Jason und deinem Vater Bescheid geben.«

Genervt stöhnte ich augenrollend auf. »Schon gut. Ich hole sie.«

Bevor sie etwas entgegnen konnte, hatte ich schon auf dem Absatz kehrtgemacht und lief zielgerichtet durchs Wohnzimmer auf den Flur zu.

Aber plötzlich bremste mich etwas, während ich mich zwischen den Kartonsäulen hindurchschlängelte. Unschlüssig runzelte ich die Stirn und versuchte, dieses Gefühl einzuordnen, das mich da gerade überkam. Es war wie ein Sog.

Auf dem Kaffeetisch vor dem Kamin stand ein halb geöffnetes Paket inmitten von heillosem Durcheinander. Wie von selbst richtete sich mein Körper dazu aus und ich konnte nicht anders, als den Raum zu durchqueren. Ich musste hineinsehen.

Die braune Pappe und das Paketband standen im Kontrast zu dem verschnörkelten Truhendeckel, der dazwischen zum Vorschein kam.

Das Kupfer war hier und da angelaufen und zum Teil grün verfärbt. Ein blauer Stoff war daran entlang gearbeitet, matt und teilweise ausgeblichen. Die Schnörkel wuchsen zu ganzen Blumen und Blättern heran. Erst auf den zweiten Blick erkannte man all die eingearbeiteten Szenen. Immer unter dem Schutz eines anderen Blattes waren sechs Figuren zu sehen, die beisammenstanden und wie im Standbild eingefroren waren. Manchmal hatten sie etwas in der Hand oder dunkle Flecken hinter sich. In den unteren Szenen wurden sie immer weniger, bis es nur noch eine Figur war, die dort stand.

Es war faszinierend, wie detailreich hier gearbeitet worden war.

Das Bild von dem schwarzen Auge in der Bibliothek leuchtete in meinem Geiste auf. Warum es gerade jetzt aufkam, konnte ich mir nicht erklären. *Es war nur eine ungünstige Schattenspiegelung*, sagte ich mir ein ums andere Mal. Aber die Erinnerung schlich sich mir dennoch immer wieder in den Kopf.

Wie von selbst begann ich damit, mit den Zähnen über die Innenseite meiner Wange zu fahren.

»Nicht anfassen!« Der Donner in der Stimme, die mich von hinten erfasste, ließ mich heftig zusammen-zucken und zog mich aus einer Art Trance heraus, der ich mir nicht bewusst war.

Erst jetzt bemerkte ich, dass ich meine Hand nach der Truhe ausgestreckt hatte, mich nur noch wenige Zentimeter davon entfernten. Die Ränder meines Sicht-feldes waren verschwommen.

Langsam zog ich die Hand zurück und blinzelte mehrmals. »Ich wollte es gar nicht anfassen«, sagte ich atemlos, obwohl ich gar nicht genau wusste, was ich gerade hatte tun wollen. Ich erinnerte mich nicht einmal daran, wie ich die Hand bewegt hatte.

Dann wurde mir klar, wer mich so harsch daran gehindert hatte, das Teil anzufassen, und die Verwirrung war wie weggewischt.

»Klar, sieht auch so aus.« Die Ader auf Jasons Stirn, der jetzt neben mir stand, trat deutlich hervor. Er verschränkte die Arme vor der Brust und das dunkle Braun seiner kleinen Augen funkelte mich überheblich an.

Er trug die brünetten Locken jetzt länger. Eine Strähne ringelte sich auf der Stirn. Alles an ihm war wie eine Beleidigung für mich. Selbst den Anblick seiner Augenbrauen, die ich früher einmal so lustig gefunden hatte, weil sie sich so seltsam kräuselten, konnte ich kaum ertragen.

Was ich ihm in diesem Moment am liebsten alles an den Kopf geworfen hätte … In mir pochte das Bedürfnis, ihm auf die Nase zu schlagen. Wie konnte er es wagen, so mit mir zu reden?

Das Minimum, das er mir schuldete, war eine Entschuldigung. Aber selbst die hatte ich bis heute nicht von ihm gehört.

Ich schnaubte. »Wie auch immer. Es gibt Essen.«

Als ich an diesem Abend endlich den Schlüssel in der Wohnungstür drehte, konnte ich einen tiefen Seufzer nicht unterdrücken.

Nach dem Essen hatte Marcus die großartige Idee, Jason auch noch zum Spieleabend einzuladen. Ich hatte also eine ganze Menge Jason und recht wenig Spaß hinter mir.

Mit dem Fuß schloss ich die Tür, nachdem ich meine Wohnung betreten hatte. Ein wenig umständlich beugte ich mich über die Kommode und ließ die Briefe, die ich zwischen den Zähnen hielt, darauf fallen.

Zuerst manövrierte ich mich in der Dunkelheit durch die Küche und verstaute die Reste, die Mom mir aufgedrückt hatte, im Kühlschrank. Die Tasche mit den ausgeliehenen Büchern stellte ich im Durchgang zur Wohnungstür neben der Kommode auf den Boden. Jetzt, da meine Hände frei waren, schaltete ich das Licht ein. Ich zog die Jacke aus und warf einen Blick auf die Briefe, die ich danach hochnahm, um sie genauer durchzusehen.

Rechnung, Rechnung, Rechnung …

Langsam begab ich mich vom Eingangsbereich weiter ins Wohnzimmer und machte die Lichterkette an. Meine Möbel waren in gedeckten Farben gehalten. Allerdings musste ich mir eingestehen, dass ich beim Einkauf von Dekoartikeln gerne mal über die Stränge schlug. Alles, was auch nur halbwegs als Abstellfläche genutzt werden konnte, beherbergte Pflanzentöpfe,

Kerzen, dekorative Figuren oder Bilderrahmen. Auch die Sitzmöbel waren vor mir nicht sicher. Ich hatte sie wild mit Kissen und Decken übersät.

Ein Rascheln ließ mich innehalten und aufsehen. Ich starrte die hellen, hauchdünnen Gardinen an, die das große Fenster bedeckten. Mich überkam derselbe seltsame Sog, den ich schon zuvor bei der Truhe verspürt hatte. Zögernd blickte ich mich im Wohnzimmer um und blieb an dem Türbogen hängen, der in mein Schlafzimmer führte.

Dort war die Dunkelheit so vollkommen, undurchdringbar und dennoch bildete ich mir ein, dass ich Bewegungen in ihr erkennen konnte. Trotz der alles einnehmenden Düsternis konnte ich Wellen schlagen sehen, die sich darin abzeichneten. *Wieso nur war es so dunkel?* Ich konnte mich nicht mehr daran erinnern, dass ich die Jalousie geschlossen hatte. Scheinbar war es noch in der Hektik geschehen, bevor ich zu meinen Eltern gefahren war, um Nathan abzuholen.

»Ava.«

Gänsehaut kroch über meinen Körper, während mir das Herz in die Hose rutschte. Quälend langsam drehte ich mich in die Richtung, aus der die Stimme gekommen war. Betete mit rasenden Gedanken dafür, dass ich es mir nur eingebildet hatte.

Ich wollte nicht sehen, was das Gegenteil davon bedeutete. In dem kleinen Durchgang zwischen Wohnzimmer und Wohnungstür stand ein Mann.

Jeder Muskel in mir erstarrte. Ich konnte keinen Finger rühren. Meine Brust hob und senkte sich schnell. Ich starrte in das Gesicht vor mir, während mich die unterschiedlichsten Gefühle überschwemmten. Sie schwappten ineinander über, bis nur noch eines übrig blieb: Wut.

»Dad?«, fragte ich ungläubig.

Zwar setzte ich alles daran, dass mein Puls sich beruhigte, aber es funktionierte nicht. Ich presste die Kiefer aufeinander, um nicht direkt auf ihn loszugehen.

Ein Rauschen machte es sich in meinen Ohren bequem. »Du bist hier nicht wirklich eingebrochen, oder?«

Es war fast fünfzehn Jahre her, seit ich ihn das letzte Mal gesehen hatte. Mit einer Geschichte brachte er mich damals ins Bett und ich erinnerte mich noch daran, dass ich verwundert war, weil er mit seinen Lippen länger als sonst auf meinem Scheitel verharrte. Wie von der Tarantel gestochen war er dann aus dem Kinderzimmer gestürmt. Am nächsten Tag war er verschwunden und hatte nichts weiter hinterlassen als die unterschriebenen Scheidungspapiere.

Das Licht aus dem Wohnzimmer warf einen sanften Schein auf ihn. Er war alt geworden. Sein dunkelblondes Haar schütter, mit weißen Strähnen durchzogen. Tiefe Ringe umgaben die wässrig grünen Augen, die in zuckenden Bewegungen hin und her hüpften. Ein unordentlicher Bart zierte seine eingefallenen Wangen und die Kleidung, die er trug, saß locker. An manchen Stellen war sie schmutzig oder sogar beschädigt.

»Tut mir leid«, sagte er, als wäre er nur leicht gegen mich gestoßen, und hätte nicht gerade ein Verbrechen begangen. Mit flinken Schritten ging er rüber zu meiner Stehlampe im Wohnzimmer, die ich gerne nutzte, um in dem Sessel darunter zu lesen. Er schaltete sie ein und dimmte sie direkt.

»Ich wollte kein Aufsehen erregen. Wir müssen dringend reden.« Das Raumlicht ging aus, als er den Schalter dafür betätigte. Wir befanden uns jetzt nur noch im schummrigen Schein der Leselampe. Wieso löschte er dafür das Licht? Hätte mich seine Aussage nicht so aufgeregt, wäre das geradezu gruselig gewesen. Mich überkam ein ungutes Gefühl.

Kein Aufsehen? »Was zum … Was tust du da?«, presste ich hervor, immer noch bemüht, ihn nicht anzufallen.

»Bitte.« Mit einer Hand deutete er auf den Sessel, aber ich bewegte mich kein Stück.

»Wie höflich, dass du mir meinen eigenen Sessel anbietest.«

Er rieb sich über den Arm und machte einen unschlüssigen Schritt auf mich zu. Als ich entschieden zurückwich, hob er beschwichtigend die Hände. »Ich muss wirklich dringend mit dir reden.«

»Ich sollte die Polizei rufen.«

»Bitte«, wiederholte er. Diesmal flehend.

Ich konnte ihn nicht einmal mehr ansehen. Stattdessen musterte ich nun die weiße Tapete. Hinter meinen Augen breitete sich ein Druck aus, aber ich hielt die Tränen verbissen zurück. Meine Gliedmaßen fühlten sich an, als wären sie aus Stein und wurden von Sekunde zu Sekunde kälter. Als er von uns fortgegangen war, Mom und mich allein zurückgelassen hatte, platzierte sein Fehlen ein Loch in meiner Brust. Ein Sehnen nach unserer gemeinsamen Zeit. Es hatte immer etwas gefehlt.

Wie oft hatte ich mir gewünscht, dass er zu mir zurückkam? Wie oft hatte ich mir eingeredet, es gäbe einen anderen Grund für sein Verschwinden, als dass er es selbst so gewollt hatte? Wie oft hatte ich geträumt, ein Wunder würde mir meinen Daddy zurückbringen?

Und hier stand er nun. Dieses Mal hatte ich ihn mir jedoch nicht hergewünscht.

Das konnte nicht real sein.

Welchem Wunder ich es auch immer zu verdanken hatte, ich wollte es nicht.

»Schatz, ich …«

»Nenn mich nicht so!«, fauchte ich und kniff die Augen zusammen.

Er erschrak regelrecht beim Anblick des Feuers, das er in meinem Gesicht zu sehen bekommen musste. Sein

Adamsapfel hüpfte, bevor er ein »Okay« murmelte. »Ich weiß, du bist aufgebracht …«

»Ich bin nicht aufgebracht. Ich bin wütend.«

»Lass mich ausreden.« Seine Stimme wurde fest und er schob die Augenbrauen zusammen, bis sich tiefe Falten an seiner Nasenwurzel bildeten.

»Ich wüsste nicht, was wir zu bereden hätten. Zumindest nichts, was mich interessieren würde.« Ich spürte, wie sich meine Nasenflügel aufblähten. »Was denkst du dir eigentlich? Du bist verschwunden! Und ich hätte nichts dagegen, wenn du es geblieben wärst.« Ich wollte in Richtung der Eingangstür stampfen, um ihn auf der Stelle rauszuwerfen. Aber er umrundete mich und warf sich davor.

»Wirklich?«, fragte ich und hätte beinahe laut aufgelacht.

»Ava.« Mein Name, mit seiner Stimme ausgesprochen, brachte mich zum Stolpern. Kindheitserinnerungen sprudelten auf, aber wurden direkt von Enttäuschungen eingeholt. Mir wurde schwindelig und mein Magen war kurz davor zu rebellieren.

»Ich muss dich warnen und ich habe nicht viel Zeit.«

»Was redest du da?« Genervt kniff ich die Augen zusammen und rieb mir über die Stirn.

»Hast du meine Briefe bekommen?«

Ich musterte ihn eingehend. Es war, als hätte er mir einen Eimer Wasser ins Gesicht geschüttet. *Ist das dein Ernst?* »Welche Briefe?«

Seine Augen wurden groß. Er wendete den Blick ab und seufzte verzweifelt. Kurz holte er tief Luft, bevor er mich wieder ansah. »Jedes Jahr zu deinem Geburtstag habe ich dir einen Brief geschrieben«, sagte er.

Ich rollte mit den Augen. »So einen Bockmist habe ich selten gehört«, zischte ich. Aber als er nichts entgegnete, außer mich völlig verloren anzusehen, wurde mir klar, dass das tatsächlich sein Ernst war. Seufzend erklärte ich also: »So einen Brief habe ich nie bekommen.«

»Dann muss deine Mom ...«

»Zieh Mom da nicht mit rein!«, unterbrach ich ihn augenblicklich.

Er ließ hörbar Atem entweichen. »Hör zu.« Auf Brusthöhe legte er seine Fingerspitzen aneinander. »Ich habe die Briefe nicht mit der Post verschickt, sondern selbst bei euch eingeworfen.«

Mir war klar, was er damit sagen wollte. Wenn er sie eigenhändig eingeworfen hatte, waren sie nicht frankiert gewesen. Sehr wahrscheinlich stand auch kein Absender darauf, aber Mom kannte seine Handschrift. Gerade verfluchte ich den Umstand, dass das Leeren unseres Briefkastens nie zu meinen Aufgaben im Haushalt gehört hatte.

»Es ist wichtig, dass du diese Briefe liest. Alles, was du wissen musst, steht da drin.«

Ich runzelte die Stirn. »Kannst du mir das nicht jetzt erklären, wenn es so wichtig ist?«

»Nein.« Er verzog das Gesicht. »Verstehst du nicht? Die Wände haben Ohren.« Den letzten Teil flüsterte er und weitete dabei bedeutungsvoll die Augen.

Sein Verhalten ließ mich stutzen und ich spürte, wie in mir die Perspektive wechselte. Die Wärme und das Lächeln, das ihn früher ausgemacht hatten, fehlten gänzlich. Dieser Mann war mir völlig fremd.

»Ich habe keine Zeit. Es fällt schon bald auf, dass ich verschwunden bin und dann werden sie mich suchen kommen«, sagte er nun eine Spur eindringlicher.

»Was meinst du?« Die Worte fühlten sich schwer auf der Zunge an. Ich verschränkte die Arme vor der Brust. »Wer sucht dich?«

»Dafür ist jetzt keine Zeit«, wiederholte er. »Versprich mir, dass du deine Mom nach den Briefen fragen wirst.«

Nun hatte er die Handflächen aneinandergelegt und drückte die Fingerspitzen gegen sein Kinn. Seine Augen funkelten erwartungsvoll. »Dein Leben hängt davon ab.«

Mir kamen Gedanken an mögliche psychische Zustände. Vielleicht suchten ihn die Leute deshalb. War er von einem Ort fortgelaufen, an dem ihm geholfen werden sollte? Einer Einrichtung für psychisch Kranke vielleicht? »Dad«, sagte ich nun in einem weichen Ton. »Geht es dir gut? Vielleicht sollten wir einen Krankenwagen rufen?«

Sein Blick flackerte und er atmete stoßend aus. »Mir geht es gut.«

»Vielleicht wollen dir die Leute, die dich suchen, nur helfen.«

»Nein, das wollen sie nicht. Solche *Leute* sind das nicht.« Das Wort spuckte er mir beinahe entgegen und lachte dabei freudlos. »Bitte, such nach den Briefen.«

»Okay«, versprach ich. Mehr, um ihn zu beruhigen, als dass ich wirklich darüber nachdachte.

Er schloss die Augen und lächelte dann. »Gut.«

Als hätte es irgendein Zeichen gegeben, das ich nicht mitbekommen hatte, rauschte er an mir vorbei auf die Wohnungstür zu. »Ich muss jetzt gehen«, rief er gehetzt und schwang sich einen ramponierten, schwer aussehenden Rucksack auf den Rücken.

Es passierte so schnell und unerwartet, dass ich gar nicht darauf reagieren konnte. Er griff schon nach dem Knauf, hielt dann aber inne. Das schummrige Licht der Stehlampe unterstrich den düsteren Ausdruck in seinem Gesicht. »Halt dich von den Schatten fern«, sagte er mit einem dunklen Unterton.

»Schatten?«, wiederholte ich. Zuerst kam es mir wie ein Sprichwort vor, aber dann ließ es mich stutzen. »Meinst du die Schatten, die Marcus erforscht?«

Er nutzte den Begriff oft als Synonym für seine Shadow People.

»Marcus?« Dad stockte.

»Ja, mein Stiefvater.«

»Ich weiß, wer das ist«, unterbrach er mich barsch und hob abwehrend eine Hand. »Er erforscht sie? Bist du dir sicher?«

Ich runzelte die Stirn. »Er ist dafür bekannt. Schattenmenschen sind sein Spezialgebiet.«

Mein Vater musterte mich lange und wirkte dabei so, als würde er im Kopf eine schwere Matheaufgabe lösen. Dann fiel sein Blick plötzlich auf die Tasche am Boden, in der die Bücher lagen. »Freut mich, dass du noch immer so viel liest.«

Ich folgte seinem Blick, aber bevor ich etwas entgegnen konnte, hatte er schon die Tür hinter sich zugeworfen. Ohne Zögern lief ich darauf zu und ließ das Schloss klicken.

3

Noch Tage danach nagte die Begegnung mit meinem Vater an mir. Es war so verwirrend, dass ich mich öfter fragte, ob ich mir nicht alles nur eingebildet hatte.

Gerade konnte ich nicht mehr weiter darüber nachdenken, denn das wöchentliche Familienessen stand an.

Ich war früh dran. Wie immer, denn ich liebte es einfach, Mom in der Küche Gesellschaft zu leisten. Ihr beim Kochen zuzusehen – denn mehr durfte ich nicht dazu beitragen – hatte eine vertraute Wirkung auf mich und erinnerte mich auf beste Weise an früher.

»Hast du was?« Marcus betrat die Küche und erwischte mich dabei, wie ich ins Leere starrte.

Ich zuckte unmerklich zusammen, aber setzte sofort ein Lächeln auf. »Hab geträumt«, sagte ich das Erste, was mir einfiel.

»Sie ist schon die ganze Zeit so komisch«, gab meine Mutter zum Besten, ohne auch nur von der Schüssel aufzublicken. Mom hatte vorher schon die ganze Zeit versucht, mir auf den Zahn zu fühlen, und dann irgendwann schnaubend aufgegeben.

Während ich sie so von der Seite betrachtete, verfiel ich wieder ins Grübeln. Es brannte mir unter den

Fingernägeln, sie nach den Briefen zu fragen, die Dad erwähnt hatte. Gleichzeitig aber hielt mich alles davon ab. Dieses Gespräch würde nicht ohne Streit verlaufen.

Die Vorstellung, dass Mom all diese Jahre etwas vor mir versteckt haben könnte, verletzte mich sehr. Allerdings glaubte ich nicht, dass es diese Briefe wirklich gab. Dafür wirkte mein Vater zu verwirrt auf mich.

Ich brauchte Klarheit. Auch wenn es sicher keine Freude werden würde, Mom zu eröffnen, dass ihr Ex-Mann wieder aufgetaucht war. Das allein würde sie schon völlig an die Decke gehen lassen. Weshalb ich auch plante, ihr das winzige Detail zu verschweigen, in dem er nachts bei ihrer Tochter eingebrochen war.

Nachdem Mom das Essen abgeschmeckt hatte, überlegte sie kurz. Dann drückte sie den Rücken durch und ging rüber zum Gewürzregal. Diese plötzliche Abwechslung in ihren Bewegungen holte mich wieder aus meinen Gedanken heraus.

»Deine Mutter und Liz werden uns heute nicht beehren?«, fragte Marcus wie beiläufig, aber er bedachte mich mit einem ruhigen Lächeln.

Mom kam zurück zur Schüssel und streute ein Pulver hinein. »Nein«, sagte sie mit einem Seufzen und fügte dann leiser hinzu, sodass selbst ich es kaum verstehen konnte, obwohl ich neben ihr stand: »Zum Glück.«

Ich unterdrückte ein Schmunzeln, war aber nur wenig erfolgreich und es trieb mir die Tränen in die Augen.

Meine Großmutter und Tante waren, gelinde gesagt, etwas eigen. Sie kamen jede Woche zum Familienessen und es war immer anstrengend für Mom, sie um sich zu haben. Zwischen den dreien herrschte eine seltsame Dynamik. Trotzdem würde meine Mutter sie immer und immer wieder zum Familienessen bestellen.

»Sie haben heute anderweitig zu tun«, erklärte sie laut wie zur Antwort auf meine Gedanken.

Marcus stieß sich vom Tisch ab, an dem er zuvor gelehnt hatte, und kam die paar Schritte zu uns rüber. Er stellte sich halb hinter meine Mutter und versuchte, über ihre Schulter in die Schüssel zu schielen. »Was gibt es heute eigentlich?«, fragte er und hob die Augenbrauen.

»Na!«, rief sie zur Antwort und stieß ihn spielerisch von sich. »Das wirst du dann schon sehen, wenn es auf dem Tisch steht.«

Er hielt sich den Bauch und lachte.

»Ich brauche noch …«, murmelte meine Mutter mehr zu sich selbst und suchte die Luft vor sich mit den Augen ab, als würde dort eine Antwort stehen, die wir anderen nicht sehen konnten. Dann machte sie auf dem Absatz kehrt und lief aus der Küche heraus, vermutlich um etwas aus der Vorratskammer zu holen.

Kaum hatte sie das Zimmer verlassen, griff Marcus sich einen Löffel. Er zwinkerte mir zu. »Pssst«, zischte er grinsend und hielt sich einen Finger an die Lippen. Dann machte er Anstalten, etwas aus der Schüssel zu probieren.

»Marcus!«, polterte die Stimme meiner Mutter durchs Haus und brachte mich zum Lachen. »Es wird nicht probiert, bevor es nicht Zeit fürs Abendessen ist.«

Sie kannte ihn einfach zu gut, was er mit einem Augenrollen quittierte. Er legte den Löffel brav beiseite, aber sah trotzdem überaus glücklich aus.

»Wie war deine Arbeitswoche?«, fragte er mich dann und stellte sich mit verschränkten Armen mir gegenüber.

Ich winkte ab. »Reden wir nicht drüber.«

Marcus war ein schlaksiger Mann. Seine Haare waren etwas länger und standen in alle Richtungen ab. Das Dunkelbraun war mit gefärbten, blonden Strähnchen durchsetzt. Sein langes Gesicht wurde von einem breiten Brillengestell aus dunklem Holz unterbrochen, hinter dessen Gläsern kleine blaue Augen schimmerten.

»Und bei dir?«, erkundigte ich mich.

Seine Augen hellten sich auf. »Wir reden sonst nie über meine Arbeit«, witzelte er. Das taten wir wirklich nie. Das Forschungsgebiet, mit dem er sich befasste, war etwas zu düster für mich.

Und zu unglaubwürdig.

»Streng genommen tun wir das jetzt auch nicht«, hielt ich dagegen.

»Touché«, entgegnete er lachend. Dann aber wurde er ernster und fing an, auf den Außenseiten seiner Füße zu wippen. »Du hast ja gesehen, was hier los war. Jason und ich haben Inventur gemacht über alles, was wir aus London bekommen haben. Dann wurde es in die Fakultät gebracht.«

»Das sah nach einer ganzen Menge aus. Was war so dabei?«

»Hauptsächlich Artefakte, meist unbekannten Ursprungs mit einer Menge Bildarbeit. Aber auch vieles an Unterlagen. Die neueren Dinge sind natürlich digital, aber die alten? Auf Papier in Pappkisten. Auf ziemlich viel Papier. Immerhin wurden die ersten Sichtungen der Wesen schon in der Antike gemacht.« Er hob vielsagend die Augenbrauen.

Ich nickte verständnisvoll und rang mit mir, ob ich ihn zu den Schatten befragen sollte. Vielleicht würde es mir aufzeigen, aus welchem Grund Dad sich so seltsam verhalten hatte.

»Was?«, fragte Marcus da unvermittelt. »Wieso kaust du auf deiner Wange herum?«

»Ich hab nicht …«, setzte ich zum Leugnen an, aber unterbrach mich, als er wissend den Kopf schräg legte. »Okay. Ja, ich habe auf meiner Wange herumgekaut.«

Er wartete geduldig und ich überlegte fiebrig, was und wie ich es fragen sollte. Nach einer Weile seufzte ich. »Kannst du mir ein bisschen mehr zu den Schatten erzählen?«, presste ich abgehackt hervor.

Er drückte den Rücken durch und seine Augen weiteten sich überrascht. »Woher das plötzliche Interesse?«

»Ach, ich hatte da nur kürzlich eine Konversation über deine Arbeit mit …«, ich zögerte, während ich überlegte, ob ich ihm von der Begegnung mit meinem Vater erzählen sollte, aber entschied mich schließlich dagegen, »… *jemandem.* Und diese Person wusste mehr über das Thema als ich. Da habe ich ein schlechtes Gewissen bekommen.«

»Ava«, sagte er und sein Gesichtsausdruck wurde weich. »Du musst deswegen kein schlechtes Gewissen haben. Deine Mutter fühlt sich auch nicht wohl mit der Thematik. Es ist ein delikates Gebiet und ich habe vollstes Verständnis dafür, wenn man es lieber meidet.«

»Schon, aber …« Wieder zögerte ich. »Ich würde wirklich gern etwas darüber erfahren. Immerhin habe ich nicht einmal die Grundkenntnisse.«

Er lachte auf. »Das glaube ich nicht. Du kannst nicht in diesem Haus aufgewachsen sein und so gar nichts mitbekommen haben.«

Das stimmte. Marcus ließ seine Studien des Öfteren überall im Haus verteilt herumliegen. In der Hinsicht war er nicht der Organisierteste und es kam häufig vor, dass er meine Mom nach Papieren fragen musste, weil er sich nicht mehr erinnerte, wo er sie zuletzt hingelegt hatte. Entsprechend oft war ich also selbst darüber gestolpert, als ich noch hier gewohnt hatte. Die ein oder anderen Unterlagen hatte ich überflogen, aber interessiert hatte es mich schlichtweg nicht. Marcus' Leidenschaft und Glaube an das Übernatürliche in allen Ehren, für mich fehlten einfach zu viele Beweise für die Existenz von Wesen aus anderen Welten.

»Nun, wo soll ich da anfangen?«, sinnierte er. »Ist es dir schon einmal passiert, dass du schnell an einem Raum vorbeigelaufen bist und im Augenwinkel glaubtest, eine menschliche Gestalt gesehen zu haben? Aber als du stehen geblieben und zurückgeschaut hast, war da niemand?«

Kurz dachte ich nach, aber schüttelte den Kopf.

»Oder, dass du nachts aufgewacht bist und in der Ecke des Raumes stand jemand, der dich beobachtet hat? Aber als du das Licht angemacht hast, war da nichts?«

Ich zuckte die Schultern. »Passiert das nicht den meisten Leuten? Manchmal wacht man nachts auf, aber ist noch nicht so wach, dass der Kopf das realisiert. Vielleicht nimmt man etwas aus den Träumen mit«, überlegte ich laut und runzelte die Stirn.

»Ja. Und nein.« Er unterstützte seine Worte mit Handgesten. »Natürlich gibt es rationale, biologische, psychologische Erklärungen zu dem Phänomen der *Shadow People.* Damit meine ich die Begegnung mit einem menschenähnlichen Schatten. Aber ich beschäftige mich vor allem mit dem übernatürlichen Ansatz. Ich begreife diese Erscheinungen als *lebende* Entitäten.«

Eine Gänsehaut kroch mir über die Arme und ich zog die Schulter etwas an. »Aber was ist der Zweck? Wieso stehen die einfach so nachts im Zimmer rum und warten darauf, dass man aufwacht und einen Blick auf sie wirft?«

»Darüber ist man sich in der Forschung nicht einig.« Er rieb sich über das Kinn und sah kurz zur Decke. »Es gibt Theorien zu Parallelwelten und Astralprojektionen. Einige glauben, dass sie böswillige Absichten verfolgen. Aber oft stehen sie in Verbindung mit lebhaften Träumen, Visionen und meist gehen sie traumatischen Erlebnissen voran. So, als würden sie versuchen, einen zu warnen.«

Unwillkürlich kam mir die Erzählung seiner Sichtung in den Kopf. Marcus war schon immer ein sehr spiritueller Mensch. Als er ein kleiner Junge war, hatten sie sogar eine ganze Weile in einem, nach seinen Worten, heimgesuchten Haus gelebt. Die Geschichten, die er aus dieser Zeit hatte, ließen einem das Blut in den Adern gefrieren. Sie hatten damals mehrere Besuche von Priestern und Geisterjägern. Außerdem hatte ein Medium ihnen eines Tages sogar eröffnet, sie hätten ein Vortex, also eine Art Geisterportal, im Keller gehabt.

Marcus betonte immer, dass er auch Wissenschaftler sei. Er glaubte zwar an das, was ihm passiert war, aber suchte noch immer nach Beweisen.

Die Erzählung, die mir aber in diesem Moment in den Kopf kam, war die, die ihn dazu getrieben hatte, sich auf das Gebiet der Schatten zu spezialisieren.

Er war damals noch im Studium, als sein Vater starb. Die Zeit bis zu dessen Tod hatte er bei ihm verbracht. Es passierte eines Tages ganz ohne Vorwarnung.

Marcus verließ das Totenbett seines Vaters, um etwas zu erledigen, aber fand sich augenblicklich umringt von fünf Gestalten. Sie sahen aus wie Schatten, aber standen mitten im Raum. Dunkle, nebelhafte Masse mit klar abgezeichneten Konturen.

Er empfand keine Bedrohung bei ihrem Anblick. Sie gaben ihm eher das Gefühl, er wäre nicht allein und dass er zu seinem Vater zurückmusste. Kurz darauf tat dieser den letzten Atemzug.

»Der Mothman sagt dir was?«, riss er mich aus meinen Gedanken.

Ich nickte und versuchte, ein Grinsen zu unterdrücken. Der kam zu meiner Jugendzeit tatsächlich sehr oft zur Sprache. »Point Pleasant«, unterstrich ich damit mein Wissen. Es war der Name des Ortes, in dem sich in den Siebzigern eine tragische Katastrophe ereignet hatte. Beim Einsturz einer Brücke waren viele Menschen gestorben. Monate vor dem Ereignis wurde immer wieder von Begegnungen mit einem Schattenwesen berichtet. Eine riesige Motte mit roten Augen.

»Genau.« Er nickte eifrig. »Ich finde, das ist der berühmteste und eindeutigste Beweis dafür, dass Schattenmenschen gute Absichten verfolgen.«

Mir fiel in dem Zusammenhang noch ein weiterer Schatten ein, der namentlich im Haus diskutiert wurde. »Ich erinnere mich noch daran, dass ihr öfter über einen *Hatman* gesprochen habt. Jason hat mir einmal eine ganze Woche darüber in den Ohren gelegen.«

Marcus lachte. »Ja, der hat ihn eine ganze Weile sehr in Atem gehalten. Aber es ist vor allem die Erscheinung, die mit Abstand am häufigsten beschrieben wird. Ein humanoider Schatten in der Form eines Mannes mit einem Hut auf dem Kopf. Deshalb *Hat. Man.*« Er unterstützte die Zusammensetzung der Bezeichnung mit einer hüpfenden Geste seines Zeigefingers.

Sein Gesichtsausdruck brachte mich zum Lachen.

Er setzte an, um noch etwas hinzuzufügen, als in diesem Moment mein Bruder wie ein kleiner Wirbelwind ins Zimmer gerannt kam. Mit weit geöffneten Armen fiel er Marcus entgegen, der ihn mit einem überraschten Japsen auffing.

»Seht mal, wer mir unbedingt eine Stelle aus seinem Buch vorlesen wollte«, sang Mom, die nun das Zimmer betrat. Mit strahlendem Gesichtsausdruck musterte sie die beiden. Wie beiläufig ging sie dabei zurück an die Schüssel und gab hinein, was sie geholt hatte.

»Da das Essen noch etwas braucht, würde ich mich noch einmal ins Büro absetzen«, erklärte Marcus, als sich die zwei etwas beruhigt hatten.

Nathan hatte die Arme um dessen Mitte geschlungen, umständlich sah er nun von dort zu seinem Vater hoch. »Darf ich mitkommen und bei dir weiterlesen?«, fragte er und die großen Augen glitzerten hoffnungsvoll.

Eigentlich war das etwas, was sowieso öfter stattfand. Sie saßen gerne beisammen und grübelten über geschriebenen Worten. Nathan über einem Buch, das er in der Bibliothek geliehen hatte, und Marcus brütete über seinen Studien.

»Na, dann komm, du Lesemonster«, sagte Marcus amüsiert und lief in Richtung Wohnzimmer. Er konnte sich nur schwer fortbewegen, weil Nathan ihn noch immer umschlungen hielt. Dabei lachten und glucksten sie.

Dieser Anblick ließ auch Mom und mich in Gelächter ausbrechen.

Als die Türglocke erklang, war mir unwohl bei dem Gedanken, mich darum zu kümmern. Immerhin war die Wahrscheinlichkeit hoch, dort Jason vorzufinden. Das wollte ich mir jedoch nicht anmerken lassen, besonders nicht nach dem Gespräch, das Mom und ich kürzlich dazu geführt hatten. Also biss ich die Zähne zusammen und setzte mich in Bewegung.

Jeder Schritt fühlte sich zäh an. *Bitte, sei nicht Jason. Bitte, sei nicht Jason.*

Doch als ich dann die Tür öffnete, musste ich alle Kraft aufwenden, damit mir nicht der Mund aufklappte.

»Hi«, sagte Ben gedehnt, die Augenbrauen hoch erhoben.

Unschlüssig starrte ich ihn weiter an. »Ähm, hi?«

Unser erstes Treffen war drei Tage her. Ihn so schnell wiederzusehen, damit hatte ich nicht gerechnet. Und schon gar nicht vor der Haustür meiner Eltern.

Seine Kleidung war genauso leger wie damals in der Bibliothek. Aber die Art, mit der sich das weiße T-Shirt über seiner Brust spannte, machte etwas mit mir. Darüber trug er eine schwarze Lederjacke, die so aussah, als wäre sie schon oft getragen worden. Sie war nicht schäbig, aber an manchen Stellen etwas verfärbt.

Die Vorstellung darüber, wie ich sie trug, huschte durch meinen Kopf. Als hätte er sie mir angeboten, bei einem Spaziergang lose über die Schultern gehängt, weil mir kalt war. Eine vertraute Geste.

Ich erschrak und hatte Mühe, das irrationale Gefühl abzuschütteln, er könnte meine Gedanken lesen. Wenn er davon wüsste, würde er mich sicher auslachen.

»Schön, dich wiederzusehen.« Er hatte die Hände tief in den Hosentaschen vergraben und zeigte seine wahnsinnig weißen Zähne. Dieses Lächeln war mir bei unserer ersten Begegnung schon aufgefallen. Niemals zuvor hatte ich jemanden so lächeln sehen. Es wirkte, als wäre er immerzu fröhlich, als könne ihn nichts trüben.

Himmel, was für Albernheiten, schalt ich mich.

»Aber eigentlich wollte ich zu Professor Cunningham«, erklärte er höflich.

»Oh.« Ich stockte einen Moment irritiert. »Mein Stiefvater.«

»Professor Cunningham ist dein Stiefvater?« Die Überraschung stand ihm ins Gesicht.

Ich nickte und verzog entschuldigend die Miene. »Er hat nicht gesagt, dass jemand herkommt. Sicher hat er es vergessen ...«

Ben blies die Wangen auf und musterte einen Augenblick die mittlerweile kargen Beete im Vorgarten. Schließlich setzte er ein mattes Lächeln auf. »Okay. Dann sollte ich es vielleicht ein anderes Mal versuchen.«

»Nein, komm doch rein«, sagte ich hastig, als er Anstalten machte, sich umzudrehen. »Dann kannst du mit ihm einen neuen Termin ausmachen.«

Er hob abwehrend die Hände. »Ich möchte keine Umstände machen.«

»Das passt schon.« Ich trat zurück und wartete. Zögernd biss er sich auf die Unterlippe und sah sich kurz um. Dann kam er herein und ich schloss hinter ihm die schwere Eingangstür.

»Ihr habt es sehr schön hier«, sagte er beiläufig, während ich ihm mit einer Geste anbot, seine Jacke entgegenzunehmen.

»Oh. Ich wohne nicht hier.« Ich wartete geduldig, bis er die Lederjacke abgelegt hatte und mir hinhielt. Sie war schwer und strahlte seine Körperwärme ab. Ein warmer Geruch von Gewürzen und Hölzern gemischt mit dem Leder schlug mir entgegen. Das ließ etwas in meinem Unterleib stolpern. Ich merkte, wie ich rot wurde, und wandte mich schnell ab.

»An den Wochenenden gibt es immer ein Familienessen«, erklärte ich und lachte dabei nervös, während ich auf den Garderobenschrank zuging.

»Ist es bei dir auch so … gewaltig?«

Das Gefühl, ertappt worden zu sein, überkam mich. Das Innere meines Kopfes war plötzlich wie leer gefegt. Mit leicht zittrigen Fingern hängte ich das Kleidungsstück in meinen Händen auf einen Bügel. »Ähm, was?«, stotterte ich.

»Hier ist es ganz schön groß.« Er sagte die Worte ganz langsam und begleitet wurden sie von einem unsicheren Lachen. »Ich meinte: Wohnst du auch so *geräumig*?«

Als meine Mutter Marcus damals heiratete, zogen wir kurze Zeit später in dieses Haus ein. Sie hatte zuvor ihren Job als Kassiererin in einem Supermarkt aufgegeben und die Umgestaltung des Hauses zu ihrem neuen Projekt erklärt. Erst seit zwei Jahren war es komplett fertig. Ihre Liebe für Details und das brillante Auge für Farben und Materialien waren in jedem Raum spürbar. Ebenso die Extravaganz, die ein Leben an der Seite eines Mannes wie Marcus mit sich brachte. Für sein Erforschen von Schauergeschichten …

Ich schloss die Türen des Garderobenschranks und atmete unauffällig, aber stoßend aus, bevor ich mich zu ihm umdrehte. »Nein. Ich mag es lieber übersichtlich. Ich finde es gemütlicher, wenn der Weg von einer Zimmerwand zur anderen nicht einer Weltreise gleicht«, scherzte ich und zwinkerte. »Wenn du verstehst, was ich meine.«

Hoffentlich würde sich mein Puls bald wieder verlangsamen.

Zuerst sah Ben mich mit runden Augen an, dann lachte er herzhaft auf. »Das ist mir sympathisch.«

Ben legte den Arm diagonal über die Brust und massierte so eine Stelle im Nacken. Die Haut an seinem Trizeps spannte sich dabei. Er ließ den Blick über das große Bild an der Wand zu seiner Linken schweifen, was ein einziges Farbengewimmel war, und so konnte ich ihn unbemerkt mustern.

In eben diesem Augenblick hörte ich die Stimme meiner Mutter dumpf nach mir rufen. Das erinnerte mich daran, dass ich sie damit allein gelassen hatte, den Tisch zu decken. Ohne groß nachzudenken, machte ich mich direkt auf den Weg. Ben folgte mir wie selbstverständlich, was mich die Stirn runzeln ließ.

Mom stellte gerade ein Tablett mit Gläsern ab und wandte sich uns mit einem Lächeln zu. »Wen hast du da mitgebracht?«

»Ben«, stellte sich mein Verfolger mit seinem typischen Grinsen und einer angedeuteten Verbeugung vor. Das brachte mich zum Schmunzeln.

Mom ging mit ausgestreckter Hand auf ihn zu. »Ich bin Marissa. Avas Mom.«

Er hob so plötzlich abwehrend, fast panisch die Handflächen, dass ich neben ihm zusammenzuckte. Seine ganze Statur versteifte sich. »Ich hab's nicht so mit Berührungen.«

Meine Mutter verharrte mitten in der Bewegung und warf mir einen raschen Blick zu. Mit der Zunge fuhr sie sich über die Lippen. »Entschuldigung. Ich wusste nicht …«

»Dafür müssen Sie sich nicht entschuldigen, ehrlich.« Ben lachte nervös. »Wahrscheinlich müsste ich mich entschuldigen. Es ist eine lästige Sache.«

»Für seine Ängste sollte man sich nie entschuldigen müssen«, entgegnete sie und schenkte ihm ein wohlwollendes Nicken.

Zum zweiten Mal wurden seine Augen rund, dann breitete sich langsam ein Lächeln auf seinem Gesicht aus. »Das ist die Weisheit des Tages, würde ich mal sagen. Danke.«

»Du bist ein Freund von Ava?«, fragte Mom.

»Ähm«, machte er und warf mir einen undefinierbaren Seitenblick zu. »Ziemlicher Zufall eigentlich. Wir haben uns tatsächlich schon einmal getroffen. Kürzlich, in der Bibliothek. Aber eigentlich bin ich hier, weil ich einen Termin mit Professor Cunningham habe.«

Sie hob die Brauen. »So? Freitagabends? Bei uns zu Hause?«

»Der Termin war eigentlich um sechzehn Uhr zu seiner Sprechzeit. Aber als ich bei seinem Büro ankam, meinte die Sekretärin, er sei früher gegangen. Sie hat ihn dann angerufen und mir die Adresse gegeben.«

»Bist du einer seiner Studenten?«, fragte sie weiter.

»Genau.«

Das ließ mich aufhorchen. »Ich dachte, du wärst der neue Bibliothekar?«

»Das ist auch richtig. Damit finanziere ich mir das Studium.«

»Sehr vernünftig«, kommentierte Mom. »Euer Termin muss aber erst mal warten. Wir wollen gleich zu Abend essen.«

Ben hob die Augenbrauen und zögerte. »Oh.«

Sein Blick senkte sich gen Boden. Die ganze Sache war ihm sichtlich unangenehm. »Professor Cunningham und ich können einen neuen Termin ausmachen.«

»Du kannst sicher auch mitessen«, schlug ich ihm vor, was meine Mutter freudestrahlend unterstützte.

»Das ist wirklich großzügig, danke«, sagte Ben freundlich. »Aber ich möchte keine Umstände machen.«

»Du machst keine Umstände«, beruhigte Mom ihn. »Du bist Student. Wann hattest du schon das letzte Mal eine vernünftige Mahlzeit?«

»So schlimm ist das heutzutage nicht mehr, Mom.« Ich schmunzelte.

Sie lachte und wandte sich dann wieder ganz Ben zu. »Natürlich isst du mit. Wir haben mehr als genug da, weil die anderen Teilnehmer *leider* abgesagt haben.«

Sie zwinkerte mir zu. Schon immer war sie schnell herzlich mit jedem und Berührungen waren für sie nie ein Thema. Deshalb wunderte es mich auch nicht, als sie ihm kurz auf die Brust klopfte. Dann setzte sie sich auf den Stuhl, der ihr am nächsten stand.

Trotzdem legte ich den Kopf schräg und mein Blick blieb an der Stelle kleben, die sie berührt hatte.

Er hatte nicht einmal gezuckt.

4

»Hast du das Buch gelesen, das ich dir empfohlen habe?«, fragte Nathan an Ben gewandt. Als wir ihn zum Essen gerufen hatten, kam er ins Esszimmer geschlendert und hatte direkt neben unserem Gast Platz genommen. Dann ließ er uns wissen, dass Marcus noch einen Augenblick brauchen würde. Deshalb hatten wir ohne ihn mit dem Essen begonnen. Es gab reichlich Gemüsebratlinge und drei Salate. Meine Mom hatte mal wieder eine Schippe draufgelegt.

»Ja«, erklärte Ben. »Das Ende war sehr überraschend.«

Nathan kniff die Augen zusammen. »Überraschend?«

»Fandest du das nicht?«

Der kleine Zehnjährige öffnete theatralisch den Mund und warf zunächst einen schockierten Blick in die Runde, bevor er antwortete. Das rief bei uns anderen Anwesenden ein Lachen hervor.

»Nein?« Er schüttelte dramatisch die Hände. »Den Plottwist konnte man schon nach der ersten Seite riechen.«

Ben stand der Mund offen. Er blinzelte einmal betont lahm und nickte dann immer wieder, während er sich hilfesuchend an mich wandte. »Plottwist«, sagte er dann außer Atem.

Ich musste noch lauter lachen.

»Du solltest wissen, was das heißt«, stellte mein kleiner Bruder fest. »Sonst wirst du, glaube ich, nicht mehr lange in der Bibliothek arbeiten ...« Er unterstützte seine Aussage mit einem gequälten Grinsen.

Schnell schlug ich mir eine Hand auf den Mund, um nicht den gesamten Bissen, den ich gerade genommen hatte, auf dem Tisch zu verteilen. Den anderen ging es offenbar genauso. Der Arm, den ich um meinen Bauch geschlungen hatte, hüpfte heftig und ich warf Ben einen mitleidigen Blick über den Tisch hinweg zu.

»Wieso hast du mir das Buch empfohlen, wenn es dir gar nicht gefällt?«, fragte er und legte einen Arm auf Nathans Rückenlehne, als er sich ihm zuwandte.

»Es ist schon okay. Es hat seine Höhen und Tiefen. Aber mich konnte es nicht wirklich beeindrucken. Ich dachte, wir starten mit etwas Leichtem«, erklärte mein Bruder ihm. »Und offensichtlich war das die richtige Entscheidung.« Er legte einen Finger auf die Lippen und schaute verstohlen von links nach rechts und wieder zurück.

Ben nickte. »Stimmt. Literatur für Kinder ist auch sehr anspruchsvoll.«

Der ganze Tisch wackelte, weil Mom und ich uns kaum einkriegen konnten vor Lachen, während wir diesem skurrilen Gespräch folgten. Bei Nathans frechen Sätzen und der Art, mit der er sprach, konnte man schon ganz schön ins Schwitzen kommen.

»Klingt, als hätte ich was verpasst«, ertönte die Stimme von Marcus, der plötzlich in der Tür stand.

Meine Mom klärte ihn auf, während er sich zu ihr runter beugte, um ihr einen Kuss auf die Schläfe zu geben. »Nathan gibt mal wieder Nachhilfe.«

Er lachte leicht unter seinem Atem und setzte sich anschließend auf den einzigen freien Platz neben Ben.

Ich vermutete, dass Mom ihn über Bens Berührungsängste aufgeklärt hatte, als sie ihn zum Essen gerufen hatte, denn er machte nicht einmal Anstalten, ihm die Hand entgegenzustrecken.

»Ben, richtig?«, fragte er leise.

»Genau.«

»Du musst entschuldigen. So viele Studenten, da verliere ich schnell den Überblick über die ganzen Namen.« Er lachte nervös und Ben nickte verständnisvoll. »Ich hoffe, du empfindest es nicht als zu unhöflich, dass der Termin aus der Sprechstunde immer wieder verschoben wird.«

»Als wenn er dir darauf ehrlich antworten würde«, schnaubte Mom in ihren Becher.

Mit leuchtenden Augen neigte Marcus sich noch ein wenig weiter zu Ben rüber. »Es ist nur so, dass ich gerade einige Leihgaben erhalten habe, die ich unbedingt noch analysieren möchte, bevor sie wieder zurück nach England gehen. Und leider ist die Zeit äußerst knapp bemessen.« Er tat so, als würde er in der Luft mit den Händen ein unsichtbares Objekt inspizieren. »Es sind ein paar wirklich außergewöhnliche Stücke dabei. Absolut verblüffend, wie …«

»Könnt ihr das Gespräch nicht später führen?«, fragte Mom gedehnt.

»Aber …«

»Du kennst die Regel.« Sie hob einen Finger. »Keine Arbeitsgespräche beim Essen.«

Arbeitsgespräche.

Marcus hob abwehrend die Handflächen. »Okay, okay. Ich dachte nur, es wäre eine Ausnahme, weil wir doch einen meiner Studenten zu Gast haben.«

»Keine Ausnahmen«, sagte sie mit Nachdruck. Erst als er nickte und sie versöhnlich anlächelte, nahm sie den Finger wieder runter.

Als sie nicht mehr hinschaute, zwinkerte er seinem Nachbarn zu und fing an, sich von den Speisen aufzunehmen, für deren Kochkünste er seine Frau immer und immer wieder lobte.

»Mom ist bei uns zu Hause die Strenge«, flüsterte Nathan derweil Ben zu und duckte sich, als unsere Mutter ihm einen finsteren Blick zuwarf.

Wir aßen und unterhielten uns einen Moment angeregt, da wurden wir vom Ertönen der Klingel unterbrochen. Ich wollte schon aufstehen, aber Mom hielt mich mit einer Bewegung zurück und verließ an meiner statt den Raum.

Im nächsten Augenblick räumte Nathan seinen leer gegessenen Teller vom Tisch und flitzte kurz in die Küche. Dann erklärte er, er würde im Wintergarten weiterlesen und machte sich auch sogleich auf den Weg dorthin.

Völlig unerwartet drang eine Stimme an mein Ohr, die sofort jeden Muskel in mir verhärten ließ. Die Luft blieb mir in der Lunge hängen. Ich konnte den Gesprächen um mich herum nicht mehr folgen. Langsam ließ ich die Gabel sinken und zwang mich dazu, den letzten Happen herunterzuschlucken, der sich plötzlich anfühlte wie ein Klumpen Lehm.

Wut wallte in mir auf, dessen Feuer auf meinen Armen tanzte. Ich zwang mich dazu, einen tiefen Atemzug zu nehmen. *Ganz ruhig, Ava. Einfach atmen.*

Im nächsten Augenblick stand Jason auch schon in der Tür. Er hatte einen Stapel Akten unter den Arm geklemmt und in der anderen Hand hielt er einen prall gefüllten Beutel.

»Hier wird ja zu Abend gegessen!«, rief er aus und ich musste mit aller Kraft ein Augenrollen unterdrücken. »Hallo und guten Appetit!«

Er warf ein charmantes Nicken in die Runde, zwinkerte mir zu und blieb schließlich an Ben hängen. Sein Lächeln erstarb für einen Moment, kam aber fast augenblicklich wieder zurück. Der Ausdruck seiner Augen blieb davon unberührt. Auffordernd hob er eine Braue, die sich daraufhin weniger kringelig als die andere zeigte.

Ben wartete und schaute sich zu uns um. Die Luft dieser Szene wurde von Sekunde zu Sekunde unangenehmer für alle Anwesenden. Nur für ihn scheinbar nicht. Er erwiderte die erhobene Braue und bewegte sogar den Kopf ein Stück zur Seite und nach vorn, als würde er Jason sein Ohr entgegenhalten, doch dieser ging absolut nicht darauf ein.

Irritiert sah ich zwischen den beiden Männern hin und her und rutschte dabei auf meinem Stuhl herum. Warum war mir diese Situation unangenehm? Ja, Jason war mein Ex, aber da waren keine Restgefühle oder dergleichen im Spiel. Und Ben kannte ich erst seit vier Tagen. Er war nett und vielleicht gefiel er mir auch, aber mehr war da nicht.

»Das ist Ben«, erklärte ich schließlich, weil ich es nicht mehr aushielt. »Er ist einer von Marcus' Studenten«, fügte ich etwas zu hastig hinzu.

»Ist er das? Dann sind wir uns sicher auch schon einmal über den Weg gelaufen.«

»Möglich«, entgegnete Ben und kopierte den sarkastischen Ton.

»Jason, möchtest du vielleicht mitessen?«, fragte Marcus ihn und erntete dafür sowohl einen Blick meiner Mutter als auch von mir, die wir ihn quer durch den Raum erdolchen wollten.

Auf Jasons Gesicht bildete sich derweil ein überbreites Grinsen. »Gern.«

Ich unterdrückte ein Stöhnen. »Warte. Du brauchst noch einen Stuhl«, sagte sie dann höflich und lief in Richtung Tür, aber Jason war schneller. Kurze Zeit später kam er mit besagtem Stuhl aus dem Nebenraum heraus und platzierte diesen direkt zu meiner Linken ganz am Rand der Runde, wo eigentlich kein Platz mehr war.

Deshalb war er mir viel zu nah, als er sich setzte. Sobald er sich ein wenig bewegte, berührte er mich schon fast.

Ich holte tief Luft, ballte meine Hände unter dem Tisch zu Fäusten und starrte mein Häufchen Salat zu Boden. Mir war der Appetit vergangen. Aus dem Augenwinkel bemerkte ich, wie Ben mich ansah. Schnell warf ich ihm ein Lächeln zu, das so gezwungen war, dass meine Mundwinkel ein wenig zitterten. Es verfehlte seine gewollte Wirkung und überzeugte Ben nicht. Anscheinend spürte er, dass mir Jasons Anwesenheit zuwider war. Er zog seine Augenbrauen weiter aufeinander zu, woraufhin ich mich schnell abwandte, damit er nicht noch mehr aus meiner Mimik herauslesen konnte.

»Nun, da wir gerade darüber sprachen. Ich kann mich nicht daran erinnern, dass du in der letzten Vorlesung warst.« Jason tat sich von dem Essen auf und warf zwischendrin mehrere Blicke auf unseren Gast.

»Da musste ich arbeiten«, erklärte dieser.

»Ist es klug, Vorlesungen zu versäumen, wenn das Semester erst begonnen hat? Kannst du deinen Arbeitsplan nicht um deine Universitätstermine herumlegen?«

»Leider klappt das nicht immer.«

»Und wo arbeitest du?« Jason war so unverschämt, dass es mir an seiner statt unangenehm war. Er schob sich einen Bissen in den Mund und kaute genüsslich.

»In der Bibliothek.«

»Die Universitätsbibliothek?«, fragte er weiter.

»Nein, die Bibliothek hier in West End.«

Das ließ ihn aufhorchen. Er hielt mitten im Kauen an. Über den Tisch hinweg sah er Ben unverhohlen an. Dann bekam ich einen schnellen Seitenblick, bevor er eine Fingerspitze ableckte und weiteraß, als wäre nichts gewesen.

»Nun, nicht, dass aufgrund dessen deine Noten leiden«, sagte er belehrend.

Jasons Ärmel strich über meinen Arm und ließ diesen augenblicklich kalt werden. Ich rückte ein Stück von ihm ab, so weit es ging, und rieb so unauffällig wie möglich über die Stelle.

Schließlich konnte ich mich dazu durchringen, Ben wieder anzusehen. Seine Augen leuchteten, während er den Doktoranden neben mir ansah. »Keine Sorge. Das werden sie schon nicht.« Er kräuselte die Lippen beim Sprechen.

Es entstand eine Pause zwischen den beiden, in der sie einander erbarmungslos anstarrten. Was ging hier vor sich?

Um diese unangenehme Schwingung, die das Aufeinandertreffen von Ben und Jason verursachte, aufzulockern, wandte ich mich meiner Mutter zu. »Das Essen schmeckt wunderbar, Mom.«

Meine Lippen waren noch nicht ganz geschlossen, da fing Jason schon wieder an zu sprechen. »Welche Vorlesung war bisher die interessanteste für dich?« Er würde das Thema nicht so einfach wieder fallen lassen.

Mom hatte das wohl gespürt, denn sie hatte sich nicht einmal die Mühe gemacht, mir zu antworten. Sie setzte lediglich ein müdes Lächeln auf und stützte dann ihr Gesicht in ihrer Hand ab.

»Ich fand bisher alle interessant«, antwortete Ben.

Jason verengte die Augen. »Irgendeinen Favoriten hat man doch immer. Irgendein Thema muss dir doch besonders gefallen haben.«

»Ich denke, für die Schattenwesen-Thematik sollte man alle Themen im Kollektiv betrachten. Sonst verliert man das große Ganze aus dem Auge.«

»Diese Ansicht vertrete ich auch«, mischte sich Marcus ein, dessen Augen zu leuchten begannen, in dem Augenblick, in dem die Bezeichnung seines Spezialgebiets genannt wurde. »Wenn man einen Aspekt vergisst, könnte man versehentlich falsche Schlussfolgerungen ziehen. Und wenn man einer Sache mehr Aufmerksamkeit schenkt, dann übersieht man vielleicht einen wichtigen Hinweis. Ich meine, natürlich gilt das sowieso für die meisten Dinge.« Er zwinkerte entschuldigend und hob dann den Zeigefinger. »Aber gerade in einem so delikaten Gebiet wie dem der Schatten sind solche Fehlgriffe gerne mal unverzeihlich.«

Ben nickte überschwänglich und drehte sich komplett zu ihm um. Er stützte die Ellenbogen auf und faltete die Hände vor dem Gesicht. »Genau. So empfinde ich das auch. Gerade das ist aber vielleicht auch so reizvoll an dem Gebiet.«

»Wie stehst du denn zu den Sichtungen, die wir zusammengetragen haben? Und was sagst du zu den Bildern?«, klinkte sich mein Tischnachbar hastig ein.

Ben hatte nur einen sparsamen Blick für ihn übrig, während Marcus dazwischengrätschte. »Sei doch nicht albern, Jason. An dieser Stelle sind wir in den Vorlesungen für dieses Semester doch noch gar nicht.«

Der Doktorand spannte den Kiefer an und presste die Lippen aufeinander. »Stimmt«, knurrte er. Aber gerade einmal eine Sekunde später war sein aufgesetztes Lächeln zurück. »Wenn man das jährlich immer wieder mitmacht … Manchmal bringe ich die Semester durcheinander.«

Ben hob die Brauen und öffnete den Mund leicht. »Bilder? Das klingt interessant. Ich bin schon gespannt darauf. Meine eigenen Sichtungen sind ja der Grund, warum ich den Termin mit Professor Cunningham habe.«

»Bitte.« Mein Stiefvater sah ihn streng an. »Unter meinem eigenen Dach bin ich Marcus.«

Er nickte kurz und fuhr fort. »Kürzlich haben Sie in einer Vorlesung von dieser Truhe gesprochen, die in Jordanien gefunden wurde. Dass es *materielle* Beweise gibt, finde ich sehr faszinierend.«

Mein Herz setzte einen Schlag aus. Die Truhe? Vor meinem geistigen Auge sah ich das Paket mit der kupfernen Schönheit im Inneren. Mein Unmut gegenüber Jason war wie weggeblasen und ich setzte mich aufrechter hin.

»O ja. Ein Wahnsinnsstück«, stimmte Marcus zu. Er geriet regelrecht ins Schwärmen und ich nahm jedes Wort auf, das ihm über die Lippen kam. »In meiner letzten Veröffentlichung bin ich mehr auf jahrhundertealte Legenden eingegangen und wie diese sich mit heutigen Sichtungen decken. Dadurch habe ich die Möglichkeit bekommen, mir das Ding mal von Nahem anzusehen. Wirklich eine ganz außerordentliche Arbeit. Die Details darauf sind der reinste Wahnsinn, wenn man die Zeit und das Material bedenkt. Einfach atemberaubend.«

»Was ist denn in der Truhe?«, hörte ich mich fragen, bevor ich lange darüber nachdenken konnte.

»Der Griff eines Dolches«, antwortete mir Jasons Stimme, aber ich beachtete ihn gar nicht.

»Es gibt die Legende, dass man, wenn man es schafft, den Dolch zusammenzusetzen, ihn dazu nutzen kann, einen Schatten zu töten«, erklärte Marcus weiter. »Die passende Klinge wurde allerdings nie gefunden.«

Das klang so, als würde es sie wirklich geben, die Schatten. Wozu müsste man etwas töten, das gar nicht existierte? Ich runzelte die Stirn. »Aber sind die nicht so etwas wie Geister? Die sind doch schon tot?«

»Ich denke, die Antwort hängt sehr davon ab, wem du diese Frage stellst«, sagte Marcus lachend. »Ich selbst vertrete ja die Meinung, die sich in dieselbe Richtung bewegt wie der Existenzgedanke von Dämonen. Zumindest so, wie ihn die Experten auf diesem Gebiet beschreiben würden. Damit meine ich, dass ich der Ansicht bin, Schattenwesen bewegen sich zwar auf der gleichen *Ebene* wie Geister. Also zumindest, wenn man Geister im klassischen Sinn betrachtet: als eine Art Überbleibsel unserer menschlichen Seele, die nach unserem Tod fortbesteht.«

Wieder klinkte sich Jason ein. »Marcus vertritt die Vorstellung, dass Schatten eine eigenständige Wesenheit sind. Nicht wie Dämonen, die – simpel ausgedrückt – auf Böses aus sind und einen biblischen Hintergrund haben.«

»Wenn Beispiele wie der Mothman oder der Hatman betrachtet werden – wir hatten ja vorhin schon darüber gesprochen –, genauso wie viele andere Sichtungen, dann würde man sie eher als Omen oder Begleiter einsortieren.

Entgegen der Vorstellung eines Dämons, der eben eher finstere Motive verfolgt. Natürlich gibt es auch hier viele, die dagegen argumentieren. Begegnungen, in denen Schattenmenschen eher als Bedrohung wahrgenommen werden, sind keine Mangelware. Allerdings denke ich, dass da oft Sichtungen anderer Begebenheiten vermischt werden. Meistens aus Fällen mit Sleep Paralysis und das ist ein ganz anderes Themengebiet. Lange Rede, kurzer Sinn: Ich bin der Meinung, dass Schatten eine Wesenheit mit *guten* Absichten sind. Etwas, was uns Menschen unterstützt.«

Wieder dachte ich an die Sache mit der Sichtung und dem Tod seines Vaters. Das aufkommende Schaudern unterdrückte ich, aber auf meinen Armen bildete sich trotzdem eine Gänsehaut.

Das erklärte wohl, wieso weder Mom noch ich gerne mit ihm über seine Arbeit sprachen. Wir glaubten nicht an solche Dinge. Trotzdem waren seine Schilderungen schaurig für uns. Und dann diese Truhe. Sie verwirrte mich.

Nein, diese ganze Thematik und die Begegnung mit meinem Vater verwirrten mich. Leise Zweifel wuchsen in mir. War die Existenz der Schatten vielleicht doch möglich?

Nein, das wäre absurd. Solche Wesen gab es nicht. Dennoch verlangte eine Stimme in mir, dass ich weiterbohrte.

»Warum gibt es dann ein Werkzeug, um sie zu töten, wenn sie doch gute Absichten haben?«

»Nun, das ist die Frage, oder?« Marcus' Augen leuchteten auf und er deutete mit dem Finger auf seine Stirn. »Der Griff selbst ist reichlich verziert mit einem ledernen Band und kleinen Diamanten. Er sieht eher wie ein Schmuckstück aus als Teil einer Waffe. Der Gegenstand, in dem er aufbewahrt wird, die Truhe, ist schlichter. Darauf sind verschiedene Szenerien abgebildet. Was bedeuten die? Warum sind gerade diese Szenen abgebildet? Was haben sie damit zu tun?«

»Was würde ich dafür geben, mal einen Blick darauf zu werfen.« Ben blickte in die Ferne und seine Stimme klang geradezu ehrfürchtig.

»Nun, das hätte ich dir gewähren können, wenn die Truhe noch hier wäre.«

Jetzt sah Ben Marcus an. Lange. »Sie *war* hier?« Er klang nicht überrascht. Das Spiel seiner Augenbrauen, die Betonung und die zusammengepressten Lippen verleiteten mich eher zu dem Gedanken, er wäre *enttäuscht*.

»Sie wurde hierhergeschickt, aber das sind meine Privaträume und der Griff ist ein uraltes Relikt. Ich konnte kaum verantworten, dass er hierbleibt. Deshalb wurde nun alles für den Rücktransport vorbereitet und in der Universität weggeschlossen. Aber ich habe Fotos. Die könnte ich dir zeigen.«

Ein leises Räuspern ertönte. Moms Kopf war rot wie eine Tomate. »Muss ich mich wiederholen, Jungs?«

Eine Welle der Verwunderung überschwemmte mich, weil sie so lange geduldig gewesen war. Vermutlich wollte sie einem Fremden gegenüber einfach nicht unhöflich rüberkommen.

»Keine Gespräche über die Arbeit mehr, versprochen«, sagte Marcus sofort und machte eine Geste, als würde er einen Reißverschluss an seinem Mund zuziehen. Dann grinste er spitzbübisch. »Darf ich über Motorräder sprechen?«

»Sie mögen Motorräder?«, fragte Ben sofort.

»Das wäre noch maßlos untertrieben.«

Die beiden verfielen so schnell in ein Gespräch über die Zweiräder, dass ich das Gefühl bekam, einmal durch die Zeit geschleudert worden zu sein. Das war ein Thema, bei dem ich nichts mehr beitragen konnte. Ich wandte mich meiner Mom zu. Sie wirkte seltsam verstört. Immerhin war sie auch das ganze Gespräch über extrem ruhig gewesen. Das war untypisch für sie.

Um sie abzulenken, befragte ich sie dazu, ob sie schon all die Pflanzen aus dem Garten in Sicherheit gebracht hatte, die nicht winterhart waren.

Im Augenwinkel sah ich, wie sich Jason mit verschränkten Armen und geschürzten Lippen tiefer in den Stuhl rutschen ließ. Er hatte absolut keine Ahnung von Motorrädern und ihn jetzt so dasitzen zu sehen, wie ein beleidigtes Kind, das die anderen Kinder nicht mitspielen lassen wollten, ließ meinen Magen amüsiert hüpfen. Ich wusste, dass es weder erwachsen noch rational war, das zu denken und doch verschaffte mir dieses hämische Gefühl etwas Genugtuung.

»Irgendwann möchte ich gerne mal ein Ural-Motorrad besitzen«, hörte ich Marcus seinen lang gehegten Traum aussprechen.

Ich warf den beiden einen Blick zu und sah Ben schmunzelnd den Kopf schütteln.

»Hey, was gibt's da zu lachen? Ich will die Maschine nicht, weil Brad Pitt so eine fährt.« Aufgeregt winkte er mit beiden Händen ab und sah zur Seite. »Ach, ihr jungen Leute versteht das eh nicht.«

»Nein, so war das nicht gemeint«, wollte Ben klarstellen. »Es ist nur ... na ja, ich habe so ein Ding bei mir zu Hause stehen.«

»Was?« Marcus erstarrte. »Du hast eine Ur...? Du bist Student und arbeitest des Geldes wegen in einer Bibliothek und da willst du mir weismachen, dass du eine Ural fährst?«

Er zuckte mit den Schultern und zeigte das schönste Grinsen, das ich jemals gesehen hatte. »Man muss eben Prioritäten setzen.«

»Hm.« Mein Stiefvater rieb sich über das Kinn und schüttelte ungläubig den Kopf. »Das glaube ich erst, wenn ich es sehe.«

»Lässt sich einrichten. Beim nächsten Mal bringe ich sie mit.«

Beim nächsten Mal ...

Mom brachte Nathan ins Bett und Marcus hatte seinen Gast in die Garage entführt, um ihm stolz sein Motorrad zu präsentieren. Immer wieder hörte man das dumpfe Geräusch eines aufheulenden Motors.

Ich hatte mich angeboten, das Geschirr abzuwaschen, das nicht mehr in den Geschirrspüler gepasst hatte. In dem Moment, als ich den nächsten Teller in die Hand nahm und anfing, mit einem Schwamm darüber zu schrubben, betrat Jason hinter mir die Küche.

Aus dem Schrank zog er ein Geschirrtuch. »Und was hältst du von unserem Studenten?«, fragte er und stellte sich neben mich. Jemandem, der Jason nicht kannte, mochte es wie beiläufig erscheinen, aber an dem subtilen Zittern in seiner Stimme erkannte ich, wie sehr ihm diese Frage auf dem Herzen brannte.

»Er scheint sehr fasziniert von eurem Forschungsgebiet zu sein. Das ist, glaube ich, eine gute Voraussetzung für einen Studenten.« Ich legte das nächste Teil auf den Stapel der nassen Sachen und Jason griff sofort danach, um es abzutrocknen.

Die Gewohnheit dieser Interaktion versetzte mir einen Stich und ich versuchte, mich auf meinen Atem zu konzentrieren. Als wir zusammen gewohnt hatten, besaßen wir keinen Geschirrspüler und so war diese Prozedur eine abendliche Routine von uns gewesen. Tatsächlich war das eines der wenigen Dinge, die ich vermisste.

»Irgendwie kommt er mir verdächtig vor«, sagte Jason und starrte die Tür zur Garage an.

»Ach, wirklich? Hat man gar nicht gemerkt«, erklärte ich bissig.

»Hm?«, machte er. Der veränderte Ton meiner Stimme irritierte ihn scheinbar.

Ich hielt inne. »Du weißt ganz genau, was ich meine. Was sollte dieses Verhör vorhin?«

»Es ist nur … Ich habe ihn vorher noch nie in einer Vorlesung gesehen.«

»Ach, komm. So wenige Studenten besuchen die Vorlesungen nicht. Er ist dir nur einfach nicht aufgefallen.«

»Ich habe ein sehr gutes Ge–«

»Dir hat nur nicht gefallen, dass du nicht Marcus' volle Aufmerksamkeit bekommen hast«, unterbrach ich ihn. »Tu jetzt bloß nicht so, als hättest du dich dem Essen nur angeschlossen, um einen gemütlichen Abend mit uns zu verbringen. Du wolltest ein Feuer legen und jetzt stört es dich, dass es nicht so geklappt hat, wie du dir das vorgestellt hast.«

»Nein, ehrlich. Die Kochkünste deiner Mom darf man sich nicht entgehen lassen.« Er grinste.

Ich schenkte ihm ein genervtes Lächeln und mit einem Seufzen spülte ich eine Schüssel durch.

»Der Typ kommt mir einfach komisch vor.« Kurz zögerte er. »Außerdem ist er nicht nur wegen Marcus da …«

Zwischen uns entstand eine Stille, die mir den Hinweis gab, dass er wohl auf eine Reaktion von mir wartete, aber ich wusste nicht, was ich darauf hätte sagen sollen.

Nachdem er einen Stapel Teller weggestellt hatte, kam er zurück, um die Schüssel entgegenzunehmen.

»Mir ist nicht entgangen, wie er dich angesehen hat.«

Ich erstarre. Sowohl er als auch ich hielten gemeinsam an dem Geschirrstück fest und sahen einander in die Augen.

»Willst du mich verarschen?«, zischte ich.

Langsam ließ er von der Schüssel ab, aber ich bewegte mich keinen Zentimeter.

»Ich meine nur …«

»Mir ist egal, was du meinst.« Ich musste wirklich an mich halten, um nicht direkt loszuschreien. »Abgesehen davon, dass es nicht wahr ist. Egal, was du meinst gesehen zu haben, es geht dich nichts an. Du hast absolut kein Recht, eifersüchtig zu sein.« Jedes einzelne Wort trug das Gift der Wut in sich, die ich das letzte Jahr mit mir herumgetragen hatte. Ich hätte ihm den Hals umdrehen können.

Er öffnete den Mund, aber in dem Moment hörten wir die Garagentür aufschwingen. Ben und Marcus betraten lachend die Küche. Als sie uns bemerkten, verstummten sie sofort.

Meine Brust hob und senkte sich, während wir einander weiter anstarrten. Ich wartete nur auf ein falsches Wort von ihm. Vielleicht wäre das der Augenblick geworden, in dem ich meine Zurückhaltung gebrochen hätte.

»Alles in Ordnung?« Marcus' Stimme war das, was mich wieder in meine Rolle zurückschnappen ließ.

Ich lockerte die Schultern. »Ja«, antwortete ich knapp und wandte mich der Spüle zu.

Jason bewegte sich kein Stück und die anderen beiden blieben ebenfalls unschlüssig stehen.

»Es … es ist schon spät«, hörte ich Bens Stimme hinter mir sagen. »Besser, wenn ich mich jetzt auf den Heimweg mache.«

»Jetzt haben wir aber gar nicht über deine Sichtungen gesprochen«, bemerkte Marcus.

Ben winkte ab. »Der Abend war trotzdem sehr angenehm. Über Motorräder spreche ich auch gern.« Er lachte.

»Wir können einen anderen Termin machen.«

»Das sollten wir.«

»Ich bringe dich zur Tür«, hörte ich mich plötzlich sagen. Die Hitze der Wut ließ mich schwindelig werden. Frische Luft. Ich brauchte frische Luft.

»Okay?« Ben klang besorgt. Er beobachtete eingehend, wie ich die Gummihandschuhe abstreifte und die Hände an der Schürze abwischte.

»Klar. Jason hat sich sowieso gerade bereit erklärt, die Geschirrgeschichte alleine zu übernehmen.« Ich warf ihm einen giftigen Blick zu. Dann stürmte ich aus dem Raum.

Zielstrebig durchquerte ich die Räume und rannte direkt auf die Haustür zu. Als ich sie schwungvoll aufriss, drückte ich die Lider aufeinander und sog die kühle Herbstluft ein. Einen Augenblick genoss ich den sanften Windstoß, der mein Gesicht umschmeichelte.

Hinter mir hörte ich die Garderobe klicken und wandte mich sofort um. Ben zog seine Jacke hervor und musterte mich dabei. »Ist etwas vorgefallen?«, fragte er unvermittelt.

Ich genoss einen Moment den Anblick des Muskelspiels seiner Arme, während er diese in den Ärmeln verschwinden ließ. »Nein«, sagte ich und versuchte mit aller Kraft, es auch so zu meinen. Ich hasste das Gewicht, das Jason noch immer in mein Leben trug. Das musste endlich ein Ende haben.

Ben trat zu mir auf die Veranda und sein Blick wurde mit jedem Schritt besorgter. »Wenn ich etwas tun kann, dann ...«

»Weil du trotzdem gut zuhören kannst, obwohl du kein Barkeeper bist?«, wiederholte ich seine Worte und begleitete sie mit einem frechen Lächeln. »Mir ist bewusst, dass ich ziemlich zierlich aussehe, aber ich kann sehr wohl auf mich selbst aufpassen.«

Er entspannte die Gesichtszüge und ein sanftes Kichern befreite sich aus seiner Kehle. »Etwas anderes habe ich auch gar nicht erwartet.« Langsam bewegte er sich auf die hölzernen Stufen zu und fing an, sie herabzusteigen. »Aber manchmal ist es trotzdem in Ordnung, die Hilfe von Freunden anzunehmen«, fügte er hinzu, während er sich am Fuße der Treppe noch einmal zu mir umdrehte.

Freunde. Es irritierte mich, dass er dieses Wort bereits für uns nutzte. Und das so selbstverständlich. Aber ich konnte nicht lange darüber nachdenken. Denn das, was ich in diesem Moment in seinen Augen sah, machte mich absolut sprachlos. Es war wie ein heiliges Versprechen. Die Art, wie er es gesagt hatte, ließ ein Kribbeln in meinem Nacken aufsteigen.

»Danke schön«, hauchte ich und wurde irgendwie verlegen.

Er hob die Augenbrauen. »Ich hab zu danken. Das war ein sehr schöner Abend.«

Ich grinste, um die Hitze, die mir im Gesicht stand, zu überspielen. »Werde ich den Herrschaften des Hauses ausrichten«, erklärte ich betont lässig.

Für einen Augenblick wirkte er überrascht. Sein Mund öffnete und schloss sich direkt wieder.

»Sie hatten dich sehr gern hier, denke ich«, fügte ich schnell hinzu.

»Ich werd's mir merken.« Ben lachte.

»Besonders Marcus. Spätestens die Motorradgeschichte hat bei ihm Schnappatmung hervorgerufen«, sagte ich und stimmte in sein Lachen mit ein.

Erneut öffnete er den Mund, um ihn sofort wieder zu schließen.

»Was?«

Er zögerte. Dann straffte er die Schultern und zwinkerte mir zu. »Ich sollte mich auf den Weg machen. Wir sehen uns, Ava.«

Nachdem ich Ben verabschiedet hatte, begab ich mich auf das Sofa, wo ich geduldig wartete, bis sie die Treppe runterkam. Währenddessen hielt ich mit mir eine Debatte nach der anderen ab, ob ich nicht doch schon gehen sollte.

Aber ich hatte es mir vorgenommen und würde meine Mom nun nach den Briefen fragen.

Sie lächelte mir kurz zu, als sie im Wohnzimmer vorbeikam, huschte aber direkt weiter in die Küche.

Schnell erhob ich mich, um ihr zu folgen. Marcus und Jason verließen gerade den Raum, als ich eintreten wollte. Deshalb kam es zu einem kurzen Ausweichmanöver zwischen mir und meinem Ex. Ich musste mich sehr zusammenreißen, um ihn zu ignorieren.

»Mom?«, fragte ich dann vorsichtig, als die beiden außer Hörweite waren.

»Ava?«, gab sie zurück.

»Da gibt es etwas, was ich gerne wüsste«, zwang ich mich zu sagen. Meine Stimme klang rau.

Sie trocknete sich die Hände an einem Geschirr-tuch und kniff die Augen zusammen, während sie mich musterte und näher an mich herantrat. »Was denn?«

Ich kaute auf der Innenseite meiner Wange herum, die schon ganz wund war. Gleichzeitig war ich mir bewusst, dass das nur das Resultat der Unruhe war, die ich empfand, im Hinblick auf das Thema, mit dem ich sie gleich treffen würde.

Plötzlich hob sie mein Gesicht an und begutachtete es prüfend. »Was geht dir durch den Kopf?«

Ich schälte mein Kinn aus ihrem Griff und sie warf das Tuch hinter sich auf die Arbeitsfläche, um die Hände in die Seiten zu stemmen. »Was ist los?«

Mein Atem ging schneller und ich schluckte, um mich ein wenig runterzubringen. Das würde sicher im Streit enden.

Sie sah mich fordernd an.

»Weißt du etwas von …« Meine Stimme brach.

Moms Züge verdüsterten sich. »Ja, Schatz?«

Mehr als ein Räuspern bekam ich nicht zustande.

»Ist alles in Ordnung?«, fragte sie besorgt.

Aber ich ging gar nicht darauf ein. Tief holte ich Luft und zwang mich, die Frage auszusprechen. Das schaffte ich nur, indem ich den Türrahmen zum Wintergarten anstarrte. »Weißt du etwas von irgendwelchen Briefen, die Dad mir geschickt hat?«

Im Augenwinkel sah ich, wie ihr alles aus dem Gesicht fiel. Sie erstarrte.

Eine Sekunde verging. Eine zweite.

Langsam drehte ich den Kopf, um sie wieder anzusehen. Ihre Augen waren schreckgeweitet.

»Woher weißt du von den Briefen?«, hauchte sie.

Es fühlte sich an, als hätte sie nichts Schlimmeres zu mir sagen können. Ich verlor den Boden unter den Füßen.

»Er hat mir tatsächlich welche geschrieben?« Mein Sichtfeld fing an zu verschwimmen.

Moms Augen füllten sich ebenfalls mit Tränen. »Ja, aber ...« Sie schluckte sichtbar und holte dann zitternd Luft. »Ich wollte nicht, dass du dich aufregst oder dass du verletzt wirst«, rechtfertigte sie sich prompt, ohne dass ich etwas gesagt hatte.

Wie von selbst legten sich meine Hände über Mund und Nase, während ich langsam realisierte, was das bedeutete. Mein Sichtfeld vibrierte. Dad hatte nicht gelogen.

»Wo sind diese Briefe?«, fragte ich und in meiner Kehle brodelte es.

»Bitte sei mir nicht böse«, flehte Mom und ging einen Schritt auf mich zu.

Denselben wich ich zurück und sie verharrte in der Bewegung. »Ich ... Darüber kann ich jetzt nicht nachdenken«, sagte ich mit brüchiger Stimme. »Wo sind diese Briefe?«

Sie seufzte schmerzerfüllt und ging an mir vorbei ins Esszimmer. Ich folgte ihr. Dort setzte sie sich auf einen Stuhl.

Schnell umrundete ich den Tisch und blieb direkt vor ihr stehen. »Wo sind diese Briefe, Mom?«, wiederholte ich fordernder und in ungeduldigem Ton.

Traurig hob sie den Blick von ihren Händen, die sie übereinander auf die Tischplatte gelegt hatte. »Ich wollte nicht das Risiko eingehen, dass du sie vielleicht finden könntest und dann ... Ich wollte nicht, dass wir uns streiten und ...« Ihre Unterlippe zuckte und ihr Kinn vibrierte. »Dein Dad ... er hatte kein Recht dazu, dir Briefe zu schreiben.«

Energisch presste ich die Lippen aufeinander, während ich darauf wartete, dass sie mit der Sprache rausrückte.

»Er hat sie selbst in unseren Briefkasten geworfen. Er wusste immer ganz genau, wo wir sind. Er hätte ...«, sie stockte, »klingeln und hereinkommen können. Du hättest es verdient, dass er dir direkt ins Gesicht sagt, was auch immer Wichtiges er dir zu sagen hatte.«

Langsam zog ich einen Stuhl zurück und setzte mich erschöpft seitlich auf die Kante. Vielleicht hätte ich das verdient. Aber – und ihr war das ebenso bewusst wie mir – er hätte das nicht so einfach machen können.

Mom war ebenfalls von ihm verlassen worden. Auch sie hatte lange Zeit mit seinem Verschwinden zu kämpfen gehabt.

Schweigend saßen wir einander gegenüber, jede in ihren eigenen Gedanken. Da wurde mir plötzlich bewusst, was ihre Aussage bedeutete. »Du hast sie nicht gelesen?«

Sie schüttelte den Kopf.

»Und was ist aus ihnen geworden?«

Ihre Augen huschten hoch zu mir. Sie hob einen Finger zum Mund und fing an, an einem Nagel zu knabbern. Dann ließ sie ihn wieder sinken und pulte mit der anderen Hand daran herum. »Ich habe sie entsorgt«, sagte sie schließlich.

»Was?« Ich glaubte, mich verhört zu haben. »Du hast die Briefe entsorgt?«

Sie nickte bestimmt. »Es war immer einer pro Jahr, bis du achtzehn wurdest. An deinem neunzehnten Geburtstag hatte ich Angst, er würde in deinem Wohnheim auftauchen. Aber das tat er wohl nicht. Du hast zumindest nie etwas gesagt.« Wieder musterte sie mich mit verengten Augen.

»Sie sind weg?«, flüsterte ich und begriff in diesem Moment, was das bedeutete. Vielleicht hätte ich darin die Antwort auf sein seltsames Verhalten gefunden. Vielleicht hätte er mir etwas geliefert, das erklärte, wieso er uns damals verlassen hatte. Etwas, das ihn als verfluchten Mistkerl entlastete.

Laut seinen Worten ging es in den Briefen auch um die Schatten. Sie enthielten irgendwelche Informationen, die für mich wichtig gewesen wären. Auch wenn ich nicht verstand, was er mir dazu hätte so Dringendes sagen wollen.

Doch jetzt waren sie weg. Verloren.

»Woher weißt du von den Briefen?«, riss mich Mom aus den sorgenvollen Gedanken.

Zuerst überlegte ich, es für mich zu behalten und irgendwie drumherum zu reden. Moms giftiger Blick brachte mich so sehr auf die Palme, dass ich gar keine Lust hatte, mir eine Ausrede einfallen zu lassen.

»Dad hat mir davon erzählt«, platzte ich heraus und quittierte ihren schockierten Gesichtsausdruck mit einem patzigen.

»Wieso hast du mir nichts davon erzählt?«

»Wieso hast du mir nichts von den Briefen erzählt?«, hielt ich dagegen.

Ihr entwich ein schockiertes Lachen und kurz darauf verzog sie wieder wütend das Gesicht. »Das tut mir auch sehr leid. Aber ich hatte wirklich nur dein Bestes im Sinn.«

»Das waren *meine* Briefe«, unterbrach ich sie.

»Ich weiß. Und dein Vater war *mein* Mann.«

Wir begriffen zeitgleich, was sie da sagte, und wichen dann den Blicken der jeweils anderen aus.

»Ja. Das ist wahr, Mom«, sagte ich langsam. »Um ehrlich zu sein, er war in keiner guten Verfassung. Ich wollte nicht, dass du dich aufregst oder dir Sorgen machen musst.«

Sie griff über den Tisch nach meiner Hand. »Aber du musst da doch nicht allein durch.«

»Ich denke doch«, hauchte ich und wieder sammelten sich Tränen in meinen Augen. »Du hast weitergemacht und bist glücklich, Mom. Das soll auch so bleiben. Dad hat dich verlassen und kein Recht, jetzt ein Teil deines Lebens zu sein. Und das muss er auch nicht. Es ist alles gut so, wie es ist. Du bist weitergezogen und hast dir das Leben aufgebaut, das du immer wolltest.«

Sie war drauf und dran, etwas zu entgegnen, aber ich sprach schnell weiter. »Aber ich muss den Weg an ihm vorbei noch immer finden.«

»Jedes Jahr habe ich mir auf's Neue vorgenommen, es dir zu sagen, aber als der nächste Brief kam …« Sie schluckte hart. »Das hat mich so wütend gemacht. Immer wieder. Er hat dir wichtige Erfahrungen genommen, die du verdient hättest, zu machen. Stattdessen schrieb er dir Briefe. Als wenn das etwas ersetzen könnte. Und dann nur einen pro Jahr.«

Energisch schüttelte sie den Kopf und drückte meine Hand. »Bitte verzeih mir«, schloss sie.

Ich nickte und lächelte traurig. »Entschuldige, dass ich dir nicht gesagt habe, dass er bei mir war.«

»Ja, ich weiß doch«, war Nathans genervte Antwort auf meinen regulären Hinweis, dass er den Bereich der Kinderbücher nicht verlassen sollte, bis ich wiederkam, um ihn abzuholen. Ich wusste, er hatte es schon an die hundert Mal von mir gehört und konnte auch verstehen, dass es ihn mittlerweile nervte. Trotzdem würde ich es ihm weitere hundert Male sagen. Die Welt war nicht nur gut und wenn ihm etwas zustoßen würde, könnte ich mir das niemals verzeihen.

»Du bleibst hier, bis ich wieder da bin«, wiederholte ich.

Er rollte mit den Augen und stimmte gedehnt zu. »Ja-ha.«

Dann stolperte er auf das nächste Regal zu und rieb sich am Kinn, während er überlegte, welches Buch er als Erstes lesen sollte.

Hinter dem Regal erschien eine Hand, die ein verschnörkeltes Kinderbuch hochhielt. Der Arm daran wurde sichtbar und im nächsten Augenblick lugte Ben um die Ecke. Er lachte uns an.

Nathan hüpfte sofort auf das Buch zu und nahm es strahlend in Augenschein. »Das kenne ich noch gar nicht.«

»Ist aus meiner privaten Sammlung. Ich habe es der Bibliothek überlassen. Aber ich finde, du solltest der Erste sein, der es liest.«

»Hi«, begrüßte ich ihn und trat strahlend an die Szene heran, um das Buch genauer unter die Lupe zu nehmen. Der Buchschnitt sah ein wenig vergilbt aus, aber ansonsten unberührt und auch der Einband wirkte beinahe neu. Er war dunkelbraun, aus festem Material und mit roten Schnörkeln verziert, die metallisch glänzten. Der Titel, der in derselben Farbe mittig darauf platziert war, sagte mir nichts.

»Na? Habt ihr mich so sehr vermisst?« Ben grinste meinen Bruder an.

Ich neigte den Kopf und formte einen tadelnden Blick. »Sei nicht albern. Du weißt doch, dass wir immer dienstags hier sind«, entgegnete ich lachend, aber konnte nicht leugnen, dass ich mich freute, ihn zu sehen.

Er blies die Wangen auf und fasste sich an die Brust, während er schmerzvoll das Gesicht verzog.

»Also wenn du mir öfter neue Bücher mitbringst, dann könnte das in Zukunft so sein«, sinnierte mein kleiner Bruder. Er wollte sicher einen Scherz machen, aber die Wörter gingen in seinem Atem verloren, während er das Buch aufschlug und anfing, die erste Seite zu überfliegen. Langsam machte er sich auf den Weg zu den Sitzsäcken. Schmunzelnd beobachteten wir ihn.

Dann trat Ben einen Schritt zurück und deutete mit beiden Armen in die Richtung der wuchtigen Treppe. »Wollen wir?« Er zwinkerte mir zu.

Ich schnaubte belustigt und setzte mich in Bewegung.

»Welche Bücher sind eigentlich deine liebsten?«, fragte ich ihn, nachdem wir die ersten Stufen genommen hatten.

Nachdenklich schürzte er die Lippen. »Die Klassiker, nehme ich an.«

Schmunzelnd runzelte ich die Stirn. »Also«, begann ich gedehnt. »Krieg und Frieden? Oder Jane Austen womöglich?«

Ben schien nicht der Typ für so etwas zu sein.

Er lachte lautlos, schürzte die Lippen und kratzte sich an der Schulter. »Nein, ich fürchte, ich bin eher für Science-Fiction zu begeistern. Science-Fiction-Klassiker. Ich bin ein großer Fan von H. G. Wells.«

»Von dem habe ich tatsächlich noch nichts gelesen«, eröffnete ich ihm, was ihn geräuschvoll einatmen ließ. »Aber Science-Fiction ist auch nicht wirklich meine Welt«, fügte ich lachend hinzu, um es vor ihm zu rechtfertigen.

»Dann werden dir seine Werke wohl auch nicht gefallen. Ansonsten hätte ich dir *Der Unsichtbare* wärmstens empfohlen. *Krieg der Welten* habe ich auch gern gelesen. Auch wenn das wohl doch schon ziemlich Mainstream ist.«

Mittlerweile hatten wir den oberen Stock erreicht, bogen nach rechts und gingen auf den Bereich zu, in dem die Belletristik einsortiert war.

Mit einem geübten Handgriff griff er nach dem Wagen, auf dem die Bücher lagen, die noch einsortiert werden mussten. »Wie bist du zum Lesen gekommen?«

»Mein Dad hat mich dazu ermutigt. Er hat immer gesagt, dass ein Buch einem etwas geben muss. Nicht unbedingt Wissen oder eine Meinung. Ein Gefühl oder Unterhaltung reicht«, überlegte ich laut und ging einen Stapel auf dem Wagen durch. »Ich lese gerne gesellschaftskritische Bücher. Kafka vor allem. Seine Werke lassen so viel Raum für Interpretationen. Wenn ein Buch mich dazu verleitet, weiterhin Gedankenspiele durchzuführen, obwohl ich es schon lange ausgelesen habe, dann war das für mich ein fabelhaftes Buch. Solche Romane lese ich am liebsten.« Als ich aufsah, stockte mir der Atem. Bens Augen musterten eingehend meine Lippen. Langsam wanderten sie nach oben und als sich unsere Blicke trafen, musste ich schlucken.

Es war, als würde mein Körper von einer elektrischen Ladung überzogen. Leidenschaft war definitiv etwas davon, was in diesem Augenblick über mich hinwegspülte. Aber das Sehnen, das mich ergriff, war so tief und so kernig, dass es mich geradezu erschreckte.

Die Luft zwischen uns wurde schwerer.

Etwas in Bens Blick veränderte sich und völlig unvermittelt beugte er sich vor.

Die Elektrisierung zwischen uns wurde heftiger.

»Hier«, holte mich der Klang seiner Stimme wieder in die Realität, er griff neben mich in das Regal und zog einen Roman hervor. »Hast du dieses gelesen? Das könnte dir gefallen.« Lächelnd hielt er es mir hin.

Orwells *Erledigt in Paris und London*.

»Nein, noch nicht.« Ich musste mich räuspern, weil meine Stimme so rau war. Steif nahm ich es entgegen und ein kalter Luftstoß fegte über jeden Muskel.

Er hielt inne, den Blick auf meinen Hals geheftet, was mich zusätzlich durcheinanderbrachte.

»Das ist ein interessanter Anhänger«, bemerkte er mit einem Schmunzeln.

Sofort griff ich danach. »O das. Die Kette war ein Geschenk von Mom und Marcus, aber Nathan hat den Anhänger ausgesucht«, erklärte ich und bei der Erinnerung an die Geschichte wurde mein Inneres mit Wärme geflutet.

Es war ein Geschenk zu meinem einundzwanzigsten Geburtstag. Nathan war damals sechs und der Narwal sah entsprechend kindlich aus. Keine modernen Rundungen oder geometrischen Kanten. Keinen sauberen Schnitt. Stattdessen einen lächelnden Mund ins Silber graviert, direkt unter dem Stoßzahn.

Ben schmunzelte. »Das klingt sehr schön.«

Das war es auch. Das Schmuckstück bedeutete mir sehr viel.

Er schob den Wagen in einen Gang mir gegenüber und begutachtete einen Buchrücken, bevor er das zugehörige Buch an dessen Platz brachte. Dann bewegte er sich so weiter an dem Regal entlang.

Zischend ließ ich Luft durch meinen Mund entweichen und schüttelte die Schultern aus. Ich flog über die ersten Seiten des Buches in meiner Hand, aber die Verwirrtheit in mir verhinderte, dass ich auch nur einen Buchstaben aufnehmen konnte.

Während ich immer wieder Bücher aufschlug, überflog und wieder schloss, sie zu meinem Ausleihstapel packte oder entschied, dass sie vorerst hierbleiben durften, hielt ich im Stillen die Augen nach Ben offen. Zuerst schielte ich heimlich in seine Richtung, was nicht lange unbemerkt blieb. Ben hatte damit begonnen, Albernheiten zu machen, sobald sich unsere Blicke trafen. Oder er tauchte hinter Regalen auf, um mich zu erschrecken. Mittlerweile freute ich mich einfach schon auf den nächsten Quatsch, den er sich einfallen ließ.

Selbst als sich Mrs. Banner zu uns in die Abteilung gesellte, hielt ihn das nicht auf. In einer gebeugten Körperhaltung schob sie einen Bücherwagen vor sich her und sortierte hier und da ein oder aus. Sie war eine Dame in den Sechzigern und hatte ein faltiges Gesicht, auf dem ein strenger Ausdruck eingefroren war. Ihre grauen Haare trug sie immer im Zopf und kleidete sich stets gedeckt.

Ich presste die Lippen fest aufeinander, um nicht laut loszuprusten, als Ben hinter ihr herging und dabei die Schultern schüttelte.

Aber nur einen Augenblick später drehte sie sich um und hätte ihn beinahe mit dem Buch in ihrer Hand erschlagen. Er konnte im letzten Moment abtauchen und schnell in den nächsten Gang flüchten. Ich schlug die Hände vor das Gesicht, um die Laute abzudämpfen, die mein unterdrücktes Lachen produzierte. Als Mrs. Banner sich umdrehte, konnte ich in ihrem Gesicht doch tatsächlich noch ein flüchtiges Lächeln entdecken.

Sie war eine sehr verschwiegene Dame. Die Interaktionen, die man mit der Bibliothekarin hatte, waren auf ein Minimum beschränkt. Außer sie hatte etwas an einem auszusetzen. Es war ein ungewohnter Anblick, sie so zu sehen, aber schön.

»Buh«, machte es plötzlich.

Bens Gesicht schwebte direkt neben meinem. Ich zuckte so heftig zusammen, dass ich mit der Schulter über sein Kinn streifte.

»Meine Güte.« Ich hielt mir die Brust. »Musst du dich so anschleichen?«

Er hob lediglich eine Braue und sein Grinsen wurde breiter. »Ich hab ganz genau gesehen, wie du gelacht hast, obwohl Mrs. Banner einen tätlichen Angriff auf mich verübt hat.«

»Ja, sie hat dich wirklich brutal erwischt.« Ich nickte überschwänglich und schob die Lippen vor.

Zwischen seinem Daumen und Zeigefinger bildete er eine kleine Lücke. »So knapp war das.«

Ich widmete mich wieder meinem Buch, während er anfing, das Regal neben mir zu bearbeiten.

»Hast du was Interessantes gefunden?«

»Mhm«, machte ich, ohne aufzusehen.

Ich las gerade eine Stelle in dem Buch quer, in dem der Charakter eine Obsession zu einem metaphorischen Schatz schilderte. Dabei verurteilte er diejenigen um sich herum, ignorierte allerdings völlig, dass er dieselben Gefühle verspürte.

Nach einer Weile legte ich das Buch vor mich auf dem Tisch ab und sah auf. Ich beobachtete das Muskelspiel von Bens Rücken, während er Buch um Buch einsortierte, herum bewegte, herausholte oder wieder zurückschob.

»Darf ich dich was fragen?«

Er drehte sich nicht einmal zu mir um, als er leichthin sagte: »Klar.«

Kurz zögerte ich. Diese Frage beschäftigte mich schon seit dem Abend des Familienessens, als er bei uns gewesen war, aber ich hatte Probleme damit, die richtigen Worte zu finden. »Was hat es mit dieser Truhe auf sich?«, fing ich schließlich an.

Sein Oberkörper fuhr zu mir herum. Dabei rutschte sein T-Shirt auf der einen Seite ein wenig nach oben und entblößte dort einen feinen Streifen Haut.

Eine Hitzewelle fuhr durch mich hindurch, sodass ich mich schnell abwandte. Ich räusperte mich und wartete darauf, dass es in meiner Magengrube aufhörte, zu hüpfen. Erst dann sah ich wieder auf.

Er musterte mich einen Moment. »Dein Stiefvater hat es ja schon gesagt. Sie ist ein wirklich erstaunliches Stück«, paraphrasierte er.

Auf dem Bücherwagen legte er einen Stapel ab und fing dann an, die anderen Romane darauf durchzugehen. »Kupfer ist nicht unbedingt ein leicht zu bearbeitendes Material und schon gar nicht in der Zeit, aus der es zu stammen scheint.«

Aus der es zu stammen scheint? Das irritierte mich, aber ich schob das Gefühl erst einmal beiseite und suchte nach anderen Worten. »Nein, ich meinte, du wirktest sehr enttäuscht, als du erfahren hast, dass sie nicht mehr da ist.«

»Nun, es ist sicherlich eine *Nur-einmal-im-Leben*-Chance, das Ding zu sehen.«

Er hatte mir wieder den Rücken zugekehrt und sich dem Regal gewidmet. Die Art seiner Ausdrucksweise gab mir das Gefühl, er würde etwas vor mir verstecken. Es war so dahingesagt und doch mied er meinen Blick.

Ich erhob mich und stellte mich neben ihn. Behutsam schob ich das Buch zurück an dessen Platz, während ich meine nächsten Worte wählte. »Es war eher so, als wärst du eigentlich davon ausgegangen, dass sie noch da wäre.«

Er hielt inne, die Hand flach auf einem Buchrücken. Seine Stirn legte sich in Falten und ein Schatten bedeckte seine Gesichtszüge. Eine ganze Weile entgegnete er nichts, aber ich wartete geduldig und ließ die Augen nicht von ihm.

Völlig unvermittelt sah er mich an. »Was unterstellst du mir da, Ava?« Seine Stimme wurde von einem sanften Kratzen begleitet.

Die Frage traf mich unvorbereitet. Ja, was warf ich ihm eigentlich vor? »Ich wollte nicht ... ich ... ähm ...«, stammelte ich und versuchte, nun doch seinem Blick auszuweichen. »Mir war das nur aufgefallen und ... ähm ...«

»Ist schon gut. Ich bin nicht beleidigt«, stellte er schnell klar und hob beschwichtigend die Hände. »Bestimmt hat der Professor öfter Probleme mit neugierigen Studenten ...«

Sicher hätte ich mich um Kopf und Kragen geredet, aber er sprach zum Glück unbeirrt weiter, weshalb ich den Mund wieder schloss.

»Tatsächlich wollte ich mich mit dem Termin einfach nur hervortun. Meine eigenen Erfahrungen waren ein Vorwand, um ihm im Kopf zu bleiben. Mit meiner finanziellen Lage ... ich meine, ich brauche den Job und muss deswegen manchmal Vorlesungen schwänzen. Wenn dein Stiefvater dann bemerken würde, dass ich öfter fehle ... na ja, ich wollte sichergehen und einen guten Eindruck bei ihm hinterlassen, verstehst du? Aber er ist wirklich nett. Deine ganze Familie ist wirklich nett. Ich denke, er versteht meine Situation ganz gut.« Er schaute auf seine Hände und lächelte schief. »Ich habe keinen Grund, euch etwas Böses zu wollen, und das war auch nie meine Intention. Natürlich verstehe ich aber, dass das vielleicht komisch rüberkommt. Und wenn es dir Sorgen bereitet, halte ich mich in Zukunft natürlich fern.«

Ich war sprachlos. Er wirkte so ehrlich und offen. Mein unausgesprochener Vorwurf schien ihn gekränkt zu haben. Ich hatte ihm nicht das Gefühl geben wollen, neugierig zu sein oder dass ich ihm nicht traute. »So habe ich das gar nicht gemeint«, versuchte ich, mich zu erklären. Meine Stimme zitterte. »Ich habe mich nur gewundert, weil diese Truhe …«

»Was ist mit der Truhe?«, fragte er und sein Ton stieß mich noch mehr vor den Kopf. »Hast du sie gesehen?«

Ich kam aus dem Stottern gar nicht mehr heraus. »Ja, es war irgendwie komisch.«

»Hast du reingeguckt? Hast du den Griff gesehen? Hast du ihn berührt?« Ben feuerte euphorisch eine Frage nach der anderen ab. Mir schwirrte eine Sekunde der Kopf.

»Nein, den Griff habe ich nicht gesehen und auch nicht berührt. Es war eher so ein Gefühl …«

Mit einer ausschweifenden Geste versuchte ich, diese merkwürdige Begebenheit zu beschreiben und gleichzeitig bessere Worte dafür zu finden. Dabei stieß ich gegen einen Stapel auf dem Bücherwagen und die Romane polterten zu Boden.

Ich fluchte. »Es ist eigentlich wirklich nicht meine Art, Bücher auf den Boden zu werfen«, sagte ich und lachte dabei nervös. Die Angespanntheit war auf ein unerträgliches Level angestiegen. Die Hitze schmolz mir beinahe die Haut vom Gesicht. »Diese letzten beiden Male waren überhaupt die ersten beiden Male.«

Ben machte einen beruhigenden Laut und unterdrückte ein Lachen.

Schnell wollte ich mich nach den armen Seelen am Boden bücken, aber Ben hatte wohl denselben Gedanken und ehe ich mich versah, streiften meine Finger seinen Handrücken.

Die Haut war warm und weich. Sie schmiegte sich perfekt um meine Fingerkuppen und ich spürte einen sehnsüchtigen Sog im Inneren.

Nach ihm. Nach *mehr*.

Lange konnte ich dieses wohlige Gefühl nicht genießen, denn Ben hatte seine Hand bereits weggezogen.

Ich schaute auf und eine Woge des Schocks überkam mich. In Bens Gesicht stand der blanke Horror. Kurz war ich irritiert, dann erinnerte ich mich. *Seine Berührungsangst!*

Stammelnd fing ich an, mich zu entschuldigen. »Das wollte ich wirklich nicht. Ich weiß ja, dass du nicht gern angefasst wirst. Es tut mir leid.« Ich bückte mich nach dem Buch und hob es auf. »Das war ein Versehen ...« Aber als ich mich wieder erhob, war er verschwunden.

Von einem Augenblick zum nächsten war er weg.

»Ben?«, fragte ich vorsichtig, bekam aber keine Antwort.

»Ben?« Meine Stimme begann zu zittern.

Er hatte sich einfach in Luft aufgelöst.

An diesem Abend lag ich noch lange wach. Mein Herz zog sich schmerzhaft zusammen, wann immer ich daran dachte, dass ich ihn verletzt haben könnte.

7

Eine feine Brise in meinem Rücken pustete mir vereinzelte Strähnen ins Gesicht.

Die Wiese vor mir erstrahlte in einem saftigen Grün und der große Weidenbaum, der vor mir auf einem Hügel stand, sah einladend aus. Als würde er zu einer Umarmung rufen.

Ich setzte mich in Bewegung. Diese Zärtlichkeit wollte ich unbedingt empfangen.

Die langen Äste wehten ebenfalls im Wind und erinnerten mich an die geschmeidige Bewegung von Haaren unter Wasser. Deshalb stellte ich mir vor, wie sanft sich die Blätter auf meiner Haut anfühlen würden.

Um mich herum herrschte absolute Stille. Kein Geräusch, kein Vogelgezwitscher, kein Straßenlärm. Nicht einmal der Wind war zu hören.

Meine Umgebung schien zu flackern und wechselte plötzlich zu einer neuen Szenerie. Hier war es dunkler und karg. Grabsteine waren in meiner unmittelbaren Nähe aufgestellt. Statt des Hügels war dort nun das kleine steinerne Konstrukt eines Mausoleums. Aber so schnell, wie das Bild gekommen war, wurde es wieder von der Wiese abgelöst. In meinem Sichtfeld bildeten sich unstete

Streifen, die die schöne Aussicht unterbrachen und stattdessen den Schauder des Friedhofs zeigten.

Ich merkte, wie meine Verwirrung anstieg und mich zu übermannen versuchte. Und doch lief ich weiter.

Dann kam noch eine Szene hinzu. Über einen Betonboden lief ich durch einen so dichten Nebel, dass, wenn ich meine Hand ausstreckte, sie in dieser weißen Wand verschwand. In der Ferne glaubte ich, meine hallenden Schritte auf dem Boden klappern zu hören.

Wieder die Wiese. Die Weide, die mich unaufhörlich rief und doch kam ich irgendwie nicht näher. Als würde ich auf der Stelle laufen.

Meine Schritte hallten lauter und lauter.

Friedhof.

Nebel.

Wiese.

Immer und immer wieder wechselte die Umgebung.

Panik umschloss meinen Geist, aber mein Äußeres steuerte weiterhin zielstrebig auf die Weide zu.

Plötzlich mischten sich andere Geräusche unter die Schritte. Zuerst war da nur ein hoher Pfeifton. Aber dann erklangen Schreie. Von Hunderten. Sie wurden immer lauter, flehender, schrecklicher.

Dann war der Baum ganz nah. Die Äste bewegten sich nicht mehr im Wind. Stattdessen waren sie wie eingefroren und doch konnte ich sie rascheln hören.

Sie schienen sich mir entgegenzustrecken. Bogen sich und wirkten, als würden sie mich jeden Moment umarmen wollen.

Ein Streicheln an meinen Füßen ließ mich nach unten sehen und ein erstickter Laut entwich mir.

Bis zu den Knöcheln stand ich in roter Nässe.

Ein beißender eiserner Geruch stieg mir in die Nase. *Blut.*

Obwohl ich nun ganz der Panik und dem Übel verfiel, bewegte ich mich im Spazierschritt weiter. Ich hob den Kopf und ohne eine Miene zu verziehen, suchte ich nach dem Baum auf der Wiese.

Bei jedem Schritt erklang ein Schmatzen, das mir in den Knochen schmerzte, aber unermüdlich stapfte ich weiter.

Plötzlich war alles verschwunden.

Die Wiese.

Der Friedhof.

Die Schreie.

Das Blut.

Alles weg.

Der Nebel umfing mich und ich blieb endlich stehen.

Eine Hand legte sich auf meine Schulter und ich riss den Kopf herum. Da war niemand.

Ich sah wieder nach vorn und plötzlich stand da mein Vater.

»Hallo Schatz«, sagte er mit starrer Miene und streckte die Hand nach mir aus. »Komm nach Hause.«

Ich wollte nach ihm greifen, aber alles in mir hielt mich schreiend und strampelnd davon ab. Ein Sehnen ließ mich zur Seite sehen und dort saß Nathan in einem Sitzsack und las. Plötzlich legte er das Buch neben sich auf den Boden und stand auf. Er fing an, auf mich zuzugehen. Kurz bevor er bei mir ankam, hob er den Kopf. Seine Augen sahen aus, als hätten die Pupillen den gesamten Augapfel eingenommen.

Die Erscheinung flackerte. Einmal, zweimal und dann war er verschwunden.

Eine Leere machte sich in mir breit. Ich sah zu Dad, aber auch er war fort.

Das Einzige, was blieb, war der Nebel.

Plötzlich hörte ich, wie ein Schrei in der Ferne anschwoll. Panisch fing ich an, den Nebel nach Bewegungen abzusuchen. Etwas, das mir den Grund des Lautes offenbarte. Er schien überall zu sein.

Gerade als ich merkte, dass ich diejenige war, die schrie, drehte ich mich um die eigene Achse und sah, wie ich auf mich zulief.

Alles in mir gefror.

Wutverzerrt schwang mein zweites Ich einen goldenen Dolch herum und bevor ich mich versah, versenkte sie diesen in meinem Hals.

Ich wollte weiter schreien, aber das einzige, was noch zu hören war, war mein dumpfes Röcheln.

Panisch richtete ich mich auf und schlug wahllos in der Luft umher. Die Decke wirbelte um mich herum und erst spät bemerkte ich, dass ich in völliger Dunkelheit war. Dass ich ohne Probleme riechen und hören konnte.

Es fiel mir schwer, Luft zu kriegen, weil mein Atem in einem rasenden Tempo ging. Ich griff mir an den Hals, aber konnte kaum still halten. Das Adrenalin hatte meinen Körper fest im Griff.

Keine Wunde. Ich war unversehrt. Es dauerte unwahrscheinlich lange, bis ich ruhiger wurde. Mir schmerzte die Brust. Besonders an den Stellen, an denen meine Lungen beinahe die Rippen gesprengt hätten.

Ich umgriff meinen zitternden Körper und starrte vor mich auf die nackten Füße.

Es war nachts und ich war in meinem Bett. Nicht *irgendwo*. Hier war kein Nebel und ich war allein. Ich war zu Hause.

Eine Ewigkeit verging, bis ich es wirklich verinnerlicht und verstanden hatte, dass ich nur einen Albtraum gehabt hatte. Dass ich am Leben war und kein Doppelgänger von mir mich umbringen wollte. Jetzt atmete ich wieder bewusst und in gemäßigten Zügen. Allmählich ebbte das Adrenalin in meinen Adern ab.

Ich robbte umständlich rückwärts, bis mein Rücken an das Kopfteil des Bettes stieß, wo ich erneut verharrte.

Ich ließ einen Seufzer der Erleichterung entweichen. Mittlerweile hatten sich meine Augen an die Dunkelheit hier im Schlafzimmer gewöhnt und ich überlegte, mir ein Glas Wasser zu holen, um meiner trockenen Kehle Erleichterung zu verschaffen. Unschlüssig testete ich und ein krächzendes Räuspern lieferte eine Antwort auf meine Überlegungen.

Mein Oberkörper bewegte sich nur schwerfällig und ich drehte mich im Schneckentempo zur Seite, um aus dem Bett zu steigen. Kaum auf den Füßen erfasste mich ein ungutes Gefühl und ich schaute auf.

Ein erstickter Laut löste sich aus meiner Kehle, als ich versuchte zu schreien. Zu mehr war ich nicht in der Lage. Der Schrecken versteinerte mich.

Im Türrahmen zum Wohnzimmer stand eine Gestalt. Ich konnte nur den Umriss eines Mannes mit einem Hut auf dem Kopf erkennen. Es war, als würde man mich mit Eiswasser übergießen. Ich dachte an Marcus und seine Schilderungen vom Hatman. Meine Mutter und ich unterbrachen ihn dann immer, schoben ihm einen Riegel vor. Wir wollten nichts davon wissen. Es war kein Thema, mit dem wir uns gern beschäftigten. Denn so etwas existierte nicht.

Gerade verfluchte ich uns beide.

In meinem Kopf sammelte ich jedes Quäntchen an Information, das ich auftreiben konnte, und fand doch nichts.

Währenddessen war ich absolut bewegungsunfähig. Ich starrte das Schattenwesen an und mich überkam das Gefühl, dass es genau dasselbe tat.

Er sah mich an. Sah durch mich hindurch. Sah in mich hinein.

Die Ränder meines Sichtfelds verschwammen und jedes Haar, das ich am Körper hatte, stellte sich auf.

Das Adrenalin pumpte zurück in meine Venen. Schmerzhaft schluckte ich.

Bevor ich länger darüber nachdenken konnte, machte ich einen Satz zur Seite. Ich fing an, mit den Fingern am Kabel der Lampe von meinem Nachttisch herumzunesteln, aber der Schalter entglitt mir immer wieder. Frustriert schluchzte ich auf. Da wo die Tränen Streifen auf meine Wangen malten, spannte sich die Haut. Ich wurde das Gefühl nicht los, dass er sich mir näherte, während ich ihm den Rücken zugewandt hatte.

Dann hatte ich den Schalter plötzlich zwischen den Fingern und das Licht ging an.

Schnell drehte ich mich um.

Ich versuchte, mich auf alles vorzubereiten, was möglicherweise gleich passieren könnte. Und wusste doch, dass ich in jedem Fall verloren war.

Der Hatman war fort.

Als mich meine beste Freundin anrief, konnte sie die verstörte Stimmung sofort heraushören, in der ich mich befand. Nici bestand darauf, mich auf andere Gedanken zu bringen. Gemeinsam mit unseren Freunden entschied sie, mich zu der Eröffnung eines neuen Nachtklubs zu schleppen. Das war schon Wochen zuvor mit Plakaten beworben worden und Nici wollte unbedingt hingehen.

Seit wir aus dem Taxi gestiegen waren, hielt sie meine Hand. Sicherlich, um mich aufzumuntern. Oder weil sie überzeugt war, ich würde Reißaus nehmen, sobald sie mich denn losließe. Was wahrscheinlich auch so passiert wäre.

Gerade würde ich mich lieber unter meiner Bettdecke verkriechen und nie wieder herauskommen. Ich hatte niemandem von meiner Begegnung mit dem Hatman erzählt. Nicht einmal Marcus. Es wäre möglich gewesen, dass ich mir alles nur eingebildet hatte, und ich wollte von niemandem für verrückt erklärt werden.

Etwas in mir war jedoch davon überzeugt, dass ich während der Begegnung wach und bei Verstand gewesen war. Es hatte sich so real angefühlt, nicht wie ein Traum. Aber was würde das bedeuten?

Ich spürte, wie mir die Realität entglitt, und zwang mich dazu, die Überlegungen beiseitezuschieben. Mit aller Macht versuchte ich, den Worten um mich herum einen Sinn abzugewinnen. Als das nicht klappte, konzentrierte ich mich auf meine Umgebung. Suchte irgendetwas, das mir Ablenkung bringen konnte.

Das Obscurum hatte mit dunklen Farben, edlen Bildern und Schlagwörtern in Richtung heißer Rhythmen geworben. Damit war es genau die Art von Etablissement, das Nici magisch anzog.

Als wir in der Schlange standen, wurde mir deutlich bewusst, dass meine Kleiderwahl etwas abseits der hier vorherrschenden Norm war. Um uns herum sah ich eine Menge Glitzer und Anzugstoffe. Meine Freunde fügten sich auch problemlos bei diesem scheinbaren Dresscode ein. In der wartenden Schlange vor dem Eingang fielen sie nicht auf.

Nici trug ein dunkles, enges Kleid, das mit glänzenden Partikeln überzogen war und ihre Kurven perfekt in Szene setzte. Ihre langen dunkelbraunen Haare hatte sie zu üppigen Wellen gelockt, die in den Wasserfallausschnitt ihres Kleides übergingen. Die schummrige Beleuchtung auf dem Bürgersteig vor dem Gebäude ließ ihren roten Lippenstift leuchten.

Nici verstand sich manchmal gern als Femme fatale, was an Abenden wie diesem besonders herausstach. Sie schminkte sich gern und hatte auch ein gutes Händchen dafür. Ihr Gesicht wies weiche Kanten auf und ihr Augen-Make-up versetzte uns regelmäßig ins Staunen.

Ich hatte ebenfalls etwas Schminke aufgetragen. Jedoch hatte ich mich für eine dezente Variante entschieden. Die falschen Wimpern hatte ich ausgesetzt. Gerade meine Feinmotorik litt immens unter dem Schlafmangel.

»Du siehst müde aus«, bemerkte Kayla im Flüsterton, als sie sich bei mir unterhakte. Sie hatte sich einen Haarreif mit Katzenohren in die wilde Mähne gesteckt. Er war mit schwarzen Pailletten verkleidet und ging deshalb in den feinen Kringellocken unter. Goldener Schimmer komplementierte ihre dunkle Haut im Gesicht und auf den Schultern.

»Ich habe die Nacht nicht besonders gut geschlafen«, murmelte ich.

Ihre Augen weiteten sich und ihre Stimme nahm einen panischen Unterton an. »Ist was los?«

Es fing an zu nieseln.

»Nichts Wildes«, log ich. »Wir sollten aber ein anderes Mal darüber sprechen.« Kurz überlegte ich, was ich ihr denn erzählen könnte.

Sie musterte mich verwirrt, aber wir wurden unterbrochen. »Eine von euch Ladys muss mich wärmen«, quengelte jemand anderes aus unserer Gruppe, der in diesem Augenblick zu uns herantrat. Er schmiegte sich sogleich an mich, da ich die dickste Winterjacke trug.

Eine ganze Weile standen wir hier so im Regen, bis wir endlich am Türsteher vorbeikamen.

Außen nur ein großer Betonblock ohne viel Leben war das Obscurum im Inneren eine Wucht. Die Wände waren mit dunkelblauem Samt beschlagen und wurden von schwarzen Holzsäulen gesäumt. Auf dem Boden des Vorraums lag ein langer dunkelroter Teppich mit orientalischen Mustern darauf.

Hier gaben wir unsere Jacken an der Garderobe ab und versuchten, einen Blick durch die sich immer wieder öffnenden und schließenden Flügeltüren zu werfen. Wenn jemand hindurchging, strömte die Musik zu uns heran und wurde dumpf, sobald sich die Türen wieder schlossen. Schnell verstauten wir unsere wichtigsten Habseligkeiten in den Handtaschen. Meine Sachen räumte ich wie selbstverständlich in Nicis, die sie mir bereitwillig hinhielt.

Jetzt bemerkte sie mein Outfit und schmunzelte.

»Was?«, fragte ich schnippisch, obwohl ich ihr zustimmte. Ich trug eine hochgeschnittene Jeans und darüber ein dunkelgraues T-Shirt mit Linkin-Park-Print, das ich kurz über meinem Bauchnabel zu einem Knoten gebunden hatte.

»Nichts.« Sie presste die Lippen fest aufeinander.

Wir betraten gemeinsam den Hauptraum. Dieser war zu einer anderen Zeit wohl einmal eine riesige Lagerhalle gewesen, deren Höhe sich über mindestens drei Stockwerke erstreckte. Oben wurde der Raum von einer Empore gesäumt, die einmal rundherum ging und ebenfalls gut besucht war. Daran verteilt standen schwarze Säulen wie im Vorraum, die hier aber um einiges größer und breiter waren. Irgendwie schafften wir es, uns nach einer gefühlten Ewigkeit einen Tisch etwas abseits der Tanzfläche zu sichern.

Mittlerweile war es schon kurz vor Mitternacht, wie ich auf meinem Handy checkte, bevor ich es zurück in Nicis Tasche steckte. Drei von unserer Gruppe kamen mit zwei Tabletts wieder, auf denen sie Schnapsgläser und zwei Flaschen mit einer klaren Flüssigkeit balancierten sowie Salz und Zitronen. Tequila.

Mein Magen machte eine unangenehme Rolle in Anbetracht meiner bisherigen Erfahrungen mit diesem Getränk ... Wieso hatte ich mich hierzu überreden lassen?

Normalerweise wäre ich absolut dabei gewesen. Doch mit den verwirrenden Gedanken in meinem Kopf wäre ich lieber zu Hause vor dem Fernseher eingeschlafen.

Jemand rief etwas aus, dann stießen wir an. Mechanisch nahm ich mit der Runde den Shot. Ich presste die Augenlider fest aufeinander, sodass ich genau spürte, an welchen Stellen meine Wimpern die Haut berührten. Als ich die Augen wieder öffnete, machte ich ein bereuendes Geräusch.

Kaum dass Nici ebenfalls mit verkniffenem Gesicht in die Zitronenspalte biss, wurde sie kurz darauf schon besonders munter. »Oh«, formte sie mit dem Mund und beugte sich zu mir rüber, um mir über die Musik hinweg etwas ins Ohr zu rufen. »Da hinten an der Bar steht ein Typ, der verdammt gut aussieht. Schwarze Haare und Bart.« Sie zog sich zurück und deutete hinter mich.

Ich zuckte mit den Augenbrauen, begleitet von einem dümmlichen Grinsen. Schließlich warf ich einen Blick auf die Person, von der sie sprach.

Mein Herz machte einen Satz und begann dann schneller zu schlagen. Als ich mich wieder zurückdrehte, faltete ich die Hände über meinem Mund. Nici warf mir einen fragenden Blick zu und ich lehnte mich zu ihr rüber. »Ich kenne ihn«, sagte ich so laut, dass sie mich über die Musik hinweg verstand.

»Was?«, schrie sie spitz und riss die Augen auf.

»Das ist der Typ, von dem ich erzählt habe.«

»Der Bibliothekar? Der Student?«

Ich nickte mechanisch und hatte begonnen, auf der Innenseite meiner Wange herumzukauen.

»Nicht dein Ernst!« Einen Augenblick musterte sie ihn aus der Ferne. »Wir müssen da hin.« Ohne eine weitere Vorwarnung stand sie auf und grapschte nach meiner Hand, um mich auf die Beine zu ziehen.

Zuerst wollte ich mich wehren. Es war sowieso nicht mein Tag und in diesem Zustand grauste es mir davor, auf jemanden zu treffen. Und vor allem bei dem Gedanken daran, dass Ben mich so sehen würde, brach mir geradezu der Angstschweiß aus.

Gleichzeitig aber wollte ich auch mit ihm sprechen, weil wir auf einer seltsamen Note geendet hatten.

Außerdem *wollte* ich ihn wirklich sehen. In meiner Brust zog eine Sehnsucht. Der Sog war so tief, dass es mich nahezu wahnsinnig machte. Kaum, dass ich erfasst hatte, dass Ben derjenige war, von dem Nici gesprochen hatte, war dieses Gefühl in mir gewachsen. Freude.

Für einen Protest meinerseits war sowieso keine Zeit geblieben, denn meine Freundin hatte mich schon rüber an die Bar gezogen.

»Los!«, formte sie mit dem Mund und schob mich mit einem Zwinkern in seine Richtung.

Schon stand ich vor ihm. Er hob den Kopf und ich grinste gequält. Seine Augen weiteten sich, aber ich konnte nichts von der gewohnt lockeren Art in ihm finden.

»Hi!«, rief eine weibliche Stimme unmittelbar zu meiner Rechten.

Als ich mich umwandte, blickte ich einer schönen Brünetten ins Gesicht. Ihre voluminösen Haare umschmeichelten ihre ovale Gesichtsform. Die hellen Augen stachen aus der Dunkelheit heraus, so als würden sie leuchten.

Ihre vollen, wunderschönen Lippen beeindruckten mich. Einen solchen Mund hatte ich bisher nur im Fernsehen gesehen.

Ben ergriff die Frau am Oberarm und beugte sich zu ihrem Ohr hinunter. Ich kam nicht um den Stich herum, die diese Berührung mir versetzte. Ihr gegenüber schien seine Phobie keinerlei Bewandtnis zu haben, während das leichte Streifen zwischen uns ihn fast umgebracht hätte.

Sofort ertönte eine maßregelnde, vernünftige Stimme in meinem Kopf. Aber Vernunft war nicht, was mich gerade beschäftigte.

Ich spürte, wie in meinem Inneren viele Kränkungen hochgespült wurden. Krampfhaft musste ich mich daran erinnern, dass Ben und mich nichts anderes verband, als eine flüchtige Bekanntschaft. Im Grunde kannte ich ihn gar nicht. Gleichzeitig wünschte ich mir in diesem Augenblick, ich wäre das Mädchen.

Als ich mich hilfesuchend zu Nici umdrehte, musste ich feststellen, dass sie verschwunden war. Ich warf einen Blick über die Menge und zu unserem Tisch, konnte sie aber nirgends entdecken.

Bens Lippen bewegten sich schnell. Die Augen seiner Begleiterin wanderten eine Weile hin und her, während sie ihm zuhörte. Dann lächelte sie mich an und kam sofort näher.

»Ich bin Maisie«, rief sie mir ins Ohr.

»Ich bin …«

»Ava«, beendete sie meinen Satz für mich. Sie nickte mehrfach. »Ben hat von dir erzählt.«

Ein müdes Lächeln überzog dessen Gesicht. Er lehnte sich ein Stück vor und rief: »Wie geht's?«

Mit gerunzelter Stirn musterte ich ihn einen Augenblick. Dann blinzelte ich einmal wie in Zeitlupe. »Gut«, antwortete ich ihm gedehnt, was er mit einem Nicken quittierte.

Unschlüssig trat ich einen Schritt an ihn heran und warf einen kurzen Blick auf Maisie, die uns mit Adleraugen beobachtete. »Wie geht es dir denn?«

Bens Lächeln wurde größer und er zuckte kurz die Brauen. »Sehr gut«, war seine Antwort, aber das überzeugte mich nicht wirklich.

»Sicher? In der Bibliothek, da …«

Er hob die Hand und neigte den Kopf etwas. »Kein Thema.«

»Tut mir leid, ich wollte dich nicht … also, ich weiß ja, dass du …«

Plötzlich schob Maisie sich zwischen uns, was mich heftig zurückzucken ließ. Erst jetzt merkte ich, wie nah ich ihm schon wieder gekommen war, und bekam sofort ein schlechtes Gewissen.

»Möchtest du etwas trinken?«, fragte sie laut.

Schnell warf ich einen Blick über sie hinweg und Ben sah mich entschuldigend an.

Bevor ich etwas entgegnen konnte, zog sie mich mit sich an die Bar und klopfte hart auf den Tresen, was einen der Barkeeper aufschauen ließ. Dann hob sie gleichzeitig den Ring- und ihren kleinen Finger, woraufhin er nickte. An ihr vorbei konnte ich Ben an der Stelle stehen sehen, von der uns Maisie weggezogen hatte. Er schaute nicht einmal mehr in unsere Richtung. Sein Blick ging beinahe gehetzt von einer Seite der Halle zur anderen und er mahlte mit dem Kiefer.

»Mit wem bist du hier?«, fragte Maisie lautstark und zwang mich so, sie anzusehen.

Ich konnte nichts gegen das Gefühl der Kränkung tun, weil Ben mir keine Aufmerksamkeit schenkte. Es war albern. Dumm sogar. Doch erfüllte das grüne Monster der Eifersucht meine Gedanken und brachte mich dazu, mich wie ein Kind aufzuführen. »Ähm«, ich schluckte hart und versuchte, es damit zu kaschieren, dass ich mich im Raum nach Nici umsah. Sie war mittlerweile an den Tisch zurück mit unseren Freunden gegangen und warf fragend die Hände in Luft, als ich ihrem Blick begegnete.

Ich deutete auf sie. »Mit Freunden.«

»Sieht nach einer lustigen Truppe aus.«

»Mhm«, machte ich und suchte sogleich den Bereich hinter ihr nach Ben ab. Ich konnte ihn aber nirgends sehen.

»W-Wo ist Ben hin?«, hörte ich mich fragen, bevor ich wirklich näher darüber nachdenken konnte, wie das rüberkommen würde.

Maisie drückte mir ein Getränk in die Hand und winkte ab. Dann fuhr sie langsam über meine Arme zu den Handgelenken hinab, die sie fest umklammerte. »Ach, wer braucht ihn. Lass uns tanzen«, schlug sie vor und zog mich erneut sofort mit sich, ohne meine Antwort abzuwarten.

Ich sträubte mich. Zumindest versuchte ich es. Der Tequila schien mir zu Kopf gestiegen zu sein. Schon die kleinsten Bewegungen überforderten mich plötzlich.

Die Situation wurde mir mit jeder Sekunde peinlicher. Bevor sie mich weiterziehen konnte, entschiede ich, ihr die Wahrheit zu sagen. Den Gedanken daran, dass sie es Ben verraten würde, schob ich energisch beiseite. Was vor allem dem Alkohol geschuldet war.

»Ehrlich gesagt wusste ich nicht, dass er eine Freundin hat, sonst hätte ich euch nicht gestört … es … tut mir leid«, stammelte ich.

»Oh.« Ihr Gesicht hellte sich auf, aber sie zögerte. »Oh«, wiederholte sie dann lang gezogen und in einem wissenden Ton. »Wir sind kein Paar!«, schrie sie, weil die Musik hier um einiges lauter wurde. »Er ist mein Bruder!«

In diesem Augenblick war ich unsagbar dankbar für die Dunkelheit und das unstete Lichtspiel um uns herum. Mein Gesicht musste so rot sein wie eine Tomate.

»Keine Sorge. Ich verrate dich nicht«, rief sie so nah an meinem Ohr, dass ihr Atem und ihre Lippen es streiften.

Mittlerweile waren wir mitten auf der großen Tanzfläche angekommen. Die Menschen um uns herum bewegten sich ausschweifend im Rhythmus. Jemand rempelte mich an. Mir war das so peinlich, dass mir nichts davon wirklich bewusst war. Maisie schloss sich den Tanzenden an. In Gedanken fragte ich mich, wo ihr Getränk und wo meines geblieben waren. Wann hatte ich es abgestellt? Hatte sie es mir weggenommen?

Wieso erinnerte ich mich nicht daran?

Lasziv bewegte sie die Hände über den Kopf, streckte die Arme aus und ließ diese dann in welligen Bewegungen wieder herunterkommen, um dann ihren pulsierenden Körper damit zu komplementieren. Ich hatte ebenfalls begonnen, mich zu bewegen, war aber zu abgelenkt, als dass ich es wirklich realisierte.

Denn mir fiel auf, dass sie immer wieder zu einer Stelle hinter mir schaute. Ihre Augen huschten so schnell, dass ich mir zuerst nicht sicher war. Es fiel mir nur zufällig auf, wahrscheinlich weil meine Gedanken aufgrund des Alkohols so langsam gingen. In der Hoffnung, ich würde Ben entdecken, warf ich einen Blick über ihre Schulter.

Auf das, was ich erblickte, war ich nicht vorbereitet. Mitten auf der Tanzfläche versteinerte ich zu einer Salzsäule. Immer wieder stießen mich die anderen Tanzwütigen an, doch ich stand einfach nur da.

Dort inmitten der Menge, keine Armlänge von mir entfernt, stand der Hatman.

Um ihn herum tanzten die Leute. Sie schienen ihn gar nicht zu bemerken. In ihrer Mitte stand eine schwarze Masse mit der Form eines Menschen, aber ohne Details. Und niemand nahm auch nur Notiz davon.

Die Musik um mich herum kam wie durch Watte zu mir durch, was ich nur am Rande registrierte. Mein Blick war auf die Figur geheftet und das Gefühl, ich würde zu ihr hingezogen werden, nahm ich völlig ein. Ich spürte es in meinem Bauch, es verlangte nach mir, zog an mir.

Erst als Maisie mich energisch schüttelte, konnte ich mich von dem Anblick losreißen und sah in ihr Gesicht. Sie hatte ihre geschwungenen Augenbrauen so sehr zusammengezogen, dass sie sich nahezu berührten.

»Was ist los?« Ich konnte sie kaum verstehen. Nur an der Bewegung ihrer Lippen war für mich halbwegs auszumachen, was sie mir zurief.

»Du hast es doch auch gesehen, oder?«, rief ich zurück.

»Was?«

Ihre Reaktion machte mich wütend. »Den Hatman! Du hast ihn gesehen.«

»Ich weiß nicht, wovon du sprichst«, behauptete sie, doch ihr Griff an meinen Schultern verstärkte sich.

»Du … Warum tust du so, als ob …? Ich weiß, du hast ihn auch gesehen.« Energisch riss ich mich los.

»Was meinst du? Alles in Ordnung?«

Damit ich auf ihn zeigen konnte, drehte ich mich zu der Stelle um, an der ich die Gestalt gesehen hatte. Ich wusste, dass sie log, und wollte ihr das beweisen. Denn wenn sie nicht log, hätte ich mir eingestehen müssen, dass ich verrückt geworden war.

Alles, was ich sah, waren tanzende Menschen, die ihre schwitzenden Körper aneinander rieben, grölten, lachten und ihre Zeit genossen. Kein Hatman.

Sofort überkamen mich Zweifel.

Einbildung. Es musste Einbildung gewesen sein. So etwas wie den Hatman gab es nicht. Schattenwesen waren nur ein Mythos. Sie existierten nicht. Warum hatte ich mich für eine Sekunde davon überzeugen lassen, dass es sie wirklich gab? Und warum hatte ich ausgerechnet jetzt diese Halluzination? Lag das am Schlafmangel? Es war gut möglich, dass ein müdes Hirn die wildesten Fantasien produzierte. Dennoch jagte mir das alles eine Heidenangst ein.

Gehetzt sah ich zurück zu Maisie, die sofort einen Schritt auf mich zumachte. Hilfesuchend schaute ich mich nach meinen Freunden um.

Ich hatte das Gefühl, ich würde nicht genug Luft bekommen. Meine Lungen machten dicht. »Raus. Ich muss hier raus«, flüsterte ich mir selbst zu und setzte mich sogleich in Bewegung.

Flink manövrierte ich mich durch die Masse von Tanzenden und schlängelte mich dann zwischen anderen Besuchern hindurch. Hinter mir hörte ich Maisie meinen Namen rufen. Als ich mich umdrehte, um sie zur Hölle zu schicken, entdeckte ich sie ein gutes Stück hinter mir. Kaum dass sich unsere Blicke trafen, wurde sie von jemandem zur Seite geschubst. Wut und Panik bildeten einen gefährlichen Cocktail in meinem Kopf.

Luft. Ich brauchte Luft.

Schon stampfte ich weiter durch den Klub. Ohne nach links oder rechts zu schauen.

Energisch schob ich mich durch die dichte Menge, bis ich schließlich durch den Ausgang in die Nacht stürmte. Ich warf meinen Oberkörper nach vorn und holte mehrere schleifende Atemzüge.

»Woah«, hörte ich jemanden meinen wilden Auftritt kommentieren.

»Alles in Ordnung?«, war da eine andere Stimme.

In diesem Augenblick richtete ich mich wieder auf. *Lasst mich in Ruhe!* Energisch rieb ich mir über die nassen Wangen. Irgendwann musste ich angefangen haben zu weinen.

Zeit, deswegen verlegen zu sein, hatte ich nicht.

Denn er war zurück. Auf der gegenüberliegenden Straßenseite lauerte er in einer Lücke zwischen zwei Gebäuden. Der Hatman.

»Hey, brauchst du Hilfe?« Eine kleine Gruppe Frauen hatte sich zu mir gesellt. Jemand legte eine Hand auf meinen Rücken. Ich ließ geräuschvoll Luft durch die Zähne entweichen, dass sogar feine Spuckefäden in die kalte Nachtluft flogen. Zitternd hob ich einen Finger und deutete auf die Gestalt in dem Schatten.

Sie folgten der Bewegung mit dem Blick, aber sahen mich sogleich fragend an.

»Wohnst du dort? Wohnst du in der Richtung? Können wir jemanden für dich anrufen?«, stellten sie mir abwechselnd Fragen.

»Mann, die Kleine ist völlig dicht«, murmelte jemand anderes.

Sie können ihn nicht sehen, schoss es durch meine Gedanken. Ein Schwindel ergriff Besitz von mir. Ich weitete die Augen und stolperte ein Stück zurück, stieß dabei eine der Mädels von mir und sprintete unbedacht los. Weg von diesen Leuten. Weg von ihm.

Weg von dem Hatman.

Ich wurde wahnsinnig. Ich verlor den Verstand. Das musste die Erklärung für das alles hier sein.

In meinen Gedanken war kein Platz, um einen richtigen Plan zu formen. Vorwärts war die einzige Richtung, in die mich meine Beine trugen. Nur an Weggabelungen ließen sie mich abbiegen. Als die Angst ein wenig abebbte, blieb ich unvermittelt stehen. Was tat ich hier?

So kopflose Handlungen waren untypisch für mich. Oder waren sie das nicht?

Das war nicht der Augenblick, um sich selbst infrage zu stellen.

Die frische Luft half mir, zu mir zu kommen. Meine Freunde machten sich sicher Sorgen um mich und all das Hab und Gut, was ich dabei gehabt hatte, war noch im Klub.

Es war kalt und ich trug keine Jacke. Mir war absolut klar, dass ich wieder zurückmusste. Also drehte ich mich um. Und sah der Angst ins Auge, die mich sofort erfasste.

Er verfolgte mich. Der Hatman hatte es auf mich abgesehen.

Langsam machte ich einen Schritt nach hinten. Er folgte meiner Bewegung. Beim nächsten Schritt stolperte ich. Fast wäre ich zu Boden gegangen.

Also wirbelte ich herum und rannte wieder los. Irgendwann zog ich ungeschickt die Absatzschuhe von meinen Füßen, weil sie mich immer wieder stolpern ließen, und warf sie achtlos von mir, um schneller weiterzukommen.

Das war der Beginn einer Katz-und-Maus-Jagd. Egal, wohin ich lief, sobald ich um eine Ecke bog, war er da, als wartete er dort schon lange auf mich.

Was willst du von mir?, hätte ich ihm am liebsten entgegengeschrien, jedes Mal, wenn er wieder auftauchte. Die Panik hielt mich jedoch davon ab. Ich wollte nichts anderes als fliehen.

Meine Schritte klatschten vom nassen Fußboden und den kargen Wänden der Gebäude um mich herum wider. Nur mein wilder Atem mischte sich zu dem schmatzenden Geräusch.

Schon lange war ich in einem Sturm aus Schluchzen und verzweifelten Schreien gefangen. Das Schlimmste: Jedes Mal hatte ich das Gefühl, mein Verfolger käme näher. Außerdem gewann er mehr und mehr an Farbe. Seine Konturen zeichneten sich klarer ab.

Dann stand ich plötzlich vor einer Wand. Immer wieder hatte ich mich nach hinten umgeschaut, als ich zwischen den Häusern hindurchgerannt war, um zu sehen, ob er mir noch auf den Fersen war. Dabei hatte ich mich unbemerkt in eine Sackgasse begeben.

Das war mein Ende.

Mit der Faust schlug ich nach der Wand und schrie. Mein Schrei verebbte zu einem andauernden Schluchzen, während ich voller Angst zusammenbrach. Ich vergrub mein Gesicht in einem Arm und lehnte die Stirn gegen die schmutzigen Backsteine. So verharrte ich einen Moment. Jetzt gab es keinen Ausweg mehr für mich. Ich hatte mich in eine Falle verrannt. Der einzige Weg war der, dem Hatman entgegenzulaufen.

In meinem Kopf vermischten sich Gedanken. So viele Gedanken.

Todesängste. Bedauern. Wut.

Dann kam ich an einen Punkt, der mir eigentlich noch mehr Angst machte. Aber eine andere Form von Angst.

Nach und nach ebbte mein Schluchzen ab.

Ich bin kein Opfer, sagte ich mir und zwang mich, es zu glauben. Mein ganzer Körper zitterte, als ich mich erhob. Dabei nutzte ich die Wand, um mich daran abzustützen. Mit abgehackten Bewegungen drehte ich mich um und versuchte dabei, so nah wie möglich an den Steinen zu bleiben, die über meine nackten Arme und die Kleidung schabten.

Wenn sich seine Umrisse und die dunkle Masse nicht von innen auf meine Netzhäute gebrannt hätten, würde ich glauben, er wäre ein Mensch. So genau waren die Details jetzt zu sehen.

»Was willst du?«, krächzte ich widerspenstig. Ich versuchte, einen stolzen Gesichtsausdruck aufzusetzen, aber ich musste aussehen wie ein Häufchen Elend.

Der Mann stand mir gegenüber genau im Lichtschein einer Laterne und wirkte, als wäre er in den Vierzigern. Er hatte olivfarbene Haut und eine athletische Statur. Unter dem schwarzen Fedora auf seinem Kopf konnte man gerade so die Spitzen von dunklen Haaren erkennen, die farblich mit seinen Augenbrauen und dem Bart abgestimmt waren, der aber mit ein paar wenigen weißen Härchen durchzogen war. Seine Kleidung hielt er dunkel und sie bestand aus einem schicken Anzug, Krawatte und Lackschuhen.

Ich machte einen Schritt auf ihn zu. »Was willst du?«, kreischte ich ihm nun entgegen und meine Stimme schien sich in mehrere Oktaven zu zerlegen.

Ein schiefes Lächeln bildete sich auf seinem Gesicht.

Er löste sich vor mir in schwarzen Rauch auf.

Meine Brust pulsierte heftig. Es dauerte eine ganze Weile, bis ich mich traute, einen Fuß vor den nächsten zu setzen. Ich trat aus der Sackgasse heraus, drehte den Kopf von der einen zur anderen Seite und ließ den Blick dabei über die Straße gleiten.

Dass es so einfach vorbei sein würde, konnte ich mir nicht vorstellen. Und leider behielt ich auch recht. Er war wieder da und die Jagd fing von Neuem an.

Ich schloss die Augen, um sein fieses Grinsen nicht mehr sehen zu müssen. »Nein«, entfuhr meiner Kehle der gedehnte und gequälte Ausruf, während ich mich gegen die Wand fallen ließ und mich daran zurück in die Sackgasse drehte.

Ich weinte bitterlich. Was sollte ich nur tun? Er stand vor der Gasse, also konnte ich da nicht hin. Es blieb nur der Rückzug, wie ein Tier, das zur Beute wurde und sich dem Schicksal hingab. Als ich außerhalb seines Blickfelds war, öffnete ich die Augen wieder und blickte direkt in ein Gesicht.

Zuerst hatte ich Probleme damit, zu realisieren, wen ich da ansah.

Maisie hatte einen Zeigefinger auf den Lippen. »Tut mir leid«, flüsterte sie, als sie den Finger sinken ließ und ohne Vorwarnung grob nach meinen Armen griff.

Zuerst wollte ich mich losreißen, aber dann bemerkte ich, wie sich ihre Haut in schwarzen Rauch auflöste. Blanker Horror kroch mir in die Knochen und lähmte meine Glieder. Nicht einmal ein Schrei war für mich noch formbar.

Ich konnte nichts anderes tun, als dabei zuzusehen, wie auch ich mich nach und nach in Rauch auflöste.

10

Fremde. Alles war fremd.

Meine Gedanken wirbelten wie im Wahn.

Ich saß zusammengekauert am Boden und hielt die Beine fest umschlungen. Ein Schrei nach dem anderen ertönte und wurde von hemmungslosen Schluchzern abgelöst. Es dauerte eine ganze Weile, bis mir bewusst wurde, dass ich für diese Laute verantwortlich war.

Zitternd zog ich Luft zwischen meinen Zähnen ein und versuchte, mich so weit zu beruhigen, dass zumindest die Schreie verstummten.

Um mich herum hörte ich etwas, das entfernt wie Stimmen klang, bekam aber lediglich Wortfetzen mit und konnte sie nicht einordnen. Sie waren *anders*.

»Wo ist Ben?«

»Scheiße.«

»Sie ist völlig verstört.«

»Was machen wir?«

Schwarzer Rauch. Überall Rauch.

War ich am Leben? War ich tot? War das die Hölle?

Ich krampfte die Hände, mit denen ich mir die Ohren zuhielt, und begann, vor und zurück zu schaukeln. Die Augen hielt ich noch immer geschlossen.

Wie viel Zeit mittlerweile vergangen war, konnte ich nicht sagen.

Mehr und mehr wurde ich mir bewusst, dass mir jemand gegenübersaß und über mein Bein streichelte. Aber ich wusste nicht, wer das tun sollte, ob ich diese Berührung überhaupt wollte. Ich kratzte alles an Willen zusammen, was ich in meinem fiebrigen Inneren finden konnte, und zwang mich, die Augen zu öffnen.

Vor mir saß eine dunkelhaarige, junge Frau. Ihre dichten, aber scharf geformten Augenbrauen waren so lang, dass sie links und rechts beinahe ihren Haaransatz berührten. In ihren kleinen Augen, die von langen, dichten Wimpern umrandet waren, lag ein freundlicher Schimmer. Die Stupsnase verlieh ihrem Gesicht etwas Mausiges.

Sie lächelte. »Ich bin Camilla«, sagte sie mit bedachter Stimme. »Du kannst mich aber auch Cam nennen.«

Geduldig wartete sie auf eine Reaktion meinerseits, aber ich blieb still. Ich war zu sehr damit beschäftigt zu erfassen, was sie an sich hatte, das bei mir so ein Ziehen in der Brust verursachte.

»Hier kann dir nichts passieren«, erklärte sie. »Darf ich dich berühren?«

Keine Ahnung, was sie damit meinte.

Hinter ihr konnte ich Bewegungen ausmachen. Zuerst wollte ich genauer hinsehen, was in mir aber sofort Schwindel aufkommen ließ. Deshalb konzentrierte ich mich nun darauf, das Gegenteil davon anzustreben.

»Ich würde gern einmal überprüfen, ob es dir gut geht. Deine Pupillen und so was ansehen.« Sie wartete wieder auf meine Reaktion. Ich wartete auf meine Reaktion.

»Sobald sich für dich etwas komisch anfühlt oder dir unwohl ist, gibst du mir Bescheid und ich höre sofort auf, versprochen«, versicherte sie mir, während ihr Gesichtsausdruck langsam hilfloser wurde.

Der dicke Kloß in meinem Hals löste sich nicht, egal, wie oft ich schluckte. Ich wollte ihr antworten, aber kaum hatte ich die Lippen geteilt, schloss ich sie wieder.

Ich schwieg. Stattdessen nickte ich nur.

»Okay«, flüsterte sie mehr zu sich selbst.

Sie hob die Hände an mein Gesicht und musterte es eingehend. Kaum, dass ihre kühle Haut meine berührte, zuckte ich heftig zurück. Es fühlte sich vertraut an und gleichzeitig auch nicht. Es war keine Berührung von Haut auf Haut, mehr wie Samt auf Samt. Ich konnte es nicht einordnen.

Cam hielt ebenfalls inne. »Ist schon gut«, bestätigte sie mich. »Hier ist alles ein wenig *anders*. Mit der Zeit wirst du dich daran gewöhnen.«

Sie schob eine Schüssel mit einer klaren Flüssigkeit darin an mich heran. »Falls du das Gefühl hast, du müsstest dich übergeben, ist das nichts, wofür du dich schämen musst. Dein Gehirn braucht etwas, um die Eindrücke zu verarbeiten. Das könnte dazu führen, dass dir schwindelig wird.«

Ich war nicht in der Lage, ihr zu folgen, sondern starrte auf ihre Hände, beobachtete, wie sie einen Stofffetzen in die Flüssigkeit tunkte.

»Das riecht komisch«, krächzte ich und nickte in die Richtung der Schüssel.

Sie lachte kehlig. »Es ist Wasser. Eigentlich geruchslos, aber … na ja, anders.«

Ich kniff die Augen zusammen. »Was soll das bedeuten?«, schluchzte ich verzweifelt.

Camilla biss sich auf die Lippen. Ihr Gesicht nahm einen gequälten Ausdruck an. Dann wandte sie sich nach hinten. »Sie ist überhaupt nicht vorbereitet«, beschwerte sie sich enttäuscht. Was war hier los?

»Habe ich doch gesagt«, hörte ich jemanden antworten.

Kurz darauf konnte ich Maisie im Hintergrund ausmachen. In meinen Augen stach es, als ich versuchte, auch die anderen Bewegungen scharf zu stellen, und es dauerte, bis mir das gelang. Neben ihr, gegen einen Holztisch gelehnt, stand ein junger Mann mit verschränkten Armen, der mich mit sorgenvoll verzogenen Augenbrauen musterte. Er war breitschultrig und so muskulös, dass er insgesamt ziemlich wuchtig wirkte. Sein Oberkörper war mit einem löchrigen Tanktop bekleidet und er trug eine weite Jeans.

»Was sollte ich denn tun?«

Während ich gespannt dem Gespräch in ihrem Rücken lauschte, kam Camilla mir wieder etwas näher.

Sie legte mir eine Jacke um die Schulter. Das Gewicht war ungewohnt.

»Der Namenlose ist nicht dumm«, erklärte der Mann nüchtern.

Maisie warf die Arme in die Luft. »Na toll. Wir sind also aufgeflogen. Möchtest du das damit sagen?«

»Nein, nicht unbedingt.« Bevor er sich zurücklehnte, um die Gardine ein wenig vom Fenster zu heben, rieb er sich übers Kinn. Er warf einen kurzen Blick nach draußen. »Im besten Fall ahnt er nur etwas.«

Camilla fing an, den Lappen in ihrer Hand über meine Stirn und Wangen zu reiben. An dem verhaltenen Druck merkte ich, dass sie bemüht war, sanft mit mir umzugehen.

»Und im schlimmsten?« Maisie verschränkte die Arme und sah den Mann herausfordernd an.

Er ließ den durchscheinenden Stoff der Gardine wieder zurückfallen und grinste sie an. »Dann taucht er hier gleich auf und macht uns allen den Garaus.«

»Schöne Scheiße«, rief sie aus und warf sich gegen die Wand. »Das ist nicht witzig, Theo!«

Der Mann neigte den Kopf und lächelte schief. Er sah verständnisvoll aus und gleichzeitig so, als würde er sie nicht ernst nehmen. »Dreh jetzt nicht durch.«

»Nicht durchdrehen? Also ich kann ja noch verschwinden, wenn es hart auf hart kommt. Aber ihr alle seid am Arsch.« Maisie malte energisch einen Bogen in die Luft, der ihn und Camilla einschloss.

Ein ernster Ausdruck machte sich auf seinem Gesicht breit. »Wir kennen das Risiko«, verkündete er unheilvoll.

»Wo bleibt Ben, verdammt?«

»Hör ihnen gar nicht zu«, murmelte Cam so nah neben mir, dass ihr Atem mir eine Haarsträhne aus dem Gesicht pustete. »Versuch, dich abzulenken. Erzähl mir etwas über dich. Was ist deine Lieblingsfarbe? Wohin fährst du gern in den Urlaub?«

Ihre banalen Fragen irritierten mich so sehr, dass wieder Leben durch mich hindurchfloss und den mentalen Nebel, in dem ich mich befand, auflockerte. Meine Empörung ließ mich ihre Hand beiseitezuschieben. »Tut mir leid. Aber gerade möchte ich nicht über so etwas Unwichtiges sprechen. Was ist hier los? Wo bin ich? Da war dieser Rauch und ich …«

Es wurde still in dem kleinen Raum.

Cam ließ den Waschlappen sinken. »Okay«, flüsterte sie wieder mehr zu sich selbst, legte den Lappen in die Schüssel und schob diese dann beiseite. Sie warf den anderen beiden noch einen Blick zu, ehe sie ihre Aufmerksamkeit wieder mir schenkte. »Du bist eine Schattenwanderin.«

»Eine was?«

»Ben hat uns erzählt, dass dein Stiefvater ein Spezialist für Schattenwesen ist.« Cam machte eine schwingende Handbewegung und warf den anderen beiden erneut einen Blick zu. »Wir sind Schatten.«

»So etwas gibt es gar nicht wirklich«, erklärte ich streng. »Sie sind ein Mythos. Legenden, nichts weiter.« Noch während ich es sagte, wurde mir bewusst, dass diese drei gemeinsam irgendeinem Hirngespinst nacheiferten. »O mein ... Ihr seid völlig übergeschnappt.«

Ich machte Anstalten, mich zu erheben. Wer könnte schon erahnen, was sie mit mir vorhatten. Vielleicht hatten sie mir etwas verabreicht, damit mir alles so anders, flimmernd und vibrierend vorkam. »Ich muss hier weg. Ich muss hier raus.«

Camilla drückte sanft, aber bestimmt, gegen meine Schultern. »Hör in dich hinein«, sagte sie mit hypnotisch ruhiger Stimme. »Du weißt, dass es wahr ist. Etwas tief in deinem Inneren hat sich schon immer nach diesem Ort hier gesehnt. Etwas in dir wollte hierher.«

Es musste mehr für mich geben ...

Keine Ahnung, ob es der Effekt ihres Tons oder etwas anderes war, was mich dazu anhielt, tatsächlich in mich zu gehen. Vermutlich war es der Fakt, dass mir in diesem Augenblick wirklich bewusst wurde, dass sie recht hatte.

In mir tobten Verwirrung, Frustration, Unglauben und Ablehnung. Diese Stimme in mir, die mir leise zuschrie, dass Schattenwesen real waren, wollte ich am liebsten beiseiteschieben, ignorieren, doch in diesem Moment wurde sie überlaut.

Seit ich hier war, tönte ebenfalls ein Gefühl von Frieden wie ein entferntes Nebelhorn durch meine Gedanken. Das verwirrte mich noch mehr. Aber ich war auch überrascht, dass es wie selbstverständlich für mich war, bis zu dem Moment, in dem ich darauf hingewiesen worden war. Ohne darüber nachzudenken, hatte ich es angenommen. Konnte ich meiner inneren Stimme vertrauen? Konnte ich Camilla, Maisie und diesem Theo vertrauen? Oder war ich in großer Gefahr und nur zu naiv, um es zu verstehen?

»Du hast den Namenlosen gesehen. Glaubst du, du hast dir das nur eingebildet? Und woher sollte ich das wissen, wenn es nicht wahr ist?«

»Der Namenlose?«, hörte ich mich wiederholen, während ich weiterhin über dieses seltsame Gefühl grübelte.

Nun schaltete sich Maisie ein. »Die Gestalt, die dich im Obscurum verfolgt hat.«

Sie meinte also den Hatman.

»Obscurum?«, fragte Theo.

»So hieß der Schuppen, in dem wir waren«, erklärte sie ihm leichthin.

»Obscurum?«, wiederholte er, dieses Mal begleitet von einem sparsamen Ausdruck auf dem Gesicht.

»Ja, ich weiß.«

In meinem Kopf hatte ich noch nicht entschieden, was ich glaubte und was ich nicht glaubte. Für ein Gedankenspiel war ich aber bereit, ihren Auftritt mitzumachen. Vor allem weil ich wissen wollte, was hier vor sich ging. »Gehen wir davon aus, ihr sagt die Wahrheit und ihr seid wirklich Schattenwesen«, eröffnete ich vage. »Was wollt ihr dann von mir? Und was bedeutet Schatten*wanderer*?«

Cam lächelte aufmunternd. »Du bist ein Mensch, der eine seltene Fähigkeit besitzt. Du kannst zwischen der Menschen- und der Schattenwelt hin und her reisen, *wandern* sozusagen.«

»Aber ihr seid keine Menschen«, hörte ich mich langsam sagen, während ich noch versuchte, ihre Worte zu verinnerlichen. »Wieso seht ihr dann nicht aus wie Schatten?«

Theo stieß sich vom Tisch ab und ließ ein schnaubendes Lachen verlauten. »Achtung.«

»Nein, warte!«, riefen Maisie und Cam wie aus einem Mund und machten Anstalten, sich auf ihn zu stürzen. Aber sie waren zu spät.

Von seinem gesamten Körper schien dunkler Rauch aufzusteigen, als würde er dampfen. Und von einem Augenblick auf den nächsten bewegten sich nur noch Schwaden an der Stelle, an der er eben gestanden hatte. Sie wirbelten umeinander herum und fügten sich zu einer schwarzen Masse zusammen, bis sie eine menschliche Gestalt ohne Details annahmen. Im nächsten Augenblick formte sich diese blitzschnell zu einer Kugel, die dann durch den Raum schoss und haarscharf vor der Wand zu meiner Linken zum Stehen kam.

»Ach, du heilige …«, stammelte ich und sah dabei zu, wie sich die Kugel in Rauch zurückverwandelte, der nach und nach wieder Form und Farbe annahm. Schließlich lehnte Theo lässig neben mir an der Wand. Er überschlug die Beine und spreizte die Arme ab. »Das war fast so lustig wie dein Gesichtsausdruck.«

Ich starrte ihn mit offenem Mund an.

»Wir befinden uns hier in der Schattenwelt«, eröffnete er mir, als hätte ich ihm nicht gerade dabei zugeschaut, wie er sich von einer Stelle zu einer anderen teleportiert hatte. »Das ist der Ort, an dem wir leben, wenn wir nicht in eurer Welt sind.«

»Was soll das heißen?«, hauchte ich und konnte noch immer nicht überwinden, dass er keine Sekunde zuvor vor meinen Augen verschwunden war.

»Die Schattenwelt ist eine Art Parallelwelt zu deiner Menschenwelt.«

Ich räusperte mich, aber ich kam nicht gegen meine trockene Kehle an. »Wie bitte?«

»Unsere Welt ist in euren Legenden zum Beispiel als Feenreich bekannt«, versuchte Cam, mir einen anderen Ansatz anzubieten.

Doch ich wusste schon längst, was sie mir damit sagen wollten. Es war einfach unglaublich. Unglaublich unheimlich.

»Ich bin in einer anderen Welt?« Mehrfach nickte ich, während die Erkenntnis langsam durchsickerte. Bestimmter wiederholte ich die Worte. »Ich bin in einer anderen Welt.«

»Nicht jeder Mensch kann unsere Gefilde betreten. Nur ein Schattenwanderer oder eine Schattenwanderin kann – an der Seite von einem von uns – hier herkommen«, erklärte Maisie, als wäre es nichts Besonderes.

»Du bist eine Schattenwanderin«, schloss Camilla dafür aber beinahe feierlich.

Der Begriff begeisterte mich und versetzte mich zugleich in Panik. »Wieso habt ihr mich hergebracht?«

»Wir werden dir noch alles genau erklären.«

»Ich will wissen, was mit mir passiert.« Meine Stimme bröckelte, aber mein Ton war fordernd.

»Das verstehe ich«, war weiterhin Cam die Stimme der Vernunft. »Aber du musst dich erst einmal beruhigen. Was wir dir erzählen werden, ist eine ganze Menge und es wird nicht leicht zu begreifen. Oder eher: zu verdauen sein.«

Das klang, als würden sie mich lange hierbehalten wollen. Die Angst darüber trieb mir Tränen in die Augen. »Bringt mich zurück.«

»Das werden wir.«

Ich wurde flehender. »Jetzt. Ich will jetzt zurück.«

Kaum, dass ich ausgesprochen hatte, bewegte jemand ein Ahornblatt vor mein Gesicht.

Gelb- und Rottöne hatten es wunderschön eingefärbt. Es war anders als die Blätter, die ich sonst kannte. Ein Flimmern begleitete die Farben.

Ich wollte wissen, wie es sich anfühlte.

Vorsichtig hob ich meine Hand, um den Stiel zwischen Daumen und Zeigefinger zu nehmen. Kaum hielt ich das Blatt, ließ die Person, die es mir hingehalten hatte, los.

Langsam führte ich die Hände hinunter zu meinem Schoß, um es genau inspizieren zu können.

Das Blatt fühlte sich weich an. Samt auf Samt. Es war, als könnte ich jedes Molekül in meiner Hand pulsieren spüren.

Wieso war es so anders?

Gegen die Faszination dafür konnte ich nichts tun. Es ließ ein Licht in meinem Inneren aufgehen.

Ich sah auf und blickte in das Gesicht desjenigen, der es mir hingehalten hatte.

Ben.

11

Meine Augen brannten, als wäre Wasser hineingelaufen. Dennoch hielt ich sie offen, denn ich wollte einfach alles sehen.

Ben hielt mir die Tür auf und bedeutete mir, hinaus ins Freie zu treten. Ich zögerte, aber dann kam ich seinem Angebot nach. Kaum, dass wir draußen auf einer ländlichen Straße standen, intensivierte sich das Brennen.

Jede Bewegung schien nachzulaufen. Mein Hirn sendete den Befehl an ein Körperteil, sich zu regen, aber es kam dem nur in Zeitlupe nach. Als ich langsam zur Seite kippte, bemerkte ich es erst, als Ben mich schon aufgefangen hatte.

Die Berührung machte mich stutzig, aber kaum, dass ich ihn danach fragen wollte, lenkte sein Lachen in meinem Ohr mich ab. »Immer langsam.«

»Danke«, hauchte ich und versuchte, den Schwindel fortzublinzeln.

»Lass dir Zeit.«

Weil das Drehen in meinem Kopf zunahm, schloss ich die Augen und versuchte, mich darauf zu konzentrieren, ruhig und kontrolliert zu atmen. Mir wurde der Griff um meine Arme bewusst, wo seine großen Hände mich stützten. Mein Oberkörper lehnte gegen Bens Bauch und ich genoss die Wärme, die davon abstrahlte.

Es gab mir Halt. Fühlte sich sicher an, gegenüber der verrückten Situation, in der ich mich befand. Nur zu bereitwillig begab ich mich weiter in diese halbe Umarmung, bis ich meinen Kopf an seine Schulter lehnen konnte. Ich lauschte dem Atem und Herzschlag.

Herzschlag.

Herz. Schlag.

Hatten Schattenwesen ein Herz? Was passierte damit, wenn sie die Schattenform annahmen? Was passierte mit den anderen Organen?

Ich spürte die Fragen in meinem Inneren, aber immer wenn ich versuchte, sie zu packen, entglitten sie mir. Schattenwanderin. Was bedeutete das? Was bedeutete das für mich?

Und er war ein Schattenwesen.

Er war ein Schattenwesen.

Er war ein Schatten.

Schlagartig riss ich die Augen auf, als die Erkenntnis durch meinen vernebelten Verstand sickerte. Wie versteinert sah ich in sein Gesicht.

Er lächelte mich an, aber er musterte mich ebenfalls. Seine Augenbrauen waren, wie immer, sorgenvoll verbogen.

Ich suchte nach Gefahr. Etwas Gruseligem. Etwas Dunklem. Etwas, das sich mit den wenigen Geschichten, die ich mir von Marcus angehört hatte, verbinden konnte.

Langsam entfernte ich mich von ihm und er ließ es ohne irgendwelche Anstalten geschehen. Meine Arme streiften aus seinen Händen heraus.

War er der Ben, den ich kennengelernt hatte?

Oder war er ein Wesen, vor dem ich mich fürchten musste?

Mein Blick wanderte wie von selbst zu dem Häuschen, aus dem wir herausgetreten waren. Nach und nach stellte ich Teile davon scharf und prüfte regelmäßig, ob der Schwindel wieder einsetzte.

Der Beton der Wände war uneben und weiß angestrichen, was das Sonnenlicht extrem reflektierte und mich meine Augen zusammenkneifen ließ. Das Weiß wurde von dunklem Holz unterbrochen, das in einem Karomuster darin untergebracht war.

Die Ziegel auf dem Dach waren dunkelgrau, mit Moos bedeckt und äußerst krumm verteilt. Die Eingangstür war niedrig und noch immer offen. Auf der Fläche unter dem winzigen Fenster standen mehrere kleine Blumenkübel, die vertrocknete Äste beherbergten. Prüfend warf ich einen Blick zur Seite und sah karge Sträucher und bunte Bäume. Dann senkte ich den Kopf und betrachtete das Blatt in meiner Hand.

Da wurde mir bewusst, dass mir trotz T-Shirt nicht kalt war. »Ich friere nicht.«

»Wir haben hier keine Temperatur.«

Verwirrt schaute ich auf. »Wie ist das möglich?«

»Hm«, machte er und knickte einen der Äste in den Kübeln ab. »Unsere Welt ist der Schatten von deiner. Die Menschenwelt verändert sich und unsere folgt. Wie Symbionten.«

»Das ist schwer vorstellbar.«

»Stell dir vor, man würde einen Vorhang über deine gesamte Welt ziehen und dem einen Spiegel vorhalten. Und jetzt stell dir vor, dass das Abbild nicht einfach nur auf einer glatten Fläche zu sehen ist, sondern dass du es betreten und dich darin bewegen kannst.«

»Das heißt, dieser Ort hier«, ich winkte ausschweifend mit den Händen, »existiert wirklich?«

Ein Schatten legte sich auf seine Gesichtszüge. »Alles hier passiert wirklich.« Er klang eindringlich.

»Ich meine …«, ich schluckte und überlegte, wie ich es anders ausdrücken konnte. »Dieser Ort existiert auch in meiner Welt?«

Langsam nickte er und sein Gesicht wurde wieder heller. »Es ist ein kleines Cottage in einer ländlichen Gegend von Irland.«

»Ich bin in Irland?«, fragte ich spitz.

»Im Irland der Schattenwelt«, verdeutlichte er geduldig. »Die Besitzer überwintern in der Stadt. Wir dachten, es wäre ein guter Ort, um dich an all die Informationen zu gewöhnen.«

Irland. Ich war noch nie in Irland gewesen.

Überhaupt hatte ich die Staaten nie verlassen.

Ich drehte mich einmal um meine Achse, damit ich einen Blick auf die weitere Umgebung werfen konnte. Überall waren Weiden, kleine hölzerne Zäune und zwischendrin niedrige Wälle aus grauen Steinen. Mit offenem Mund beobachtete ich die Szenerie vor mir und ignorierte die Schwere in meinem Kopf, die die Drehung hinterlassen hatte.

»Komm.« Ben hielt mir eine Hand hin und ich griff danach, ohne lange darüber nachzudenken.

Seine Handfläche war auf angenehme Weise rau und warm. Er setzte sich in Bewegung und ich folgte ihm, während ich weiterhin die Umgebung unter die Lupe nahm.

»Was ist mit deiner Berührungsangst?«, fragte ich zögerlich, was mich zusätzlich die ganze Zeit beschäftigte.

»Technisch gesehen, habe ich keine Angst davor. Die Berührung unserer Haut durch einen Menschen kann unsere Fähigkeiten freisetzen. Deshalb vermeide ich sie strikt.«

»Welche Fähigkeiten?«

Er blieb so unvermittelt stehen, dass ich fast gegen ihn gestolpert wäre. Ein entschuldigendes Zwinkern war in seinem Gesicht zu sehen. Nur einen Wimpernschlag später legte sich ihm etwas Dunkles über die Gesichtszüge.

»Angst«, meinte er dann unheilvoll. »Hauptsächlich. Wir können sie in Menschen hervorrufen. Das ist unser Zweck.«

Es dauerte einen Augenblick, bis das Wort in meinen Verstand einsank. Dann entzog ich ihm meine Hand. Vielleicht ein wenig zu schnell.

Er warf einen kurzen Blick darauf und lächelte schief. Seine Augen funkelten belustigt. »Keine Sorge. Hier in der Schattenwelt kann meine Berührung dir nichts anhaben.«

Das war schlüssig und beruhigte mich ein wenig.

Ich ärgerte mich darüber, dass mein Hirn auf Sparflamme lief. All diese Eindrücke um mich herum zerrten an meiner Auffassungsgabe und Konzentration.

Die Erinnerung an das Streifen unserer Hände in der Bibliothek kam in mir auf. »Wie äußert sich diese Angst?«, fragte ich und überlegte gleichzeitig, wie sie sich bei mir manifestiert haben könnte.

»Abhängig von der Dauer und der Intensität der Berührung kann das zu Albträumen und Visionen führen. Manchmal können sie Einblick in traumatische Erlebnisse liefern, die die Zukunft bereithält. Oder wir lassen den Betreffenden zumindest etwas mehr über sich selbst erfahren.«

Die Nacht meines Albtraums und die Sichtung des Hatmans kamen mir in den Sinn. Die Bilder, die mich im Schlaf gequält hatten. Und die Angst, die ich dabei verspürt hatte.

Ja, das passte. Aber etwas verwirrte mich.

»Also habe ich ihn mir nur eingebildet?«, flüsterte ich, während ich selbst versuchte, die Puzzleteile zusammenzufügen.

Ben wich meinem Blick aus. »Leider nein.«

Sein Kiefer spannte sich an, während er über die Weiten der Felder schaute.

Gerade, als ich nachhaken wollte, begann er wieder zu sprechen. »Einige Schatten sehnen sich nach einem Leben als Mensch. So sehr, dass sie sogar in deiner Welt leben, als wären sie es. Sie haben Übung darin, Berührungen zu vermeiden. Abgesehen davon, dass sie manchmal gerufen werden, um ihre Pflicht zu tun, leben sie unauffällig unter euch. Ich allerdings nicht. Ich bin nur in deiner Welt unterwegs, wenn ich etwas zu erledigen habe, und halte mich ansonsten fern.«

Er tat einen tiefen Atemzug und sah mich an. »Wenn eine Berührung versehentlich zustande kommt, kann das durchaus verheerende Folgen haben. Dann beobachtet der Namenlose den Menschen, dem das zugestoßen ist, um sicherzugehen, dass er oder sie das wegstecken kann. Oder um im schlimmsten Fall einzugreifen. Deshalb gibt es so viele Sichtungen von ihm. Bei euch hat er einen anderen Namen.«

»Hatman«, bestätigte ich.

»Er wurde auf den Plan gerufen, weil sich unsere Hände gestreift haben. Er war von diesem Zeitpunkt an immer in deiner Nähe. Wahrscheinlich hat er bemerkt, dass du die Merkmale einer Schattenwanderin hast. Er hegt eine bösartige Faszination für Menschen wie dich.«

Gänsehaut kroch mir über die Arme. »Möchte ich wissen, was das bedeutet?«

Ein Augenblick verging, während er einen Punkt hinter mir fixierte und wieder den Kiefer anspannte. Dann warf er mir ein müdes Lächeln zu. »Lass uns ein anderes Mal darüber sprechen. Komm.« Mit einer Kopfbewegung bedeutet er mir, weiterzugehen, und ging gleichzeitig los. »Ich möchte dir etwas zeigen.«

Ich folgte ihm und rieb mir über den Arm. Bedeutete das, dass ich in Gefahr war?

Aber war ich das nicht sowieso?

»Was ist denn eure Aufgabe in der Menschenwelt?«, fragte ich ihn, als ich mir seine Aussagen durch den Kopf gehen ließ.

»Der Namenlose hat einmal festgestellt, dass er seine und unsere Fähigkeiten einsetzen konnte, um euch Menschen zu helfen.«

»Also stimmt Marcus' Vermutung?«

Ben nickte. »Genau. Dem Namenlosen ist es möglich, zu erahnen, wem schwere Zeiten oder Ähnliches bevorstehen. Dann nutzt er uns Schatten, damit wir mithilfe von Berührungen oder unserer Anwesenheit Visionen und Ängste in den Menschen aktivieren«, erklärte er. »Früher tat er das, um jemanden darauf vorzubereiten, was ihnen bevorstand. Um es euch Menschen leichter zu machen. Aber heutzutage macht er das kaum noch. Er verfolgt nun andere Ziele.«

Ich dachte an Marcus' Schilderungen und daran, dass dieser Namenlose ihm die Schatten geschickt haben musste, damit er bei seinem sterbenden Vater blieb.

»Welche Ziele hat er jetzt?«, fragte ich gedankenversunken.

»Darüber sollten wir auch ein anderes Mal sprechen.«

Nachdem wir einen Hügel bestiegen hatten, den wir nun wieder runterstapften, fiel meine Aufmerksamkeit auf einen Waldrand direkt vor uns.

Dort stand ein großer Weidenbaum, der mir sehr bekannt vorkam. Aber ich konnte nicht lange darüber nachdenken, denn schon betrachtete ich das Gewässer darunter. Das Wasser darin irritierte mich. Es schien zu leuchten. Ich beschleunigte meinen Schritt, dass ich sogar Ben überholte.

Als ich ankam, ging ich bis ans Ufer heran und hockte mich hin, um einen genauen Blick darauf zu werfen.

Konzentriert kniff ich die Augen zusammen. Es sah aus, als wäre das papierweiße Wasser fluoreszierend. Der Fluss war so langsam, als würde er sich in Zeitlupe bewegen. Ich inspizierte die Pflanzen, die sich um den Teich herum befanden. Sie wurden von dem Wasser angeleuchtet. Dort, wo die Äste der Weide die Oberfläche berührten, verschmolzen sie mit dem seltsamen Gewässer.

Ich sah einen kleinen steinernen Hügel mir gegenüber auf der anderen Seite des Ufers. Das musste die Quelle zu sein. Hier pulsierte das Wasser und strahlte um einiges heller.

»Was ist das?«, fragte ich völlig außer Atem.

»Licht«, antwortete Ben, der sich neben mich gehockt und von der Seite beobachtet hatte.

»Wie ist das möglich?«

»Wir wissen es selbst nicht. Wir stellen uns vor, es wäre Sternenlicht.«

Sternenlicht. Ich ließ den Gedanken durch meinen Kopf wandern. Ja, das kam dem auf jeden Fall nahe, was ich hier sah.

»In unserer Welt gibt es mehrere solcher Orte, aber ihr Ursprung oder ihr Sinn sind unbekannt. Ich hoffe, ich kann sie dir alle mal zeigen.«

Ich riss mich von dem Anblick los, um ihn anzusehen. Bin ich denn bereit, wieder hierherzukommen? Ich tastete in meinem Inneren nach der Angst, die immer noch präsent war, aber ich schob das alles erst einmal beiseite.

Ich ging auf die Knie und streckte die Hände aus. Im letzten Moment hielt ich inne. Verlegen betrachtete ich meine Finger. Dann sah ich zu Ben auf. »Darf ich?«, fragte ich mit dünner Stimme.

Er nickte.

Das fließende Licht der Quelle war so weiß und rein. Es musste einen Haken geben. Eine Art Schutzmechanismus.

»Es hält dich nichts davon ab.«

»Hm«, machte ich und kaute nachdenklich auf der Innenseite meiner Wange herum. Doch dann streckte ich die Finger wieder aus und tauchte sie kurzerhand hinein.

Das Licht wirbelte auf und legte sich dann gemächlich um meine Haut herum. Es fühlte sich wie Seide an. Ich bewegte nacheinander die Finger und drehte die Hände hin und her.

Ein überwältigendes Gefühl wuchs in meiner Brust an. Als wäre mir die Ehre zuteilgeworden, mich im Angesicht eines Wunders zu befinden.

»Wow«, hauchte ich und genoss das seidige Licht. Mit geschmeidigen Bewegungen malte ich Spiralen und Wellen in die Oberfläche.

»Es ist, als würde hier alles atmen«, sinnierte ich laut.

»Ich weiß. Auch wenn ich es kenne, fasziniert mich das Sternenlicht immer wieder«, hörte ich Ben neben mir sagen und hielt inne, um ihn anzusehen.

Wie hypnotisiert starrte er auf das, was ich in das Licht gezeichnet hatte und was sich kurz darauf wieder auflöste.

»Nein. Ich meine alles in dieser Welt.« Ungläubig schüttelte ich den Kopf. Wie konnte es sein, dass so etwas existierte? »Alles ist so lebendig. Man fühlt die Umwelt und die Prozesse, die passieren. Die Farben vibrieren geradezu.«

Er wies auf etwas hin, was Camilla zuvor gesagt hatte. »Es gibt einen Grund, warum sie in euren Legenden als Feenland bezeichnet wird. Idyllisch, fast utopisch schön.«

»Warum gibt es dann Schattenwesen, die als Menschen leben?«

Seine Augen glänzten traurig. »Vor unserem Leben als Schatten waren wir einmal Menschen. Ich denke, das steckt irgendwie in unseren Instinkten.«

»Wie war dein Leben als Mensch?«

»Das weiß ich nicht, keiner von uns tut es. Der Namenlose erschafft uns. Wie, wissen wir nicht. Auch nicht warum. Sind wir erst einmal Schatten, können wir uns an unser menschliches Leben nicht mehr erinnern. Der Einzige, der etwas darüber weiß, ist der Namenlose. Aber der scheint seine Gründe zu haben, warum er unsere Vergangenheiten Geheimnisse sein lässt.«

Wieder erfasste mich eine Gänsehaut. Ich sah auf meine Finger, die von dem Licht umspielt wurden. Dann wanderte mein Blick hoch zu dem Weidenbaum. Bens Schmerz war geradezu greifbar. Als könnte ich ihn aus der Luft fangen, wenn ich die Hände hob.

12

Als wir nach unserem Rückweg das Innere des Cottages betraten, saßen die Schatten in einem Kreis auf dem Boden. In ihrer Mitte stand ein regelrechtes Festmahl, das aus absolut allem bestand, was man frühstücken konnte.

Theo stopfte sich ein Brot in den Mund und musste im nächsten Moment so laut lachen, dass kleine Stücke davon quer durch den Raum flogen. Neben Camilla saß ein Junge, den ich noch nicht kannte. Die beiden duckten sich kichernd.

Cams Sitznachbar hatte eine ausgeprägte Nasenspitze, die das Erste war, worauf mein Blick fiel. Er hatte längeres schokoladenbraunes Haar und ein rundes Gesicht. Die Augenbrauen waren buschig und saßen unter einer hohen Stirn. Ein unregelmäßiger und feiner Bartschatten zierte sein Kinn und seine Oberlippe.

»Wo ist Maisie?«, fragte Ben neben mir und setzte sich zu Camilla.

Ich nahm zwischen ihm und dem muskulösen Mann Platz, der sich gerade mit dem Saum des Tanktops über den Mund fuhr.

»Sie versucht herauszufinden, ob unser Ablenkungsmanöver geklappt hat.«

»Ablenkungsmanöver?«, fragte ich an Ben gewandt, doch bevor dieser mir antworten konnte, grätschte Theo dazwischen.

»Das ist Kyle«, erklärte er und deutete dann auf den Jungen.

»Oh«, machte ich. Erst jetzt wurde mir bewusst, wie unhöflich es war, dass ich mich weder vorgestellt noch eine Begrüßung ausgesprochen hatte. »Hi. Ich bin Ava«, holte ich das schnell nach und war ein wenig peinlich berührt.

»Das wusste ich schon«, erwiderte der Junge und zwinkerte mir zu. Sein Lachen war hell und klang warm.

Er machte mich stutzig. »Wie alt bist du eigentlich?«

»Achtzehn.« Er grinste.

»Kyle wurde vor vier Jahren erschaffen«, erklärte Theo.

Kaum hatte er es ausgesprochen, wurde mir klar, dass ich gar nicht wirklich begreifen wollte, was das bedeutete.

Der Junge musterte mich aus einem offenen Gesicht und machte daraus auch keinen Hehl. »Noch nie habe ich eine Schattenwanderin getroffen.«

»Tja. Und ich wusste bis heute nicht, dass ich eine bin …«, hörte ich mich murmeln, während mein Hirn sich weiterhin in Akrobatik übte. Aber langsam wurde mir sein Starren doch etwas unangenehm.

Ein Grinsen überzog seine Züge. »Es ist faszinierend. Wenn man deine Augen außer Acht lässt, käme man nicht auf die Idee, dass du nicht auch ein Schatten bist.«

Er pausierte kurz, dann fügte er noch schnell hinzu: »Und wenn man davon absieht, dass du keine Schattengestalt annehmen kannst.«

Wieso? Stimmt etwas nicht mit mir? »Was ist denn mit meinen Augen?«, fragte ich beunruhigt.

»Sie sind grün«, spezifizierte der Junge. »Aber nicht so sehr wie die von den Mädchen des Orakels.«

Ich konnte ihn nur anstarren, während die Rädchen in meinem Kopf versuchten, auf sein Tempo zu kommen.

»Sie sind nicht grau«, stellte Theo klar. »So wie unsere.«

Schnell überprüfte ich die anderen drei, die mir bereitwillig ihre Gesichter entgegenstreckten. Und auch hier war die Iris von einer hellen grauen Färbung.

Warum war mir das zuvor nicht aufgefallen? Die Farbe ihrer Augen glich sich wie ein Ei dem anderen.

Mich hatte noch etwas stutzig gemacht. »Wer sind diese *Mädchen des Orakels*?«

»Unsere Welt wird nicht nur von uns Schatten bevölkert«, erklärte Ben. »Aber das Orakel hat immer nur zwei Schöpfungen an seiner Seite. Frauen für gewöhnlich.«

Während ich über diese neuen Informationen philosophierte, begann ich aus dem Gespräch zu driften. Mehr und mehr wurde ich mir der Wärme bewusst, die intensiv von der Seite her an mich heranströmte. Verwundert sah ich rüber.

Ben war nicht wieder von mir abgerückt. Ich konnte die feinen Linien um seine Augen mustern und die scharfen Konturen seines Gesichts, die nur durch die Barthärchen aufgeweicht wurden.

Gerade setzte er eine Dose an die Lippen, die mir weder vom Aussehen her bekannt vorkam, noch konnte ich die Sprache darauf verstehen. Aber er hielt inne, schob sie wieder ein Stück von sich und sah mich direkt an. Es verging ein Herzschlag. Dann ein weiterer.

Vielleicht lag es an der verlangsamten Tätigkeit meines Hirns, aber in der Brust machte sich das Gefühl einer Gewissheit breit, die ich nicht begreifen konnte. Stattdessen genoss ich die Wärme, die mich umfing, und dieses Kribbeln, das meine Lippen teilte. In mir flammte das Bedürfnis auf, ihn berühren zu wollen, an mich zu drücken, die Arme um ihn zu schlingen und ihn nie wieder loszulassen.

Allmählich bildete sich ein Lächeln in seinem Gesicht. Er zwinkerte mir zu und wandte sich dann um, um endlich einen Schluck aus der Dose zu nehmen.

Mit einem Mal war ich mir meines Atems überdeutlich bewusst.

Ich fühlte mich, als wäre ich gerade aus einer Achterbahn gestiegen. Um meine Zerstreutheit zu überspielen, fing ich das Gespräch der anderen wieder auf und konzentrierte mich auf Kyles Worte.

»Aber ihre Augen sind auch nicht so wie bei den Mädchen vom …« Weiter kam er nicht. Theo tauchte ganz überraschend hinter ihm auf und schlug mit einer zusammengerollten Zeitung gegen dessen Kopf.

Es sah nicht schmerzhaft aus, aber ich zuckte zusammen. Ich hatte nicht einmal realisiert, dass er von meiner Seite verschwunden war.

»Hey!«, rief Kyle und verpuffte in einer dunklen Wolke, als Theo ein weiteres Mal ausholte.

»Du musst immer auf der Hut sein«, rief dieser zurück und nahm ebenfalls seine Schattenform an.

Die beiden Wolken jagten sich quer durch den Raum.

Ben lehnte sich noch ein Stück zu mir herunter. »Theo trainiert Kyle«, flüsterte er und mein Puls nahm zu, als der fruchtige Duft in seinem Atem mein Gesicht traf.

Camilla erhob sich und öffnete die Tür. Sie biss in einen Toast und schloss sie wieder, als die beiden Schatten hindurchgeflitzt waren. »Nimm dir auch etwas«, sagte sie an mich gerichtet, während sie wieder Platz nahm. »Du musst am Verhungern sein.«

Das war ich tatsächlich. Ich nahm mir ein Croissant und spürte, wie sich Speichel in meinem Mund sammelte. Schnell biss ich ein Stück ab und kaute genüsslich. »Ist Theo so was wie ein Ausbilder? Bereitet er ihn auf seine Aufgaben als Schatten vor?«

Camilla hielt inne und heftete den Blick auf den Boden, sodass ich ihr Gesicht kaum mehr sehen konnte.

»Hab ich was Falsches gesagt?«, fragte ich sie flüsternd.

»Nein, es gibt keine Ausbilder für uns Schatten«, erklärte sie und fuhr dann leiser fort. »Das, was wir wissen müssen, wird uns von dem Namenlosen beigebracht.

Und alles darüber hinaus kommt mit der Zeit. Du darfst Kyle nichts davon sagen. Er weiß es nicht und es ist besser, wenn das fürs Erste auch so bleibt. Neue Schatten haben eine Art Probezeit.«

Ich fragte mich, warum sie mir das anvertraute. Auch Ben hatte sich so schnell auf eine freundliche Ebene mit mir begeben. Ob das bei den Schatten so üblich war?

»Nach fünf Jahren entscheidet der Namenlose, ob er Verwendung für einen hat«, verkündete Ben unheilvoll.

»Und wenn er die nicht hat?«

Die beiden Schatten tauschten einen langen Blick aus, der den Inbegriff von Endgültigkeit in sich trug, und wichen dann in unterschiedliche Richtungen aus. In meinem Hals formte sich ein Kloß.

»Ich denke, er hat das irgendwann eingeführt wegen Schatten wie Maisie«, flüsterte Camilla und erntete dafür einen scharfen Blick von Ben.

»Was ist denn mit Maisie?«, fragte ich sofort.

Ben seufzte. »Er kann sie nicht kontrollieren. Sie kann sich ihm entziehen.«

»Aber euch kontrolliert er?«

»Wir Schatten sind eine Art *Erweiterung* des Namenlosen. Wenn er will, kann er unsere Fähigkeiten aktivieren, wie es ihm beliebt. Wir können nichts dagegen tun«, erklärte Ben und in der Luft war deutlich spürbar, wie sehr er seine Stimme kontrollieren musste. »Natürlich kann er nicht jeden von uns rund um die Uhr begleiten, aber er muss sich dennoch sicher sein können, dass wir machen, was er will oder uns aufgetragen hat. Weshalb jemand wie Maisie extrem unberechenbar für ihn ist. Dass ihm das nicht gefällt, muss ich wahrscheinlich nicht extra dazu sagen.«

Ich atmete flacher.

»Das ist auch der Grund, wieso ich sie auf dich angesetzt habe.«

Unvermittelt sah er mich mit Nachdruck an. In meiner Brust bildete sich ein Kloß. »Er kennt ihre Mätzchen schon. Bevor sie sich uns anschloss, hat sie sich einen Spaß daraus gemacht, Menschen in den Wahnsinn zu treiben. Der Namenlose hatte viel Ärger mit ihr. Musste ihr ständig hinterherräumen, bis er das irgendwann nicht mehr gemacht hat. Ich dachte, wenn er sieht, wie sie dich berührt, glaubt er, dass sie auch diejenige war, die dich zuvor berührt hat. Und dass er dich dann in Ruhe lässt.«

»Es ist schon eine Weile her, dass sie so was gemacht hat«, warf Cam ein.

»Möglich.« Er nickte und biss in einen Pancake, während er einen Punkt am Boden fixierte.

Ich schluckte. Das letzte Stück des Croissants fand seinen Weg in meinen Mund, da griff ich schon nach dem nächsten. Seltsamerweise war mir der Geschmack bekannt. Er war etwas feiner, aber nicht anders. So, wie sonst alles hier so *anders* war.

Wir drei hingen alle unseren Gedanken nach und aßen still weiter. Die Art, wie sie von dem Namenlosen sprachen, jagte mir einen Schauer über den Rücken. Kein Wunder. Meine eigenen Treffen mit ihm waren der blanke Horror.

Wie konnte ein Ort wie dieser einen solchen Schrecken bergen?

Von der Seite warf ich einen Blick auf das Gesicht meines Sitznachbarn. Es war blass und ausdruckslos. Wie ausgesaugt. Er sorgte sich um seine Schatten. Das konnte ich sehen, auch wenn mein Hirn in diesem Augenblick nicht richtig funktionierte.

Er sorgt sich auch um mich, wurde mir mit einem Kribbeln bewusst. Deshalb hatte er Maisie dafür ins Gefecht geschickt. Oder ich hoffte nur, dass es so war.

Wenn der Namenlose so einen Hass auf sie hatte, dann wollte ich gar nicht darüber nachdenken, was passieren könnte, wenn er ihr nah genug käme.

Wie von selbst hob sich mein Blick und sah durch das Fenster auf das saftige Grün der Weiden. Der Atem dieser Welt pulsierte durch mein Innerstes. Über mich ergoss sich ein Gefühl von Wunder und meine Gedanken formten einen Begriff, der dem allem am nächsten kam. *Heimat.*

Nun kannte ich die Antwort.

Ja.

Ja, ich würde wiederkommen.

Ich schreckte zum wiederholten Male aus einem Traum auf, an den ich mich nicht erinnern konnte.

Mein Schlafzimmer war noch immer hell erleuchtet und ich hütete mich davor, den Blick zur Seite ins Wohnzimmer wandern zu lassen.

Ich wusste, dass er da war. Wusste, dass der Hatman dort stand und mich beobachtete.

Der Namenlose, wie die Schatten ihn nannten.

Als er mich das erste Mal heimgesucht hatte, war es Bens Berührung in der Bibliothek gewesen, die ihn auf den Plan rief. Doch da war ich unvorbereitet.

Dieses Mal war es Maisies Berührung im Obscurum, die dafür verantwortlich war. Auch wenn es Teil eines Plans gewesen war. Trotzdem konnte ich es mir nicht abringen, ihn anzusehen.

Ein Schauer rüttelte mich durch.

Ich schlug die Decke zurück und ließ die Füße über die Bettkante zur anderen Seite gleiten. Als sie unten auf dem weichen Untergrund des Teppichs ankamen, ließ ich die Zehen darüber fahren und nahm das Gefühl in mich auf.

Lange beobachtete ich das Ahornblatt auf meinem Nachttisch.

Um mich in die Menschenwelt zurückzubringen, hatte Ben wieder meine Arme gepackt. Durch die Berührung konnten Schatten meine *Reisefähigkeit* aktivieren.

Das Blatt hatte ich vom Boden aufgenommen, um es mit dem zu vergleichen, das Ben mir in der Schattenwelt gezeigt hatte. Warum hatte ich es mit nach Hause genommen?

Als ich es jetzt wieder in die Hand nahm, durchzuckte mich der Gedanke, dass es sich falsch anfühlte. So anders als in der Schattenwelt. Doch dann fragte ich mich sofort, ob es deshalb falsch sein musste? Was war richtig und was nicht?

Ich runzelte die Stirn und erzitterte unter all den Fragen, die mich durchfluteten.

Zurück in der Menschenwelt vermisste ich das taube Gefühl und die rationalen Gedanken erdrückten mich. Sie nahmen mir die Luft zum Atmen und brachten alles zum Drehen.

Als ich die Augen schloss und das Blatt in meiner Hand zerquetschte, rollten Tränen über mein Gesicht. Das war alles zu viel.

Ob mein Vater etwas wusste? War es das, was in seinen Briefen stehen sollte?

Wie lange ich so dasaß, konnte ich nicht sagen. Erst ein Rascheln hinter mir ließ mich die Lider wieder öffnen und auf die Tapete vor mir starren.

»Geh weg«, sagte ich. Es war nur ein Hauchen. Die Lippen bewegte ich kaum. Nur der Umstand, ihn nicht zu sehen, gab mir die Kraft, so mit dem Hatman zu sprechen. Irgendwie hatte ich noch die Hoffnung, ich würde es mir bloß einbilden.

13

»Wo bist du?«

»Hm«, machte ich, aber realisierte es gar nicht. Stoisch rührte ich in meinem Latte macchiato, dessen Schaum sich mittlerweile gänzlich aufgelöst hatte.

Vor meinem Gesicht wackelte eine Hand. »Hallo Ava!«

Ich sah auf. Nici hatte die Augenbrauen hoch erhoben und schürzte die Lippen. »Hey, beste Freundin«, sagte sie in ihrer gewohnten Denver-Art. »Wo bist du mit deinen Gedanken?«

»Alles gut.« Verständnislos schüttelte ich den Kopf und zuckte die Schultern.

»Was? Ich erzähle die tollste Geschichte und du …« Sie starrte auf meinen Teller. »Du hast nicht einmal deinen Muffin angerührt.« Sie sah mich bedeutsam an und zeigte mit ihrem manikürten Finger auf das Gebäck.

Träge ließ ich den Blick sinken. Dass ich einen Muffin bestellt hatte, vergaß ich wieder. Das war wirklich untypisch für mich. Ich liebte Essen und süßes Gebäck ließ mich immer schwach werden.

Unschlüssig brach ich mir ein Stück ab und steckte es kurzerhand in den Mund. Es erinnerte mich an das

Frühstück vor zwei Tagen. Gedanken an die Schatten und vor allem an Ben kamen in mir auf. Ich steckte mir ein weiteres Stück des Muffins in den Mund und ließ die Regung, das sein Lächeln in meinem Unterbauch auslöste, nur zu bereitwillig zu.

Das Gefühl, beobachtet zu werden, kribbelte mir im Nacken und auch die ausgedehnte Ruhe machte mich nervös. Ich zierte mich noch einen Moment, dann sah ich die beiden Frauen am Tisch schließlich doch an. Sie musterten mich mit offenen Mündern und tauschten ungläubige Blicke miteinander aus.

»Was habe ich verpasst?«, hörte ich mich fragen, aber ich klang weit entfernt.

»Bei unserem letzten Treffen warst du komisch. Was ist los?«, fragte Kayla, die zu meiner Rechten saß.

»Nichts ist los. Mir geht's gut.«

Nici spannte den Kiefer an und ihre Augen schienen mich aufzuspießen. »Es ist in Ordnung, wenn du nicht darüber reden möchtest. Aber lüg uns nicht an und sag, es gehe dir gut, wenn es eindeutig nicht so ist.«

»Mir geht's gut«, wiederholte ich eindringlich, dabei brachten mich meine eigenen Worte zum Grübeln. Ging es mir gut?

So einfach konnte ich das nicht beantworten. Hier gab es kein Schwarz oder Weiß. Es war etwas anderes, das mich beschäftigte.

»Okay«, quittierte Nici und schnalzte mit der Zunge.

Als ich nichts erwiderte, begann sie abrupt ein neues Thema. Sie respektierte, dass ich nicht darüber sprechen wollte. Das bedeutete allerdings nicht, dass sie es vergessen würde. Das wusste ich. Es war etwas, was ich an unserer Freundschaft sehr schätzte. Ich hielt es im Gegenzug genauso. Wenn wir bereit waren, suchten wir den Trost der anderen und hielten ansonsten erst einmal die Füße still.

Aber von dieser Sache würde ich ihr niemals erzählen können. Wie auch? Ich konnte es ja selbst kaum begreifen.

Das Hin und Her zwischen Überzeugung und Zweifel war anstrengend, es verwirrte mich und zehrte an mir. Ich musste mich zusammenreißen, stark bleiben. Doch kaum, dass ich einen halbwegs festen Stand fand, entglitt alles erneut. Ein Teil von mir hatte die Lage schon längst akzeptiert und fühlte sich seltsam wohl mit allem. Es war, wie Camilla es gesagt hatte.

Etwas in mir hatte sich danach gesehnt.

Das machte so verdammt viel Sinn.

Als hätte schon immer etwas in mir gewütet, ohne dass es mir bewusst gewesen war, und das nun besänftigt, gar glücklich war. Sein Hunger war gestillt.

Aber der andere Teil verfiel regelmäßig in Panik und wusste nicht, was ich aus der ganzen Situation machen sollte, zweifelte und hielt an einer Realität fest, die nicht so eindimensional war, wie man glaubte.

Die Schattenwelt war faszinierend, aber ich wurde das Gefühl nicht los, dass etwas nicht mit rechten Dingen zuging. Was es genau war, konnte ich nicht sagen.

Über die Schatten wusste ich praktisch gar nichts. Laut Marcus waren sie Wesenheiten, die die Menschen unterstützten. Andere Quellen sahen sie als Bedrohung.

Die Schattenwelt war idyllisch. Fast so, als hätte jemand unsere menschliche genommen und Glitzer darauf gestreut. Ein Ort, der so wunderschön war, beherbergte so düstere Bewohner? Wie konnte das zusammenpassen?

Meine Gedanken huschten nur ganz leicht in die Richtung des Hatmans, des Namenlosen, und mir lief direkt ein Schauer über den Rücken. Schnell prüfte ich, ob die anderen das bemerkt hatten.

Die Begegnung mit ihm war alles andere als angenehm gewesen. Addiert zu dem, was Ben und seine Vertraute angedeutet hatten, schien er nichts zu sein, das ich näher kennenlernen wollte. War er der Inbegriff des Bösen?

Er war aber ebenfalls ein Bewohner dieser Welt.

Nici erhob sich und riss mich so aus meinen Überlegungen.

»Wo willst du hin?«, fragte ich mit einem hohlen Unterton.

Sie sahen mich irritiert an. Nici seufzte, aber antwortete dann stirnrunzelnd. »Ich will ein Örtchen für Damen aufsuchen …«

»Oh«, machte ich.

»Willst du mit?«

»Ähm …« Meine Gedanken wollten schon wieder wandern gehen, da fügte ich schnell ein »Nein« hinzu.

Ich schaute auf das Stück Muffin, das ich in meiner Hand hielt, und nestelte an der Verpackung herum.

»Okay. Sie ist weg«, sagte Kayla unvermittelt und lehnte sich so weit zu mir herüber, dass ihre wilden Haarspitzen mich kitzelten. »Du sagst mir jetzt, was los ist«, verlangte sie.

Während andere die Grenzen eines Menschen beachteten, bohrte Kayla besonders tief. Sie würde die Sache nicht fallen lassen. Mir vorzumachen, es wäre nicht so, würde ich nicht einmal versuchen. Dafür kannte ich sie zu lange. Dahinter verbarg sich keine böse Absicht. Eher das Gegenteil. Aber wie sollte ich ihr von den paranormalen Dingen erzählen, die dabei waren, mein Leben zu übernehmen?

»Ava«, knurrte sie bestimmend.

»Mein Dad ist bei mir eingebrochen«, platzte ich heraus, bevor ich noch länger darüber nachdenken konnte.

»Wie? Dein leiblicher Vater?«

Ich nickte mechanisch.

»Dein Dad, der verschwunden ist?«

Erneut nickte ich.

»Scheiße.«

Und ich nickte ein drittes Mal.

Sie blinzelte irritiert. »Wie? Wieso? Was wollte er?«, fragte sie abgehackt und in ihrem Gesicht konnte ich jede Station beobachten, die sie passierte, während sie versuchte, diese Information zu verarbeiten.

Wie würde sie erst reagieren, wenn ich ihr die wirklich verrückten Dinge erzählte? Nicht, dass ich das vorgehabt hätte.

»Keine Ahnung. Er war einfach da und hat eine Menge Schwachsinn verzapft.« Ich stockte. Erst jetzt verband sich die Erinnerung an meinen Dad mit allem anderen.

Er hatte etwas über die Schatten gesagt. Dass ich mich fernhalten sollte. Warum wusste er von ihnen? Wieso war er der Meinung, dass ich einen Bogen um sie machen müsste?

Meine Finger wurden kalt.

Fiebrig ging ich unser Gespräch noch einmal durch, als Kayla mich unterbrach. »Ava?«, fragte sie, als hätte sie schon ein paar Mal um meine Aufmerksamkeit gebeten.

»Entschuldige. Ich …«, wieder brach ich ab. Was hatte das alles zu bedeuten? Die Zahnräder in meinem Kopf rauchten.

»Das muss ziemlich verwirrend für dich gewesen sein.«

»Ja«, hörte ich mich sagen. »Ja«, wiederholte ich und schob den Rauch in mir beiseite.

»Hast du die Polizei gerufen?« Die Sorge in ihrem Gesicht trieb mir fast die Tränen in die Augen.

»Nein«, antwortete ich schnell. »Er kam mir nicht gefährlich vor. Nur eben … verwirrt.«

Sie nickte. »Aber man weiß ja nie. Vielleicht …«

»Es war sicher nicht das Treffen, das ich mir all die Jahre vorgestellt habe«, erklärte ich und sah aus dem Fenster. Dort prasselte der Regen gegen die Scheiben. Die Welt dahinter war grau und nass. »Ich hatte keine Angst vor ihm. Ich war nur …«, ich suchte nach den richtigen Worten. »Traurig und enttäuscht.«

Kayla schluckte und legte eine Hand auf meine.

»Er hat sich nicht einmal entschuldigt«, wurde es mir in diesem Moment bewusst. Ich sah sie an, während sich zum ersten Mal der verklärende Schleier der letzten Erkenntnisse hob. »Er hat sich nicht einmal entschuldigt«, wiederholte ich.

Meine Freundin presste mitleidig die Lippen aufeinander. Sie beugte sich vor und nahm mich fest in den Arm, sodass mir das Atmen schwer wurde. Nur zu gern ließ ich die Wärme dieser Geste zu. Ich schlang ebenfalls die Arme um sie.

Ich musste unbedingt herausfinden, was es mit all dem auf sich hatte.

14

Etwas brannte auf meinem Herzen. Etwas, das ich nicht mehr weiter aufschieben wollte.

Am Dienstag hatte Ben mich gefragt, ob ich ihn heute wieder in die Schattenwelt begleiten würde. Ich hatte nicht lange gezögert und bejaht. Mehr konnte ich dazu nicht sagen, weil er dann direkt wieder verschwunden war.

Die Sehnsucht nach dieser anderen, dieser neuen Welt war beflügelnd und gleichzeitig machte sie mir Angst. Ich war so versessen darauf, wieder dorthin zu kommen, dass ich all die Stimmen in mir überhörte. Mein rationales Selbst völlig ignorierte. Ich wusste das und es war mir egal.

»Bist du bereit?«, fragte er mich nun.

Mein Nicken folgte wie aus der Pistole geschossen, da hatte Ben noch gar nicht zu Ende gesprochen. Er zog die Augenbrauen nach oben und sah mich verwundert an. War das zu enthusiastisch von mir gewesen? Ich räusperte mich.

Seit Tagen wartete ich schon auf dieses Treffen. Nach meinem ersten Besuch in der Schattenwelt hatte er mir die Möglichkeit gegeben, ein paar Tage darüber nachzudenken, alles sacken zu lassen. Doch für mich war es, als sei die Zeit still gestanden und ich war kurz davor gewesen, den Verstand zu verlieren. Mir war alles so belanglos erschienen. Zur Arbeit zu gehen und was der Alltag sonst noch zu bieten hatte, war so trist. Ich wollte wieder den Glitzer der Schattenwelt in mir aufnehmen. Spürte, dass dort mein *Mehr* war.

Geräuschvoll atmete ich aus. Die Aufregung fühlte sich gut an. »Ich bin bereit.«

Er streckte die Arme aus und legte seine Hände um meine Handgelenke. »Zu fest?«, ging er sicher und schob die Finger behutsam über meine Haut weiter nach oben, bis er bei den Schultern ankam. Seine Berührung sendete kleine elektrische Stöße aus.

Ich schüttelte den Kopf und beobachtete hypnotisiert den schwarzen Rauch, der von seiner Haut aufstieg. Nach und nach gingen die Schatten auf mich über. Der Anblick davon, wie ich mich auflöste, erfüllte mich zu gleichen Teilen mit Aufregung und Furcht.

»Ich möchte dich heute jemandem vorstellen«, teilte er mir seine Pläne mit, ehe die Schwaden uns völlig einnahmen.

Im nächsten Moment war es, als würde sich ein schwerer Vorhang über uns legen. Um uns herum war es einen Augenblick pechschwarz. Dann wurde es nach und nach wieder hell.

Die Andersartigkeit umfing mich, streichelte zur Begrüßung meine Seele, als wären wir alte Freunde. Dieses Mal fühlte ich keine Fremde. Es war wie *nach*

Hause kommen. Ich tat einen tiefen Atemzug und die Luft der Schattenwelt füllte meine Lungen. Sie tauschte aus, was die menschliche Welt mir mitgegeben hatte, und machte mich zu einem Teil von sich.

Ben ließ mich los und ich schloss kurz die Augen, um mich auf den Schwindel vorzubereiten, der aufkommen würde, sobald ich meine Umgebung unter die Lupe nahm.

Mit weit geöffnetem Mund bestaunte ich den Ort. Überall in roten Felsen waren kleine Hütten geschlagen. Manche hatten hölzerne Türen und Fensterläden. Hier und da war sogar ein Dach aus Wellpappe zu sehen. Andere waren von roher Gestalt und grober gearbeitet. Dazwischen befanden sich enge Gassen und überall standen schmale Holzpfeiler, die oben mit bunten Stoffen bespannt waren, die einen Schatten über alles warfen.

»Komm«, holte mich Ben aus dem Staunen heraus und ich folgte ihm.

Während wir einen der schmalen Gänge betraten, sagte ich kein Wort. Ich war zu beschäftigt damit, meine Umwelt zu bestaunen, sodass mir schon ganz schwindelig wurde. Vorsichtig streckte ich die Hand aus und strich im Vorbeigehen über eine Hauswand. Sie fühlte sich rau an und hinterließ einen sandigen Film auf meinen Fingern. Ich verrieb den roten Staub dazwischen. Fasziniert ließ ich meinen Blick die Stoffe über unseren Köpfen entlangwandern.

Wir traten auf einen größeren Platz hinaus und ich betrachtete mehrere Gruppen von Menschen – von Schatten –, die dort beisammensaßen und die unterschiedlichsten Tätigkeiten praktizierten, lachten oder diskutierten.

»Wo sind wir hier?«, fragte ich flüsternd an Ben gerichtet. Plötzlich war ich unsicher, ob ich nicht zu viel Aufsehen erregte. Musste ich mich bedeckt halten?

Obwohl er sich nicht zu mir umdrehte, sondern uns stur weiter durch die Gänge navigierte, war meine Unsicherheit dennoch zu ihm durchgekommen. »Unter Freunden«, antwortete er knapp.

Ich warf einen letzten Blick auf die kleinen Grüppchen, die uns gar nicht zu bemerken schienen, bevor wir in einem nächsten Gang verschwanden. Dieser war etwas breiter.

Nachdem ich einer großen Tonvase ausgewichen war, öffnete ich den Mund, um ihn noch etwas zu fragen, da ertönte ein lautes »Hi« in meinem linken Ohr.

Ich atmete lautstark Luft ein und ruckte von dem Schatten ab, der sich just in diesem Moment neben mir materialisiert hatte.

»Theo«, knurrte Ben ihn an und blieb unvermittelt stehen, sodass wir zwei nahezu in ihn hineinliefen.

»Was?« Plötzlich war er an meiner anderen Seite. Wieder erschreckte ich mich. »Das ist lustig.« Er lachte kehlig und deutete mit einer Hand auf mich. Äußerst amüsiert beobachtete er meine Reaktion.

»Nur, bis ich mich daran gewöhnt habe«, behauptete ich überheblich.

Er hob die Brauen und zog das Kinn ein. »Dann finde ich sicher etwas anderes, mit dem ich dich ärgern kann.«

»Buh«, machte es wieder in meinem linken Ohr und ich ließ einen spitzen Schrei frei, während ich zur Seite hüpfte und gegen Theos Brust prallte. »Bis dahin helfe ich ihm hierbei.« Kyle lachte mir ins Gesicht.

»Schön, dass es euch Spaß macht, mich ins Grab zu bringen«, meckerte ich etwas zu heftig und hielt mir eine Hand an die Brust.

Theo schob mich lachend von sich und zwinkerte mir zu, als er mich umrundete. »Das sind die schönen Dinge im Leben.« Er gab dem Jungen ein High Five und wir setzten uns alle wieder in Bewegung.

»Ha ha«, machte ich mit rollenden Augen, aber konnte ein stummes Kichern nicht unterdrücken.

Nur im allerletzten Moment schaffte ich es, einer durchscheinenden Gestalt auszuweichen, die direkt auf uns zukam und ihres Weges ging, ohne wirklich Notiz von uns zu nehmen. Es war eine der Schattenerscheinungen, die sich hier überall durch die Gänge schlängelten.

»Keine Sorge. Sie bemerken es nicht, wenn man auf sie trifft«, kommentierte Theo nur.

»Sie?« Es irritierte mich, dass er nicht *wir* sagte. »Das sind keine Schatten?«

»Das sind Menschen.« Kyle zuckte schelmisch die Schulter.

»Es ist wie eine Liveübertragung aus der Menschenwelt«, führte Theo aus, bevor ich etwas fragen konnte. »Schatten der Menschen, die sich dort an diesem Ort befinden. Aber wir können ihnen nichts anhaben und sie uns und der Schattenwelt nicht. Als würde ein Vorhang zwischen uns hängen, den niemand sehen kann.«

»Sieh mal einer an, wer da ist«, hörte ich eine Stimme in diesem Augenblick rufen. Maisie lehnte an einer Hauswand vor uns.

»Ist Cam drin?«, fragte Ben an sie gerichtet, während er nach dem Türknauf griff. Er drehte ihn bereits, um einzutreten, als sie nickte.

Ihre Augen hatte sie immer noch auf mir. Sie bewegte den Zahnstocher in ihrem Mund mit der Zunge von der einen auf die andere Seite. »Dann habe ich dich wohl doch nicht zu sehr verschreckt«, sagte sie und verschränkte die Arme.

»Ich schätze, es braucht mehr, um mich zu verschrecken«, erklärte ich und kopierte ihren zynischen Ton.

Sie schnaubte belustigt. »Das ist gut.«

Völlig unvermittelt warf sie Theo etwas zu, aber sah auch ihn dabei nicht an.

Ich zuckte zusammen und beobachtete das fliegende Objekt. Sein Fänger musste ein paar Verrenkungen machen, um es zu erwischen. »O shit«, fluchte er fiebrig. Er war wohl ebenso überrascht wie ich. Es war eine

Packung Zigaretten, wie ich schließlich erkennen konnte, als er sie endlich richtig zu fassen bekam. Prüfend besah er die Beschaffenheit. »Danke«, sagte er grinsend und fing sofort an, die Folie abzumachen.

Maisie griff den Zahnstocher mit Daumen und Mittelfinger. In hohem Bogen schnipste sie ihn von sich und trat dann zu uns heran.

»Wenn ich mal groß bin, will ich so sein wie du, Maisie«, flachste Kyle neben mir.

Sie zog das unbeeindruckteste Gesicht, das ich je gesehen hatte. »Ja, das hättest du wohl gern.«

Automatisch hatte ich das Bedürfnis, den Jungen vor ihr zu beschützen. Ich öffnete schon den Mund, um sie zurechtzuweisen, da traten Ben und Camilla aus dem Haus heraus.

»Kann's losgehen?«, fragte Theo, dem eine Zigarette im Mundwinkel wackelte. Er schob die Ärmel hoch und entzündete sie dann.

»Hi Ava«, begrüßte mich Camilla.

»Hi«, warf ich schnell zu ihr rüber und wandte mich wieder an Theo. »Willst du wirklich vor Kyle rauchen?«, fragte ich und warf ihm einen tadelnden Blick zu.

Er zuckte die Augenbrauen. »Was?«

»Abgesehen davon, dass du ein schlechtes Vorbild bist. Was ist mit seiner Gesundheit?« Mit der einen Hand ließ er die Zigarette sinken, mit der anderen rieb er sich über den Mund.

»Wieso?«, fragte mich Kyle.

Gerade als ich den Mund öffnete, um ihm alles zu erklären, legte sich eine Hand sanft auf meinen Arm.

»Du erinnerst dich vielleicht, dass wir Schatten sind.«

Irritiert wackelte ich mit dem Kopf. »Aber …« Ich musterte den Jungen und kaute dabei auf der Innenseite meiner Wange herum.

»Ich bin kein Kind mehr«, sagte Kyle zickig und verschränkte die Arme.

Meine Auffassungsgabe bewegte sich nur knirschend langsam.

Maisie lachte dumpf und kratzte sich dabei am Hals.

Ben stellte sich neben mich und lächelte gutmütig auf mich herab. »Krankheiten können uns nichts anhaben.« Er lehnte sich ein wenig rüber und legte Kyle eine Hand auf die Schulter.

So wie dieser die Unterlippe vorschob, fiel es mir wirklich schwer, zu akzeptieren, dass er kein Kind war. Mein Mutterinstinkt lief auf Hochtouren. »Entschuldige«, flüsterte ich noch immer nicht überzeugt. Dann stockte ich. »Warte. Was meinst du damit, dass euch Krankheiten nichts anhaben können?«

Ben wandte sich wieder mir zu, ließ kurz einen Blick über meinen Kopf schweifen. »Wir altern anders und wir werden nicht krank.«

Ich nickte langsam und er schaute mir zu, wie bei mir der Groschen fiel. Meine Augen weiteten sich. »Ihr seid unsterblich?«

Er nickte.

»Es gibt Mittel und Wege, um uns loszuwerden«, meinte Maisie unheilschwanger.

»Aber nur der, der uns erschaffen hat, kann dafür sorgen«, beendete Camilla ihren Gedanken.

»Wow, Leute«, sagte Theo lachend und zog an seiner Zigarette. »Ihr wisst, wie man gute Stimmung macht.«

»Wollen wir los?«, fragte Camilla und schulterte einen Rucksack.

»Wo gehen wir hin?«, fragte ich.

»Ben!«, wurde plötzlich ein Ruf laut. »Ben!«, hörte man an einer anderen Stelle. Auch nach Cam und Theo wurde gerufen.

»Wir sind hier!«, rief Theo in die Luft und die Zigarette in seinem Mundwinkel hüpfte dabei auf und ab.

Plötzlich kamen einige schwarze Wolken auf uns zu, die sich kurz darauf in menschlicher Gestalt zeigten.

Ein Mann packte Ben hart an den Schultern.

Er hatte einen gebräunten Hautton und einen sorgenvollen Ausdruck in den mandelförmigen Augen.

»Was ist los?«, fragte Ben mit gerunzelter Stirn und alarmierten Gesichtszügen, aber mit kontrollierter Stimme.

»Er kommt her.«

»Wer?«, hörte ich mich fragen, bevor ich weiter darüber nachdenken konnte.

Ben schälte sich aus dem eisernen Griff des Schattens, der mich nun ansah und dabei mehrmals blinzelte. Er rief etwas in die Runde, was ich nicht verstand, weil Camilla mich in diesem Moment hart am Arm packte.

»Du musst dich verstecken«, sagte sie und sah mich einen Moment mit Nachdruck an. Sie nickte Ben zu und zog mich augenblicklich mich sich.

Die Schatten strömten in alle Richtungen davon. Dann wurde die Tür hinter mir zugeschlagen und Camilla zog mich zu einem Schrank. Sie schob die Sachen dort grob beiseite und steckte mich hinein.

»Du kommst nicht raus. Egal, was du hörst. Du bleibst hier drin und bewegst dich keinen Zentimeter von der Stelle, bis wir dich holen.«

»Was ist los?«, unterbrach ich sie panisch.

Sie holte tief Luft. »Hast du mich verstanden?«

Ich nickte und bevor ich noch etwas sagen konnte, schüttelte sie mich. »Hast du mich verstanden? Das ist wichtig! Du bewegst dich nicht, okay?«

»Ja«, sagte ich leise und mit brüchiger Stimme, weil ihr Ton mir einen Kloß in den Hals trieb.

»Gut.« Sie nickte knapp und warf die Schranktür so zu, dass es einen lauten Knall gab.

Ich blieb allein in der Dunkelheit zurück.

15

Sachte drückte ich gegen die Schranktür und zuckte zusammen, als sie sich einen feinen Spalt breit öffnete. Ich schluckte und bewegte mich kaum, während ich versuchte, hindurch zu spähen. Dort konnte ich durch ein geöffnetes Fenster auf die Stelle sehen, an der wir eben noch beisammen gestanden hatten. Von draußen kamen Rufe zu mir heran.

»Camilla«, hörte ich eine Stimme, die so überaus samtig war, dass ich etwas Unechtes darin heraushören konnte. Mir lief ein kalter Schauer über den Rücken, denn sie war viel näher, als mir lieb war.

Der Schatten, der mich gerade noch in den Schrank gesperrt hatte, trat vor das Fenster und trocknete sich die Hände mit einem Handtuch. »Was kann ich für dich tun?«, fragte sie leichthin.

Als die Person dazukam, der die Stimme gehörte, presste ich eine Hand auf meinen Mund. Fast wäre mir ein unkontrollierter Ton entwichen.

Der Hatman stellte sich neben Camilla.

»Kannst du mir verraten, wo Ben ist? Ich bin auf der Suche nach ihm«, erklärte er ihr und ich glaubte, ihn die Augen verengen zu sehen.

Ich stieß die Tür ein weiteres Stück auf, um mehr erkennen zu können. Mir schlug das Herz bis zum Hals.

»Er ist sicherlich auf einem der Plätze«, meinte Cam mit einem Schulterzucken.

Von einem Augenblick zum nächsten wurde sein Ton scharf. »Bring ihn her.«

Camilla nickte, löste sich in eine schwarze Wolke auf und war kurz darauf verschwunden.

Einen Moment lang war alles still. Dann bewegte sich der Hatman und musterte das Häuschen. Er schaute durch das Fenster ins Innere und ich glaubte, dass er mich durch den Spalt hindurch direkt ansah. Ich erschrak und zuckte zurück. Die Schranktür schloss sich mit einem Knacken.

Innerlich fluchte ich und presste mir beide Hände auf den Mund, kniff mit den Fingern sogar meine Nasenlöcher zu. Angestrengt lauschte ich gegen das Holz und versuchte, so gut wie möglich den Atem anzuhalten. Mein Herzschlag pochte mir in den Ohren und ein leichtes Zittern ergriff meine Glieder.

Die Eingangstür knarrte, dann wurde es still. Ich lauschte angestrengt und wartete darauf, dass etwas passierte. Ich hörte Schritte. Erst einer, dann mehrere. Sie kamen näher, bewegten sich auf mich zu. *Ich flehe dich an. Bitte, öffne nicht den Schrank. Bitte, geh einfach wieder raus,* richtete ich die Worte stumm an ihn und kämpfte gegen die Tränen an.

Ich wollte mehr Distanz zwischen ihm und mir schaffen. Lautlos im Inneren des Schrankes nach hinten zu rutschen, war unmöglich. Trotzdem tat ich es und stieß dumpf gegen das Holz der Rückwand, was mein Herz noch eine Spur schneller schlagen ließ.

Vor mir hörte ich seinen schweren und tiefen Atem. Es war so leicht für ihn. Er musste nur die Tür aufmachen und dann hätte er mich entdeckt.

»Du hast mich rufen lassen?«, ertönte plötzlich Bens Stimme. Erleichterung machte sich in mir breit, aber ich ließ sie nicht entweichen, seufze nicht auf. Ganz im Gegenteil, ich hielt die Luft weiter an und starrte in die Dunkelheit. Meine Haut hatte sich mit einem feinen Schweißfilm überzogen und ein pulsierender Druck rauschte durch mich hindurch.

»Das habe ich«, bestätigte der Namenlose.

»Wie kann ich dir helfen?«, erkundigte sich Ben freundlich.

»Helfen? Gar nicht«, antwortete er harsch. »Sag mir, was versteckst du vor mir, Ben?«, flüsterte er bedrohlich und tippte mit einem Finger gegen das Holz des Schrankes.

Sofort übergoss mich ein kalter Schauer und ich glaubte, jeden Moment in Ohnmacht zu fallen.

Aber dann hörte ich Geraschel und seine Stimme klang mir abgewandt, als er nun lauter weitersprach. »Welche Gedanken versteckst du in deinem hübschen, kleinen Kopf?«, schnarrte er. »Meine anderen Champions küssen den Boden, auf dem ich laufe. Besonders Arabella. Sie macht alles zu Gold, worum ich sie bitte. Wieso bist es gerade du, der sich so sträubt?«

»Das denkst du?«, schnaubte Ben, aber überging die Aussage mit dem Champion. »Was könnte ich schon vor dir verborgen halten?«

Der Hatman hatte Champions? Was sollte das bedeuten?

»Führ mich nicht an der Nase herum. Mich zu reizen, wird dich sicher nicht retten«, warnte der Hatman und das monotone Surren in seiner Stimme intensivierte sich. »Ich weiß, dass etwas in der Luft liegt. Maisie und du, ihr habt etwas vor.«

»Wir haben überhaupt nichts vor.«

»Willst du damit sagen, ich bilde mir das nur ein?«, zischte es sofort zurück. »Glaubst du, ich wüsste nicht, dass ihr alle wie die Fliegen auseinandergestoben seid, als ich hier eingetroffen bin?«

Stille.

»Ich will alle Schatten hier auf dem Platz!«, bellte der Namenlose.

»Wenn es dir nur um Maisie und mich geht, wieso müssen dann alle dabei sein? Reicht es nicht …«

»Ich will jeden Schatten dieser verdammten Stadt hier auf dem Platz sehen! Sofort!«, schrie der Namenlose dazwischen. Seine Stimme war wie das Grollen eines Donners und hallte durch den gesamten Raum.

Es dauerte nicht lange, da knarrte die Eingangstür und Schritte mehrerer Personen waren zu hören. Die Schatten hatten sich beeilt, um der Anweisung des Namenlosen folge zu leisten.

Der Kloß in meinem Hals verhinderte, dass ich genug Luft zum Atmen bekam. Langsam ließ ich die Hände sinken und tat ein paar flache Atemzüge zur Probe. Sie klangen dennoch laut, aber es passierte nichts. Und ich musste schließlich meine Lungen und mein Hirn mit Sauerstoff versorgen, sonst drohte ich, ohnmächtig aus dem Schrank zu kippen, und damit war niemandem geholfen.

Rufe ertönten und jemand schrie. Ich konnte nicht ausmachen, wer es war, ob es einer von Bens Truppe war. Besorgnis kroch mir in die Glieder und mischte sich zu der Angst. Vorsichtig rutschte ich in meinem Versteck etwas nach vorne und drückte gegen das Holz. So verharrte ich und wartete einen Augenblick. Nichts geschah.

Obwohl ich vor Angst schier einging, war ich auch neugierig und wollte wissen, was passierte.

Außerdem machte ich mir Sorgen. Sorgen, um jene Wesen, die ich noch nicht sehr gut kannte und zu denen ich mich dennoch auf eine Art zugehörig fühlte. Also lugte ich durch den Spalt. Ich versuchte, wieder aus dem Fenster zu spähen, aber es war niemand zu sehen.

Die Vernunft in mir sträubte sich, trotzdem drückte ich die Schranktür weiter auf und stellte einen Fuß auf den Boden. Ich rechnete jede Minute damit, erwischt zu werden, aber solange nichts geschah, machte ich weiter.

Ich glitt aus dem Schrank heraus und sondierte rasch den Raum. Erleichtert schloss ich kurz die Augen. Ich war allein.

Behutsam drückte ich die Schranktür hinter mir zu und versuchte dabei, so wenig Geräusche wie möglich zu machen. Geduckt bewegte ich mich langsam auf das Fenster zu. Hier verharrte ich wieder und lauschte.

»Ihr stellt euch dort hin. Und ihr kommt hier rüber«, hörte ich, wie der Namenlose Befehle brüllte. Seine Stimme klang entfernt, was mich aber nur wenig beruhigte.

Bei jedem Zentimeter, den ich mich hochschob, musste ich mich wieder überreden, es zu tun. Aber die Sorge um die Schatten war größer. Sie trieb mich weiter voran. Mein Atem schlug von der Wand zurück und schien mit jedem Stück, das ich mich der Öffnung über meinem Kopf näherte, lauter zu werden.

Es war ein Wunder, dass ich bisher nicht entdeckt worden war. Wieder waren eine Reihe von Rufen zu hören und derbe Befehle, aber nun nicht nur von dem Hatman, sondern vier weiteren Schatten in düsteren Uniformen. Vielleicht war es ein Fehler – es war ganz sicher ein Fehler –, aber ich musste einfach wissen, was vor sich ging.

Mit einem energischen Ausatmen schob ich schließlich alle Bedenken beiseite und hob den Kopf das letzte

Stück, um gerade so über den Fenstersims nach draußen sehen zu können.

Dort standen viele Personen. Schatten. Ein paar Dutzend. All jene, die ich bereits mit Namen kannte, waren ebenfalls dort versammelt. Sogar Maisie. Doch sie schien die Einzige zu sein, die nicht nervös war. Im Gegensatz zu den anderen trat sie nicht von einem Fuß auf den nächsten.

Sie wurden grob von vier schwarz gekleideten Schatten herumgeschubst, bis sie in sechs Reihen verteilt waren und etwa eine Armlänge Abstand zwischen ihnen herrschte. Ben stand abseits mit verschränkten Armen und wurde nicht beachtet.

Stille legte sich über den Platz, die so voller Spannung war, dass ich glaubte, ich könne sie berühren und sie würde dann sofort zerplatzen.

Allein die Schritte der vier Schatten, von denen die anderen verteilt worden waren, waren zu hören, als sie sich unmittelbar hinter dem Hatman positionierten. Dieser ließ den Blick über sie alle schweifen, während er die Hände auf seinem unteren Rücken bettete.

Alle vier Schatten hinter ihm hatten etwas Steifes, fast Militärisches an sich und sie trugen einheitliche Kleidung: lange, lederne Mäntel über schwarzen Klamotten. Ihre Körperhaltung und Ausstrahlung waren so identisch, dass man meinen könnte, es stünden Klone hinter dem Hatman. Ihr Auftreten glich sich wie ein Ei dem anderen.

Nur an ihren unterschiedlichen Gesichtszügen war zu erkennen, dass sie Individuen waren.

Erst nach etwas, das sich wie eine Ewigkeit anfühlte, öffnete der Namenlosen wieder den Mund. »Ben. Komm doch zu mir. Ich hätte dich gerne an meiner Seite.«

Er machte eine brüderliche Geste, mit der er ihm bedeutete, sich neben ihn zu stellen.

Ben spannte den Kiefer an, setzte sich aber in Bewegung. Kaum, dass er sich an dessen Seite gestellt hatte, legte ihm der Hatman freundschaftlich einen Arm um die Schulter und ließ den anderen theatralisch über die aufgestellten Schatten schweifen. Er flüsterte ihm etwas ins Ohr, was Bens Schultern steif werden ließ. Aber bis auf ein Flackern seiner Lider blieb dessen Gesicht unberührt und er starrte nur geradeaus.

»Sind das alle?«, fragte der Hatman dann für alle hörbar.

»Ja«, antwortete einer der vier. Der, der direkt hinter Ben stand.

»Ist jemand geflohen?«

»Nein.«

»Warum sollten wir fliehen?«, fragte Ben knurrend.

»Keine Ahnung«, erklärte der Mann, der ihn noch immer fest umklammert hielt, mit betont ahnungsloser Stimme. »Das wüsste ich auch gern. Vielleicht verrätst du es mir.«

»Es gibt nichts zu verraten«, zischte Ben und wurde dafür unsanft zur Seite gestoßen. Er stolperte, aber konnte sich mit Leichtigkeit wieder fangen.

Der Hatman musterte ihn eine Weile und erntete dafür einen verachtenden Blick. »Wieso siehst du mich so an, hm?«, fragte er ihn herausfordernd. »Habe ich dir nicht alles gegeben?«

Als er keine Antwort darauf bekam, wandte er sich den anderen Versammelten zu. »Habe ich *euch* nicht alles gegeben?« Er machte eine dramatische Pause und fuhr dann lauter fort: »Selbst eure Namen habt ihr von mir bekommen. Ich habe euch vor dem rattenartigen Leben eines Menschen bewahrt und habe euch einen höheren Zweck gegeben. Ihr seid unsterblich und beschenkt mit so vielen Talenten.«

Wieder pausierte er und ließ genüsslich den Blick über die Schatten schweifen, die ihm gespannt und sogar ein wenig ängstlich entgegenstarrten.

»Alles worum ich dafür bitte, sind Gehorsam und Geduld. Hilfe, damit wir die Welten verschmelzen und endlich als das Leben können, was wir sind: Götter.«

Seine Ansprache war übertrieben. Geladen mit schmalzigen Ausdrücken, sodass mir ganz übel davon wurde. Ich glaubte ihm kein Wort und fragte mich, ob es den versammelten Schatten ebenso ging.

»Hier ist niemand, der dir nicht dankbar ist. Sie sind dir gegenüber alle loyal«, stellte Ben neben ihm klar, aber leider war er mindestens genauso schlecht im Lügen wie der Namenlose höchstselbst.

Dieser lehnte sich ein Stück zu Ben rüber. »Ist das so?«

Er erntete ein verbissenes Nicken und schnaubte belustigt zur Antwort. »Dann erklär mir doch bitte, was ihr in letzter Zeit so getrieben habt?«, meinte er giftig.

»Nichts.« Ben blinzelte wie in Zeitlupe.

Sein Gegenüber überzeugte auch das nicht. Der Hatman schwang den Unterkiefer immer wieder von einer auf die andere Seite. »Gut«, sagte er unvermittelt und sah Ben herausfordernd an. »Du willst meinen Platz. Nimm ihn dir.«

Auf Bens Gesicht war das Unverständnis eingemeißelt.

»Jetzt ist deine Chance. Eine andere bekommst du nicht. Los.« Sein Herausforderer hielt mit einem breiten Lächeln die Arme von sich gestreckt. Es sah aus, als hätte Ben freie Bahn. Als könnte er ihn leicht überwältigen.

Von meinem Versteck heraus hatte ich einen guten Blick darauf, wie die vier schwarz gekleideten Schatten hinter ihm ihr Gewicht verlagerten. Sie gingen unbemerkt in Kampfposition.

Eine kalte Welle schlug in meinen Magen. Hier wurde ungerecht gespielt. *Siehst du das? Bitte, Ben. Bemerke es,* flehte ich stumm und mein Herz pumpte eine Spur schneller.

Ben schien meine Gebete gehört zu haben. Er gab sich überdeutlich geschlagen und sagte mit ruhiger, beherrschter Stimme: »Ich will deinen Platz nicht.«

»Hm, traurig.« Der Namenlose lachte mitleidig. Er lehnte sich vor und packte Ben grob an der Schulter. »Du bist so ein Feigling, Benjamin.«

Es war ihm anzusehen, dass er alles in seiner Macht Stehende versuchte, um ihn wie unbeteiligt anzustarren.

Der Namenlose ließ mehrere Sekunden verstreichen, dann erhob er sich mit einem Ruck und wandte sich den Zuschauern zu. »Wirklich? Das ist, was ihr als Anführer haben wollt?«

Er deutete schlapp in Bens Richtung. »Er kann euch nicht verteidigen. Er kann euch nicht beschützen. Ich will nur etwas Dankbarkeit von euch. Und was will er?«

Niemand antwortete. Niemand wagte es, ihm zu widersprechen. Ärger fuhr mir in die Beine. Am liebsten wollte ich schreien und toben, aus meinem Versteck hüpfen und dem Namenlosen gegen das Schienbein treten. Vielmehr noch wollte ich Ben beschützen. Und all die anderen Schatten. Sie hatten Angst und der Namenlose wusste das. Er nutzte diese Furcht schamlos aus.

»Bist du endlich fertig?«, ertönte völlig unvermittelt eine Stimme in der Menge und zuerst erfüllte es mich mit einem Hochgefühl. Doch dann zog sich mein Magen schmerzhaft zusammen. Mit voller Wucht wurde mir in diesem Augenblick bewusst, was das nach sich ziehen könnte. Vielleicht hätte sie lieber einfach die Klappe gehalten.

Der Namenlose grinste diabolisch. »Maisie.«

»Niemand will dich hier ersetzen. Keiner plant etwas gegen dich. Du bist so paranoid, dass du alles verdrehst.

Hör endlich auf, diesen ganzen Schwachsinn vom Stapel zu lassen. Das kann sich ja niemand anhören. Du machst dich lächerlich, alter Mann«, setzte sie mit schnellen Worten nach und verschränkte demonstrativ die Arme.

»Maisie, da war noch etwas, das ich dich fragen wollte«, zwitscherte er, ihre Aussagen komplett übergehend, und setzte sich in Bewegung. »Wer war diese Frau, die du kürzlich verführen wolltest? Nur die Eroberung der Woche oder …?«

Ich war sicher, wir wussten alle, wen er meinte.

Mich.

Aber Maisie gab sich unbeeindruckt. »Da gibt es einige. Hilf mir auf die Sprünge.« Sie legte den Kopf schräg und grinste, während er sich weiter zwischen den Schatten hindurchschlängelte. Nach und nach kam er ihr näher und ich konnte die wachsende Spannung in seinem Schritt bis zu meinem Versteck spüren. Er ging betont langsam und achtete darauf, nicht zu ausschweifende Bewegungen zu machen.

»Du weißt, wen ich meine«, sagte er leichthin und versuchte zunehmend krampfhaft, die lockere Atmosphäre zu halten. Maisie sah an ihm vorbei zu Ben.

»Die kleine Blonde, sie hatte irgendwas an sich …« Er war mitten im Satz, da nickte Ben kaum merklich und Maisie ging in einer schwarzen Rauchwolke auf. Der Namenlose versuchte mit einem schnellen Ruck, den letzten Schritt zu überbrücken, aber merkte noch in der Bewegung, dass er sie nicht erwischen würde.

Sie war fort. Sie hatte sich in Sicherheit bringen können.

Der Namenlose stand inmitten der Ansammlung von Schatten, von denen jeder dessen Blick mied. Seine Schultern hoben sich und sein Gesicht war verbissen. Plötzlich ließ er die Arme nach unten schnellen und spreizte die Finger. Sofort strahlte ein flächendeckender Rauchteppich von ihm aus, der bis an die Hauswände der umstehenden Häuser schlug und dort sogar ein Stück hochkroch, bevor er sich dann wieder in Luft auflöste. Ein Ruck ging durch jeden anwesenden Schatten, sodass sie sich gleichzeitig gerade hinstellten, den Kopf anhoben und geradeaus starrten, ohne zu blinzeln. Sie standen da wie Statuen. Alle bis auf …

»Kyle!«, rief er den jungen Schatten. »Komm doch bitte einmal her.«

Kyle zögerte, aber folgte dem Befehl.

Nein, tu's nicht. Ich wusste nicht, was jetzt folgen würde, aber mit hundertprozentiger Wahrscheinlichkeit würde es nichts Gutes sein.

Der Namenlose legte einen Arm um den Jungen. »Bist du gerne ein Schatten?«

Ich sah zu Theo, aber konnte keine Reaktion in dessen Mimik oder Körper erkennen. Dasselbe galt für Camilla.

Tut doch etwas.

»Ja«, sprach Kyle langsam. Er war offensichtlich irritiert und starrte ängstlich zum Anführer der Schatten hoch.

Mein Blick huschte zu Ben. *Tu etwas*, flehte ich ihn stumm an. Aber auch er regte keinen Muskel. Er sah aus wie ein Roboter auf Stand-by.

»Dann bist du doch sicher mehr als glücklich, wenn du jetzt eine einmalige Möglichkeit von mir erhältst. Du sagst mir, was ich wissen will, und dafür gebe ich dir alles, was du willst, okay?« Er wartete, bis Kyle ihm bedeutete, dass er verstand. »Du verbringst doch eine Menge Zeit mit diesen Clowns, oder? Ben? Theo? Maisie?«

Kyle nickte mehrfach und der Namenlose kopierte seine Geste.

»Was planen sie?«

»Nichts«, antwortete der Junge, aber selbst aus der Ferne konnte ich sehen, dass seine Lippen zitterten.

Mittlerweile waren die beiden bei Ben und den vier Schatten angekommen. »Siehst du? Ich glaube, das ist eine Lüge«, stellte der Namenlose klar und ließ Kyle los, aber ohne sich wirklich von ihm zu entfernen. Er bewegte sich ein Stück zur Seite und lehnte sich zu Kyle hinunter, um ihm direkt in die Augen zu sehen, während gerade einmal eine Handfläche zwischen ihren beiden Nasenspitzen Platz fände. »Natürlich mag ich ein wenig paranoid sein, aber meistens stimmt mein Gefühl in solchen Dingen. Kannst du mir folgen?«

»Ich denke schon.«

»Deshalb frage ich noch mal.« Er pausierte und spannte den Kiefer an, während sich Schatten über seinen Augen bildeten. Dann fuhr er fort. »Was ist hier los?«

Kyle warf einen kurzen Blick zu Ben, der sich kein Stück rührte. Der Junge öffnete den Mund, aber antwortete nicht sofort. Ich wollte zu ihm, ihm den Schweiß von der Stirn wischen und mich schützend vor ihn werfen. Aber was könnte ich schon ausrichten? Damit würde ich sie nur verraten.

»Es ist nichts los.«

Eine unheilvolle Stille legte sich über den Ort. Mir schlug das Herz bis zum Hals. Der Namenlose starrte den Jungen an und presste die Lippen fest aufeinander. Sie wurden von Sekunde zu Sekunde weißer. Dann fuhr er unvermittelt den Arm aus. Ohne Kyle zu berühren, wurde dieser von ihm gestoßen und ein Stück in die Luft gehoben, als würde etwas Unsichtbares ihn lenken. Kyles Körper krampfte und kam dann in der Schwebe zum Stehen.

Quälend langsam drehte der Namenlose den Kopf zu Ben herum. Sein Gesicht war ausdruckslos und die Stimme monoton, als er verkündete: »Benjamin, ich enthebe dich dem Status eines Champions. Außerdem bist du auf Bewährung. Leiste dir noch einen Fehltritt und du erhältst die Höchststrafe. Du wirst dir wünschen, ich hätte dich nur eliminiert.« Er machte wieder eine seiner geliebten dramatischen Pausen. »Bis dahin … Lasst euch das eine Lehre sein.«

Er machte eine Faust mit der Hand seines erhobenen Arms und Kyles Kehle entrann ein markerschütternder Schrei, der sich bald darauf in mehrere Oktaven aufspaltete. Schwarze Rauchbahnen schossen aus seinem Körper heraus und fingen an, sich darum zu schlängeln. Dann wurden sie enger und enger.

Ich schlug mir eine Hand vor den Mund und drehte mich weg. Es war mir gar nicht möglich, wirklich zu begreifen, was da geschah.

Kyles Schreie wurden lauter und lauter.

Mein Hinterkopf kratzte schmerzhaft über die Wand, als ich daran hinunterrutschte. Mein Kopf füllte sich mit Wut und Angst. Die Machtlosigkeit war schier unerträglich.

Dann wurde es abrupt still.

Tränen ließen mir die Sicht verschwimmen und ich schluchzte lautlos gegen meine Hand.

Er hatte ihn getötet.

Es musste so sein.

Kyle war tot.

16

»Er war ein guter Junge.« Theo wandte den Blick ab und starrte an die Hauswand. Seine Unterlippe bebte kaum merklich.

Der Schatten neben ihm erhob sich mit wildem Blick. Er war es gewesen, der Ben vor der Ankunft des Namenlosen gewarnt hatte. Mir hatte er sich knapp als Mian vorgestellt, als wir uns ans Lagerfeuer gesetzt hatten. »Das war's. Ich werde direkt zu diesem Monster marschieren und all dem auf der Stelle ein Ende machen.«

»Du und welche Armee?« Camilla griff ihn am Handgelenk und zog daran, aber er blieb entschlossen stehen. »Er soll bluten für das, was er uns antut. Wir sind für ihn doch nur irgendwelche Requisiten.«

»Dass du wütend bist, kann ich verstehen.« Theo erhob sich und trat zu ihm heran. Er legte ihm eine Hand auf die Schulter. »O glaub mir. Ich kann dich verstehen. Diese Wut ist gut. Aber sei jetzt nicht dumm oder handle übereilt. Das wird nur zu deinem Tod führen.« Sanft drückte er Mian wieder zurück auf dessen Stuhl.

»Kyle muss Gerechtigkeit widerfahren«, meinte dieser entschlossen und starrte hilflos vor sich hin. Ich wurde das Gefühl nicht los, dass da noch mehr dahintersteckte.

»Wir können aber gerade nichts tun.« Cams Stimme brach, während sie versuchte, vernünftig zu sein.

Ich saß ihnen gegenüber auf dem Boden und starrte in das Lagerfeuer, das sie hier entfacht hatten.

Er hatte ihn einfach getötet. »*Eliminiert*«, wie mir Camilla erklärt hatte. »*Damit wir nicht dazwischengehen konnten, hatte der Namenlose uns alle in eine Schockstarre versetzt. Wir mussten alles miterleben, alles mit ansehen, ohne etwas tun zu können. Selbst dem Schock, den wir durchlitten, konnten wir keinen Ausdruck verleihen.*«

Während ihr Äußeres reglos geblieben war, tobte in ihrem Inneren ein Sturm aus Wut und Trauer. »*Wir schreien gegen unsere Machtlosigkeit an, aber kein Ton dringt nach außen. Niemand konnte Kyle helfen, weil wir uns selbst nicht helfen konnten. Weil wir keinen Finger rühren konnte. Als wären unsere Körper Gefängnisse*«, war Mians Umschreibung für das, was sie hatten durchmachen müssen.

Es war ihre persönliche Bestrafung, ihre persönliche Hölle. Sie konnten nur darauf warten, dass es vorbei war.

Meine Augenlider zuckten, während ich mich zwang, nicht in Tränen auszubrechen. Ich kannte Kyle im Grunde nicht. Unsere Treffen waren nur ganz kurz gewesen und von überaus überschaubarer Anzahl. Irgendwie hatte ich das Gefühl, nicht das Recht zu haben, ihn zu beweinen. Oder zumindest nicht vor ihnen, deren Herzen mehr als sichtbar von seinem Verlust zerfetzt worden waren.

Ich schluckte schwer und sah zur Seite, konzentrierte mich weiterhin darauf, die Dämme aufrecht zu erhalten. Bens Rücken stach wie ein Dorn in meinem Auge.

Er hatte kein Wort gesagt, sondern sich ein Stück abseits von uns auf einen Hang gesetzt. Wir saßen schon lange hier am Lagerfeuer, bestimmt seit einigen Stunden. Und genauso lange verharrte Ben regungslos dahinten.

Ohne viele Gedanken daran zu verschwenden, erhob ich mich kurzerhand und steuerte unsicher auf ihn zu. Als ich ihn erreichte, setzte ich mich direkt neben ihn. Weder sagte ich etwas, noch sah ich ihn an. Ich wollte ihn nicht stören, sondern ihm nur Gesellschaft leisten.

Behutsam überschlug ich die Beine am Rand des Hangs und starrte in die Nacht hinaus.

Auch die Sterne der Schattenwelt waren anders. Jedes der kleinen Lichter leuchtete heller und lebendiger, als ich es gewohnt war.

»Das hätte nicht passieren dürfen«, hörte ich Bens Stimme krächzen.

Als ich mich ihm zuwandte, starrte er weiterhin in die Ferne. »Er wollte mich. Er hatte mich. Er hätte mich an seiner statt …« Seine Stimme brach und als er mich ansah, ließ mich sein Schmerz die Luft anhalten. Tränen füllten seine Augen. Das zu sehen, konnte ich kaum ertragen, aber ich hütete mich davor, wegzuschauen.

»Ich hätte das nicht zulassen dürfen.«

»Es gab nichts, was du hättest tun können«, flüsterte ich. Meine Stimme klang bröckelig und auf seinem Gesicht bildete sich lediglich ein schmerztrunkenes Lächeln.

»Doch.«

»Der Namenlose hat dich bewegungsunfähig gemacht …«

»Der Namenlose hätte gar nicht da sein dürfen. Kyle hätte nicht auf seinem Schirm sein dürfen. Wenn ich nicht so unnachgiebig mit meinen Plänen für eine freie Schattenwelt wäre, dann wäre es nicht so weit gekommen.«

»Was redest du da? Du kannst nichts dafür.«

Er presste die Kiefer aufeinander und seine Nasenflügel blähten sich auf. »Doch.«

Ohne Vorwarnung erhob er sich. Ich beeilte mich, um ihm hinterherzukommen, aber hatte Probleme, mit seinen großen Schritten mitzuhalten.

Dass er davon überzeugt sein könnte, er würde die Schuld an Kyles Tod tragen, machte mich rasend vor Wut und Sorge.

»Wir müssen aufhören«, verkündete er der Gruppe, da hatte ich noch kaum aufgeschlossen.

»Was?«, fragte Mian und ein ungläubiger Ausdruck meißelte sich in seine Gesichtszüge, genauso wie in die der anderen.

»Das alles … Wir können das nicht schaffen«, erklärte er und sagte damit doch nichts.

Camillas Stimme war fest. »Wir *müssen* das schaffen«, sagte sie und ihr ganzer Körper verkrampfte sich.

»Kyle war nicht der Letzte, der … Es war nicht das letzte Mal, dass …« Gehetzt schaute Ben immer wieder zur Seite, aber fügte schließlich entschlossen hinzu: »Ich kann nicht verantworten, dass euch etwas passiert.«

»Musst du auch nicht«, stellte Theo klar.

»Wir folgen dir freiwillig«, pflichtete Mian ihm bei.

»Ich weiß nicht, ob ich das will.«

»Ben. Der Namenlose hat mir meine Partnerin genommen.« Mians Stimme zitterte und er musste pausieren, um auffällig zu schlucken. »Ich will ihn brennen sehen.«

Camilla musterte ihren Sitznachbarn sorgenvoll. »Er behandelt uns wie Statisten in einem eigens für seine Belustigung bestimmten Film. Wann immer ihm etwas nicht passt.« Sie schnippte mit den Fingern. »Bums, wir werden neu besetzt.«

Theo und Mian wirkten regelrecht gebrochen über den Verlust des Jungen. Trotzdem, oder gerade deshalb standen sie in Flammen. Jede Faser in ihnen schien mit Wut gefüllt zu sein. Ihre Stimmen waren fest und nahezu bedrohlich. Ich hatte sie als warmherzig und vernünftig kennengelernt. Für mich war diese Reaktion so untypisch, dass ich es fast mit der Angst zu tun bekam.

Ben verzog sorgenvoll die Brauen. »Vielleicht bin ich nicht der Richtige, auf den ihr setzt«, eröffnete er ihnen.

Aber sie waren sich sicher. »Du bist der Richtige.«

»Meinetwegen haben wir Kyle verloren«, wies er auf das Offensichtliche hin.

»Nein«, mischte ich mich ein und alle Blicke lagen erwartungsvoll auf mir. Ich machte einen Schritt auf Ben zu und versuchte, ihn so überzeugt wie nur irgend möglich anzusehen. Liebevoll legte ich eine Hand auf seinen Unterarm. Sein Blick huschte kurz an die Stelle, an der ich ihn berührte. Dann sah er wieder mich an. Er wirkte so verloren, so desillusioniert. Mein Herz schmerzte.

»Der Namenlose hat das zu verantworten«, sagte ich und versuchte, das mit jeder Faser meines Körpers zu unterstreichen. »Er hat über Kyle entschieden.«

»So, wie er über uns alle entscheidet«, pflichtete mir Camilla bei. »Immerzu. Wir sind seine Marionetten.«

»Pass auf«, nutzte Theo die entstandene Pause zwischen uns allen. »Ich möchte lieber sterben, als ein weiteres Mal so untätig sein zu müssen. Und es ist nur eine Frage der Zeit, bis unser werter Erschaffer sich wieder überlegt, uns lahmzulegen.« Er schüttelte wütend den Kopf. »Egal, was mit mir geschieht. Ich nehme alles mit Freuden hin, wenn es bedeutet, dass sich etwas ändert.«

»Wir können so nicht mehr weitermachen«, bekräftigte Mian.

»Gib jetzt nicht auf.« Camillas Stimme hatte wieder ihren gewohnt sanften Ton angenommen, aber ihre Augen waren noch immer voller Tatendrang.

»Ich bringe euch alle in Gefahr«, versuchte Ben es erneut.

»Nein«, sie lachte zynisch. »Wir sind so oder so *immer* in Gefahr.«

Die anderen beiden nickten zustimmend und der Stein in meinem Magen wurde schwerer.

Theo trat vor und legte Ben die Hände auf die Schultern, was mich dazu bewegte, ihn loszulassen. »Ich lege meine Hand für dich ins Feuer. Wenn ich kann, sterbe ich drei Mal an deiner Seite und für unsere Sache«, sagte er mit einem selbstbewussten Grinsen. Dann erzitterten seine Mundwinkel allerdings ein wenig und seine Augen wurden dunkler. »Und ich weiß, dass Kyle das auch so sehen würde«, fügte er mit rauer Stimme hinzu.

Wieder entstand eine Pause zwischen uns allen, in der wir gespannt auf Bens Reaktion warteten.

Cam hob schließlich ungeduldig die Brauen. »Also ist der Plan wieder auf dem Tisch?«

Bens Kiefer mahlten und er ließ sich weiterhin Zeit mit seiner Entscheidung. Aber dann nickte er endlich. »Aber nur unter der Bedingung, dass wir ab jetzt vorsichtiger sind.« Hinter der glänzenden Oberfläche seiner Augen konnte ich den Schmerz noch immer sehen.

Auf seine Aussage folgte allgemeine Zustimmung. Aber ich wurde das Gefühl nicht los, dass sie hinter ihren entschlossenen Mienen doch wussten, dass das wohl kaum möglich sein würde.

»Vorausgesetzt, unsere Schattenwanderin ist mit an Bord«, fügte Ben hinzu und warf mir einen fragenden Seitenblick zu.

Auch die anderen Schatten sahen erwartungsvoll zu mir. Es dauerte einen Moment, bis das, was sie sagten, zu mir durchdrang.

»Was? Ich?«, fragte ich spitz und unterdrückte ein ungläubiges Lachen. »Was könnte ich schon tun?«

»Das ist nicht die Frage«, meinte Ben und senkte den Kopf ein wenig. »Die Frage ist: Willst du etwas tun?«

»Ja. A-Aber ich weiß nicht, ob ich das kann«, stotterte ich. »Was wäre denn meine Aufgabe?«

»Um ehrlich zu sein, wissen wir das selbst noch nicht«, gab er zu. »Wir haben einen *speziellen* Verbündeten, der unser Vorgehen für uns plant. Er meinte, wir bräuchten einen Schattenwanderer und wenn wir den gefunden hätten, würde er uns sagen, was wir als Nächstes tun müssen.«

»Er plant euer Vorgehen?«, fragte ich.

»Er ist uns bei vielem voraus und hat Kenntnis über Dinge, die wir nicht wissen können«, erklärte er nickend. »Ich wollte dich zu ihm bringen, bevor …«

Ich erstarrte.

Die Todesschreie vom Platz hallten in meinen Gedanken wider. Dann sah ich Kyles schreckgeweitetes Gesicht so deutlich vor mir, dass ich die Augen schließen musste.

Wo war die Gerechtigkeit für ihn?

Wo war die Gerechtigkeit für die anderen Schatten, die hilflos mit ansehen mussten, wie einer der ihren eliminiert wurde?

Sie warteten auf eine Antwort. Ich würde ihnen eine geben.

Entschlossen öffnete ich die Augen und sah Mian an. »Ich will ihn brennen sehen«, wiederholte ich seine Worte mit so viel Abscheu, wie ich sie nur in mir finden konnte.

Und er belohnte mich dafür mit einem diabolischen Lächeln.

17

Ich drehte den Schlüssel in der Tür und konzentrierte mich darauf, an nichts zu denken.

»Kann ich noch einen Augenblick hierbleiben?«, flüsterte Ben neben mir.

Ich, die ich eine Außenstehende war, fühlte schwere Trauer in mir für Kyle, den ich kaum gekannt hatte.

Ihm musste es hundeelend gehen.

»Natürlich.« Ich stieß die Eingangstür meiner Wohnung auf und bedeutete ihm mit einer Hand, einzutreten.

Nachdem er der Geste nachgekommen war, schloss ich hinter uns die Tür und hängte meine Jacke an die Wand neben die Kommode. Ich machte das Licht an und während Ben sich in dem kleinen Appartement umsah, führte ich ihn rüber ins Wohnzimmer.

»Möchtest du etwas? Kann ich dir etwas anbieten?«

Er schüttelte den Kopf und ließ sich entkräftet auf meinem Sofa nieder. Flink räumte ich ein paar Dinge beiseite, die herumlagen, und blieb dann einen Moment unschlüssig stehen. Ich rieb mir den Arm und versuchte, zu überlegen, was ich tun könnte. Was tat man in so einer Situation?

Dann setzte ich mich, ihm zugewandt, auf die Kante meines Sessels.

Die Stille zwischen uns war wie eine Einladung für all die Gedanken, die meinen Kopf beherrschten. Erst ließ ich sie zu, in der Hoffnung, ich könnte sie sortieren.

Aber nein. Sie prasselten nur so auf mich ein. Alle bettelten sie gleichzeitig um Beachtung. Dann erklangen Kyles Schreie erneut in meinem Kopf und es war mir unmöglich, das Bild seines schmerzverzerrten Gesichtes zu vergessen. Ich presste die Augen zusammen.

»Wie geht es dir mit all dem?«, fragte Ben und erzeugte so augenblicklich ein Vakuum in meinen Erinnerungen.

»Mir?«, fragte ich krächzend. »Wie geht es *dir* damit?«

Er hob den Blick und das Leid in seinem Gesicht schnürte mir die Kehle zu.

»Es ist ein Schock«, erklärte er ruhig und schnaubte dann zynisch. »Es ist *jedes Mal* ein Schock. Aber die traurige Wahrheit ist, dass wir das gewöhnt sind.«

»Wie oft kommt das denn vor?«

»Oft. Zu oft.« Er holte tief Luft. »Natürlich ist es nicht immer derselbe Ablauf. Und ich bin auch nicht immer der Grund dafür. Manchmal kommen wir sogar ohne Tote aus. Aber … Es ist, wie Cam gesagt hat: Wir sind Statisten in unserem eigenen Leben.«

Still saß ich auf der Lehne und wusste nicht, wo ich hinschauen, was ich sagen oder tun sollte. Alles, was ich wollte, war, dass es Ben besser ging.

Es machte mich wütend, dass er wirklich sich selbst die Schuld an allem gab.

Wie gern hätte ich ihn in den Arm genommen. Besorgt musterte ich seine Statur. Wir waren nicht in der Schattenwelt. Selbst wenn es ihm nun, da ich von den wahren Gründen der Berührungsangst wusste, vielleicht nichts ausmachen würde, wäre es zu gefährlich. Was, wenn sich bei der Umarmung versehentlich unsere Haut berührte?

Was konnte ich sonst noch tun, um Ben zu trösten? Was half in solchen Momenten? Mir fehlte das Verständnis für so viele Dinge in seiner Welt, von der ich nun ein Teil war. Und vor allem für den Namenlosen höchstselbst.

»Ich verstehe seine Motive nicht«, hörte ich mich flüstern und hatte im nächsten Moment Sorge, ob Ben mich verstand. Und ob es ihm recht war, jetzt über meine Fragen zu sprechen.

»Ich denke, er macht sich darum gar nicht so viele Gedanken. Jeden Schatten, den er verliert, kann er im Prinzip sofort ersetzen. Und wir sind ohnehin eher zu viele, als zu wenige«, spulte er ab und musterte eine Tasse, die auf meinem Couchtisch stand.

»Aber wieso erschafft er sich so eine ...«, ich suchte nach einem geeigneten Wort, »*Gefolgschaft*, wenn ihm dann egal ist, wer da ist und wie viele ihr seid? Ob ihr lebt oder ...« Meine Stimme verkam erneut zu einem Krächzen.

Er musterte mich und ich konnte sehen, wie die Gedanken in seinem Kopf auf Reisen gingen. »Das ist die Frage. Der Namenlose hat eine Menge Geheimnisse. So wie unsere Vergangenheiten hält er seine eigene ebenfalls geheim. Selbst sein Bruder wagt es nicht, etwas darüber preiszugeben«, antwortete er schließlich.

»Er hat einen Bruder?«

»Es gibt das Gerücht, dass er sogar mehrere hatte. Und dass er sie bis auf einen alle umgebracht hat«, sinnierte er.

In den Tiefen meiner Erinnerungen regte sich etwas. Eine Abfolge von Bildern. Der verzierte Deckel der Truhe zeigte mehrere Szenen, bis nur noch zwei Figuren da waren. Diese beiden könnten der Namenlose und sein Bruder sein. Hatte das etwas zu bedeuten? Vielleicht ließen sich damit seine Motive ergründen?

Bevor ich Ben etwas von meinen Gedanken zuteil-werden lassen konnte, wechselte dieser das Thema. »Ich möchte trotzdem gern wissen, wie du mit allem klarkommst. Es ist nicht unbedingt alltäglich, von einer Parallelwelt zu erfahren, der Existenz von Schatten und die Sichtungen von Schattenmenschen.« Er sah mich an und musterte mich, als würde er nach etwas suchen. Einer Reaktion oder einem Gefühl. Dann sprach er weiter. »Die Erkenntnis, dass all das der Wahrheit entspricht und dass du auch ein Teil davon bist als Schattenwanderin. Wie kommst du damit zurecht?«

»Was? Das ist doch das Normalste von der Welt. Also: absolut keine Unannehmlichkeiten.« Meine Worte unterstützte ich durch ein nervöses Lachen und ließ eine Hand in der Luft herumwackeln.

Ben verkniff sich ein Grinsen und legte den Kopf schräg.

Ich seufzte, während ich dann doch in mich hineinhorchte. »Es ist schwer zu begreifen. Und ich habe eine Menge Fragen«, fing ich an, es in Worte zu fassen, was ich in mir fand. »Wirklich eine Wahnsinnsmenge an Fragen, aber —«

Ich kaute auf der Innenseite meiner Wange herum und musterte die Tapete auf der Wand hinter ihm. Sie war cremefarben und schimmerte ein wenig. »Kennst du dieses Gefühl, wenn man irgendwie alles hat und dennoch das Verlangen nach mehr verspürt? Nicht nach materiellen Dingen. Es ist, als wäre da draußen etwas, was man erledigen muss, aber man kommt einfach nicht darauf, was das ist? Es liegt auf meiner Zunge, aber ich kann es nicht aussprechen. Ich glaube, diese *Suche nach einem Sinn* hat unterbewusst immer in mir gebrannt, das Gefühl für etwas anderes, Größeres bestimmt zu sein. Als wäre ich ständig auf der Suche nach mir selbst und das, obwohl ich im Grunde ganz okay mit mir bin.« Ich sah ihn an und rieb mir über den Haaransatz. »Es ist, als hätte ich das winzig kleine fehlende Puzzleteil gefunden. Ich meine, das Puzzle war fertig und man konnte das Bild erkennen, aber wenn man genauer hinsah, war da dieses winzige Loch. Und jetzt ist es zu.«

»Hm«, machte Ben und musterte dabei eingehend meinen Mund.

»Natürlich ist es nicht so, dass ich jetzt glaube, ich bin fertig. Dass ich alles gesehen, erlebt und meinen Zweck erfüllt habe. Aber ich habe ein Geheimnis gelüftet, das mich schon immer verfolgt hat, ohne dass ich davon wusste«, versuchte ich, es genauer auszudrücken. »Kannst du das verstehen?«

Er sah an die Decke, während er kaum merklich den Kopf von einer auf die andere Seite wiegte. »Mir selbst ist das nicht widerfahren. Zumindest nichts Derartiges, woran ich mich erinnern könnte. Als Schatten haben wir einen eindeutigen Zweck und daran gibt es nichts zu rütteln: Wir tun, was der Namenlose uns aufträgt. Allerdings …«, er ließ den Kopf sinken und sah mir direkt in die Augen, »verstehe ich sehr wohl, was du meinst. Da hat etwas in dir geschlummert, das ständig da war. Du warst schon immer eine Schattenwanderin, selbst als Kind. Es gab nur niemanden, der dir das hätte sagen können beziehungsweise jemanden, der wusste, dass Schatten wahrhaftig existieren.«

Das ließ mich stutzen. »Ist es denn normal, dass Schattenwanderer davon erfahren, was sie sind?«

»Nein, überhaupt nicht.« Ben schüttelte den Kopf. »In der Hinsicht hattest du unglaubliches Glück. Manche

Menschen erfahren nie davon und haben für immer dieses kleine Loch in ihrem Puzzle.«

Mir kam ein Gedanken und ich presste die Lippen aufeinander. »Und für die anderen gilt, dass der Namenlose sie ausfindig macht, richtig?«

Sofort wurden seine Gesichtszüge düster. Er teilte die Lippen, aber anstatt etwas zu sagen, nickte er nur bedächtig den Kopf. Wieder kaute ich auf der Innenseite meiner Wange.

»Du weißt aber, dass du nichts hiervon tun musst?«, flüsterte er unvermittelt.

»Was meinst du?«

»Ich meine, dass du zwar weißt, dass du eine Schattenwanderin bist, aber du musst deswegen nicht als solche *leben*.« Kaum merklich lehnte er sich näher zu mir heran. »Du kannst davon wissen und trotzdem so weitermachen wie bisher.« Er lächelte unterstützend, aber die Augen wirkten traurig. Ich spürte seinen Atem sanft über mein Gesicht streifen.

Das traf mich unvorbereitet und ich konnte nur stammeln. »Aber … wieso?«

»Wenn du es wünschst, dann lassen wir dich in Ruhe.«

»Ich will nicht, dass ihr mich in Ruhe lasst«, hauchte ich. *Oder will ich das?* »Ich habe eher das Gefühl, dass ich euch ein Klotz am Bein bin. Mit dieser ganzen Rebellion.«

»Rebellion?«, unterbrach er mich und wirkte überrascht.

»Seid ihr denn keine?«

»Nein, ich ...« Er stoppte und langsam formte sich ein Grinsen in seinem Gesicht. »Darüber habe ich nur noch nie nachgedacht. *Rebellion*. Das gefällt mir.«

Das brachte mich ebenfalls zum Lächeln.

»Aber entschuldige. Wo waren wir stehen geblieben? Was wolltest du sagen?«, versuchte er, den Faden wieder aufzugreifen. Er war immer noch so nah, dass ich mich zunächst sammeln musste.

»Ähm, ich wollte sagen, dass ihr gerade andere Sorgen habt, als eine Schattenwanderer-Novizin auszubilden.«

»Wieso glaubst du das? Wenn du es willst, haben wir dich gerne auf unserer Seite. Auch wenn die verloren ist, fürchte ich ...« Er runzelte verbissen die Stirn.

Das irritierte mich. »Warum sagst du das? Sag das nicht. Ihr habt einen Grund, etwas, für das es sich lohnt, zu kämpfen. In der Geschichte der Menschheit – und in der, der Schattenwelt hat es schon aussichtslosere Situationen gegeben, in denen die Guten gesiegt haben. Mit weit weniger Fähigkeiten, als ihr sie habt.«

»Das ist möglich«, räumte er ein, fügte dann aber mit frustriertem Ton in der Stimme hinzu: »Aber du hast gesehen, was er tut. Wir anderen sind nicht wie Maisie. Es ist egal, wie viele wir sind oder welch mächtige Fähigkeiten wir besitzen. Er kann sich unseres Willens bemächtigen, wann immer er es wünscht. Wenn man erst einmal auf seinem Radar ist, gibt und nimmt er, wie es ihm beliebt oder was sein verquerer Gerechtigkeitssinn vorsieht. Nicht mehr, aber in vielen Fällen sehr viel weniger.«

Aber genau das war doch der Punkt. »Ihr müsst ihn unbedingt stoppen.« Ich schüttelte den Kopf. Vor ihm würden sie niemals sicher sein. »Und dabei werde ich wohl keine Hilfe sein. Eher das Gegenteil.«

Er stockte und musterte mich ausgiebig. »Du wärst eine große Hilfe«, erklärte er mit einem traurigen Ausdruck im Gesicht. »Du weißt gar nicht, wie sehr wir dich brauchen.« Was sagte er da? Was könnte ich schon tun, das nützlich für diesen Kampf wäre?

»Machst du Witze?«, fragte ich und konnte nichts dagegen tun, dass mein Mund sich belustigt kräuselte. »Ihr könnt euch teleportieren, euch in Luft auflösen und Menschen dazu bringen, Visionen zu haben. Und das ist bestimmt noch nicht alles. Was sind schon meine Kräfte? Ich kann an der Seite eines Schattens in die Schattenwelt reisen und wieder zurück, yay! Und das nur, wenn mir einer von euch den Arm reicht. Wirklich eine Wahnsinnsfähigkeit.«

Ben grinste amüsiert. »Du hast Möglichkeiten, die wir nicht haben.«

»Ich bin Buchhalterin«, spezifizierte ich.

»Das ist doch nicht das Einzige, was dich ausmacht.« Bens Grinsen war in ein Lachen übergegangen. »Der

Namenlose kann dich nicht kontrollieren. Er sieht dich nicht. Auch wenn wir uns *teleportieren* können, gibt es dennoch Grenzen in unserem Leben, in unserer Welt, die wir nicht überwinden können. Aber du. Und außerdem …«

Er hob eine Hand, als würde er jeden Moment mein Gesicht berühren. Ich hielt die Luft an, aber er stoppte in der Bewegung und runzelte die Stirn. Mit diesem besorgten Blick besah er seine Finger, während er mit belegter Stimme weitersprach. »Außerdem hast du auch noch andere Qualitäten, die wir brauchen werden.«

Langsam ließ er die Hand sinken. Ich wollte etwas entgegnen, aber er bedeutete mir mit einer Geste, ihn ausreden zu lassen. Entschlossen schob er die Schatten in seinen Gesichtszügen beiseite und sah mich mit Nachdruck an.

»Allerdings sage ich nicht, dass du dich damit nicht in Gefahr begibst. Es wäre sogar sehr gefährlich. Wenn du uns helfen willst, wäre das sehr nobel von dir. Aber du darfst dich nicht gezwungen fühlen. Angst ist ein absolut valider Grund auszusteigen und leider auch berechtigt, fürchte ich.«

»Ich glaube, er kann mir nur wenig antun, was schlimmer ist, als das, was er euch antut«, sprach ich die traurige Wahrheit aus.

Ben wollte etwas antworten, aber klappte den Mund gleich wieder zu. Betreten sah er zu Boden und schien dort nach etwas zu suchen. »Nur ...«, er stockte, krümmte sich ein wenig und kniff die Augen zusammen. Zuerst verstand ich nicht, was da passierte.

»Ben«, rief ich alarmiert aus. »Was ist los?«

Sofort hielt er beschwichtigend eine Hand hoch. »Schon gut«, krächzte er.

»Es sieht nicht nach *gut* aus«, entgegnete ich panisch. »Was kann ich tun?«

Er hob den Kopf und der Anblick seiner Augen ließ mir das Blut in den Adern gefrieren. Die Iris war komplett schwarz. Es sah aus, als hätte sich seine Pupille so sehr geweitet, dass sie über den Rest drüber gewachsen war. Ich rutschte im Sessel nach hinten und presste mich in die Rückenlehne.

»Entschuldige«, presste er hervor. »Mach dir keine Sorgen. Das ist ganz normal.«

»Was?«, schrie ich fast.

Mein Blick war fest auf sein Gesicht geheftet. Langsam und rauchartig verzog sich das Schwarz wieder. Er atmete schwer. »Das ist leider der Nebeneffekt, wenn der Namenlose uns Botschaften, Befehle oder neue Ziele übermittelt«, erklärte er außer Atem und eine Spur zu nüchtern, wie ich fand. In Anbetracht dessen, wie das gerade ausgesehen hatte, pulsierte mein Herz auf Hochtouren.

»Ach, du Scheiße«, entwich es mir.

»Vielleicht hätte ich dich vorwarnen sollen, dass das passieren kann.« Er lächelte entschuldigend.

»Vielleicht.« Ich nickte bestätigend und versuchte, meine Atmung zu beruhigen. Prüfend musterte ich sein Gesicht. Das gewohnte helle Grau hatte die Augen wieder eingenommen.

»Und dir geht es wirklich gut?«, fragte ich dennoch vorsichtshalber.

»Ich weiß nicht, ob ich das behaupten kann. Aber im Hinblick auf die schwarzen Augen: Ja, mir geht es gut.« Er grinste, was im krassen Gegensatz zu den vergangenen Worten und der Situation stand.

»Wie funktioniert das? Wie Gedankenübertragung?«, fragte ich.

Er nickte. »So ähnlich. Der Namenlose hat eine Verbindung zu uns, die auf einer anderen *Ebene* existiert. Wie eine Brücke. Darüber kann er uns senden, was er will.«

»Welchen Auftrag hat er dir erteilt?«

»Nichts Außergewöhnliches. Es gibt da jemanden, der demnächst ein paar schlechte Nachrichten verdauen muss«, sagte er und lächelte schmallippig. »Ich bin kein Champion mehr und das will der Namenlose mich spüren lassen. Deshalb muss ich jetzt auch gehen.«

»O natürlich.« Wenn er gerade Anweisungen vom Namenlosen erhalten hatte, wollte dieser sicher nicht warten gelassen werden, vermutete ich still und zynisch.

Weiterhin grübelnd, begleitete ich Ben zurück zur Tür. Ich beobachtete die Windungen im Laminat auf dem Boden, als mir etwas in den Kopf kam.

Ben blieb so unvermittelt vor mir stehen, dass ich mich sehr anstrengen musste, um noch rechtzeitig anzuhalten. Ich stand ihm so nah gegenüber, dass ich den Kopf in den Nacken legen musste, um ihn anzusehen.

»Danke«, sagte er zu mir hinunter und lächelte.

Ich schluckte bitter und nickte kurz. Dann griff er nach dem Türgriff.

»Warte«, rief ich schnell, aber zögerte dennoch einen Augenblick, als er sich zu mir umwandte und mich geduldig musterte.

»Kann ich dich noch etwas fragen, bevor du gehst? Ich hatte keine Zeit oder Möglichkeit.« Es war mir unangenehm, weil ich nicht wusste, wie relevant diese Informationen wären oder ob es ihm eventuell zu nah gehen würde. »Vielleicht ist es gerade aber auch das Unwichtigste auf der Welt.«

»Was möchtest du wissen?«, unterbrach er mich mit einem gutmütigen Lächeln.

»Diese Champion-Sache. Was meinte der Namenlose mit diesem *Status eines Champions*?« Ich stockte, als seine Augen beim Klang dieser Wörter ein wenig weiter wurden. Sie lösten eindeutig etwas in ihm aus.

»Er hat es gesagt, als wäre es ...«, stotterte ich.

Ben seufzte und wich meinem Blick aus. »Champions«, spuckte er das Wort aus. »Also die Kurzerklärung dafür ist, dass es sich dabei um Schatten handelt, deren Fähigkeiten so ausgeprägt und *besonders* sind, dass der Namenlose sie besonders fördert. Oder eher *fordert*, wenn du mich fragst. Sie sind seine *Lieblinge*, wenn man es zynisch ausdrücken will. Wir genießen ein paar Vorteile.«

»Wie viele solcher Lieblinge gibt es?«

»Drei. Mmh, nein, jetzt zwei«, korrigierte er sich. »Aber ich bin gar nicht so traurig, dass ich aus dem Programm geflogen bin.«

Ich sah ihn fragend an.

»Es ist eine Maskerade. Nichts weiter. Er benutzt seine Champions, um allen Schatten etwas vorzuspielen. Sie sollen dieses Symbol sein, ein Idol werden, zu dem alle aufblicken. Im Gegenzug bietet er uns Gefallen oder Freiheiten. Was wir eben gerade so haben wollen.«

»Eine Maskerade. Warum machen diese Schatten es dann mit?«

»Vorsicht. Nicht alle Schatten wissen um die wahren Beweggründe des Namenlosen. Das gilt auch für die verbliebenen Champions. Sie sind so zufrieden mit ihrem Status, dass sie gerne verblendet sind und dass sie alles, absolut alles dafür tun würden, um ihn zu behalten. Solltest du einmal auf sie treffen, begehe nicht den Fehler, ihnen zu vertrauen«, warnte er.

18

Die ganze Nacht über hatte ich mich nur herumgewälzt und in keinen tiefen Schlaf gefunden. Gerädert war ich aufgestanden und hatte mich wie eine Untote zur Arbeit geschleppt. Dort konnte ich mich kaum konzentrieren. Meine Augenringe hingen mir bis zu den Kniekehlen.

Meine Gedanken drehten sich unaufhörlich um die vergangenen Ereignisse und blieben irgendwann wieder bei der Truhe hängen. Es musste eine Verbindung geben. Und dieser wollte ich auf den Grund gehen, auch wenn ich absolut erschöpft war.

Da ich keine Möglichkeit hatte, Ben oder die anderen Schatten zu kontaktieren, konnte ich ihnen meine Fragen nicht stellen und musste sie mir für später aufheben. Bis dahin entschied ich, meinen Stiefvater ein wenig auszuquetschen.

Als ich noch ein gutes Stück von seinem Büro entfernt war, konnte ich Marcus aufgeregt sprechen hören. »Niemand hat etwas gesehen? Wurde sie vielleicht einfach nur verlegt? Falsch einsortiert?«

Unschlüssig blieb ich zunächst vor seiner Tür stehen. Mir war nicht wohl dabei, zu lauschen. Gleichzeitig war es aber ungemein wichtig, dass ich mit ihm sprach. Deshalb wartete ich, bis es im Inneren seines Büros ruhiger wurde, und dann sogar noch etwas länger.

Schließlich klopfte ich an das Holz, erhielt aber keine Antwort. Also tat ich es noch einmal und als das erneut keine Reaktion hervorrief, öffnete ich vorsichtig die Tür und lugte durch den Spalt ins Innere. »Marcus?«, fragte ich leise.

Mit dem Rücken zu mir saß er an seinem Schreibtisch und hatte das Telefon am Ohr. Behutsam trat ich ein.

»Verdammt!«, rief er aus und erhob sich. »Das darf doch nicht wahr sein!«

Er ging ein Stück zur Seite, um den Tisch herum und raufte sich dabei die Haare. »Ja, danke, Jerry. Ich werde hier warten.« Dann legte er auf.

In diesem Moment fiel mir die Tür aus der Hand und ging geräuschvoll zu. Erschrocken sah ich sie an, als wollte ich sagen: »Echt jetzt?«

»Ava?«, wunderte sich Marcus lautstark.

»Hi. Ich, ähm …«, fing ich an und konnte mich nur schwer von der Tür lösen. »Eigentlich wollte ich dich etwas fragen, aber es scheint kein guter Zeitpunkt zu sein …«

Einen Moment sah er mich noch immer verwundert an und kratzte sich energisch über die Stirn. »Ja«, murmelte er dann. »Es passt gerade wirklich nicht gut.«

»Ist was passiert?«, fragte ich besorgt.

»Ja. Jemand ist in unsere Fakultät eingebrochen.« Er ließ sich auf seinen wuchtigen Bürostuhl fallen. »Und hat etwas gestohlen.«

Ich riss die Augen auf. »Etwa die Truhe?«

Gerade hatte er den Arm nach einem Kugelschreiber ausgestreckt, hielt aber mitten in der Bewegung inne. »Woher weißt du das?«, fragte er und blinzelte mehrfach. Er klang über alle Maßen irritiert.

Mir war auch absolut bewusst, warum. »Ähm«, fing ich an und ging näher an seinen Tisch heran. »Ich dachte nur, weil du und Ben damals darüber gesprochen habt, wie speziell sie ist. Da hatte ich irgendwie das Gefühl, sie ist etwas Besonderes, Wertvolles.«

Marcus hatte einen Arm aufgestützt und den unteren Teil seines Gesichtes in der Hand vergraben. Schnell warf ich einen Seitenblick auf sein Regal und dann wieder zurück auf ihn. Klang das plausibel genug? Ich wurde nervös, weil Marcus so lange schwieg und mich eigenartig musterte. Deshalb schob ich noch hinterher: »An solchen Dingen haben doch viele Interesse. Ist wie mit Gemälden, nur dass ihr in der Universität nicht über das gleiche Sicherheitssystem des Louvre verfügt, schätzte ich.« Ich kam mir vor, als redete ich mich um Kopf und Kragen.

»Ja, da hast du wohl recht. Sie ist von bedeutendem Wert«, erklärte er und schüttelte den Kopf, als müsste er sich damit wach halten. »Dass sie nun fehlt, ist besonders fatal.«

»Musst du jetzt hinfahren?«

»Nein«, entgegnete er sofort. »Die Polizei wird gleich kommen und ich soll hier warten. Jason wird jeden Moment hier sein. Dann kann ich ihn darüber in Kenntnis setzen, was passiert ist.«

Seine Aussprache wurde mit jedem weiteren Wort nuscheliger, bis ich ihn kaum mehr verstehen konnte.

Bei der Erwähnung von Jasons Namen rollten sich mir, wie gewöhnlich, die Fußnägel auf. »Ich werde Mom Bescheid geben«, erklärte ich und erhob mich.

»Warte. Worüber wolltest du mit mir sprechen?«

Ich musterte ihn verwundert, weil wir doch zu Beginn unseres Gesprächs festgelegt hatten, dass jetzt nicht der richtige Zeitpunkt dafür wäre. »Das ist nicht so wichtig«, sagte ich mit einem verständnisvollen Lächeln. »Wir sprechen ein anderes Mal darüber.«

Damit wandte ich mich ab und marschierte auf die Tür zu. Ich wusste, dass wir auch ein anderes Mal nicht darüber sprechen würden. Jetzt wo die Truhe entwendet worden war, wäre es nicht unbedingt klug, mein plötzlich aufkeimendes Interesse daran zur Schau zu stellen. Ganz abgesehen von meinen Fragen zu den Schatten.

Wenn die Truhe verschwunden war, könnte mir das Wissen über sie nun nicht mehr helfen. Sie wurde gestohlen, was nur bedeuten konnte, dass sie tatsächlich ein wichtiges Puzzleteil enthielt.

Und dass es nur einen geben konnte, der sie genommen hatte.

Der Namenlose.

19

Kaum dass Jason angekommen war, traf auch die Polizei ein. Er wollte als Erstes befragt werden und so warteten wir seit zwei Stunden darauf, dass sie fertig wurden. Das Familienessen war zum ersten Mal ausgefallen. Mom hatte dafür gesorgt, dass Nathan bei dem Freund übernachten konnte, bei dem er den heutigen Tag verbracht hatte. Er sollte den Trubel mit der Polizei nicht mitbekommen. Sie hatte einen Arm um Marcus gelegt und redete ihm gut zu. Dieser wackelte aufgeregt mit den Knien und knetete die Hände.

Ich saß den beiden gegenüber und war unschlüssig, was ich anderes tun sollte. Weder Mom noch ich mussten befragt werden und doch konnte ich mich nicht dazu aufraffen, zu gehen. Zum einen würde ich Marcus gerne trösten, aber gleichzeitig hatte ich ein schlechtes Gewissen.

Ich wusste, wer die Truhe geholt hatte, aber ihm könnte ich es niemals verraten. Ich musste unbedingt mit Ben reden, wenn ich ihn doch nur irgendwie erreichen könnte. Wer wusste schon, wozu der Namenlose in der Lage war, so fern er wirklich im Besitz der Truhe war. Die Schatten könnten in großer Gefahr sein. Noch mehr als bisher. Ich wollte sie warnen, machte mir Sorgen. Aber nicht nur um sie. Auch um Marcus, der völlig fertig aussah und den das Fehlen der Truhe mehr als nur beunruhigte. Sein Verhalten war eindeutig: Er wusste, was es mit dem Teil auf sich hatte und dass es von unschätzbarem Wert war.

Ein Räuspern ließ uns alle aufhorchen. »Professor Cunningham? Wir würden Sie nun gern befragen«, erklärte der Officer förmlich. Neben ihm stand Jason im Türrahmen, dem er Details zum weiteren Ablauf erklärte, bis Marcus die beiden schließlich erreichte. Dann verschwand dieser mit dem Officer die Treppe nach oben, Jason blieb bei uns. Er ließ sich auf einem der Sofas nieder. Mit geschlossenen Augen streckte er die Arme lang über seinem Kopf aus. So verharrte er einen Augenblick, bevor er sie links und rechts neben sich auf das Polster fallen ließ. Sein Blick war auf den Kaffeetisch in der Mitte gerichtet. »So eine Scheiße«, fluchte er und rieb sich über das Gesicht.

»Was haben sie gesagt?«, fragte Mom und ihre Stimme triefte vor Sorge.

»Nicht viel«, antwortete er müde. »Sie haben eigentlich nur Fragen zu unseren Arbeitspraktiken gestellt und wer alles von der Truhe wusste. Sie wollten wissen, wie leicht man an die Artefakte rankäme.«

»Marcus macht sich Vorwürfe«, sagte sie zu mir und legte sich die Hände auf die Wangen. »Wer würde so etwas tun?«

Ich öffnete den Mund, um sie zu beschwichtigen, da erhob sie sich. »Möchte jemand einen Tee? Ich werde einen kochen.« Damit eilte sie in Richtung Esszimmer und verschwand schließlich in der Küche.

Ich sah ihr nach und kaute auf der Innenseite meiner Wange. Die Augenbrauen hatte ich schon so lange und so intensiv zusammengezogen, dass meine Stirn bereits schmerzte. Mom tat mir leid. Aber es war wirklich rührend zu sehen, wie sehr sie mit ihrem Mann mitfühlte.

»Der Dolchgriff bringt bestimmt ein großes Sümmchen ein«, sinnierte Jason laut und riss mich dadurch aus meinen Beobachtungen. Erwartungsvoll musterte ich ihn. Er hatte die Arme verschränkt und die Stirn bedeutungsvoll in Falten gelegt. »Wer auch immer das getan hat, wird jetzt ganz schön reich.«

»Deshalb wurde das Ding sicher bestimmt geklaut«, antwortete ich, obwohl ich da ganz anderer Meinung war. Was auch immer die Pläne des Namenlosen waren, er würde nicht damit reich werden wollen. Ein ungutes Gefühl sagte mir, wir würden bald erfahren, wofür er die Truhe brauchte und dass es nichts Gutes war. Verdammt, ich musste Ben informieren.

»Sie werden ihn bald finden, denke ich«, sagte er in einem lässigen Ton und schürzte dabei überlegen die Lippen. »Ich meine, es gibt schließlich Videoüberwachung in der Fakultät und auf dem Gelände darum.« Er lehnte sich ein Stück vor und bettete die Arme auf den Oberschenkeln. »Außerdem wussten nicht viele davon.«

»Ihn? Du scheinst dir ja sicher zu sein, dass es ein männlicher Dieb war. Vielleicht war es eine Frau oder eine ganze Gruppe, organisierte Bande oder so, Schmuckdiebe.«

Er rollte die Augen, was mich noch mehr dazu anstachelte, ihm seine Intoleranz vorzuhalten.

»Und abgesehen davon. Was redest du da? Es wussten nicht viele … all eure Studenten und die Londoner Universität und sicher einige aus eurem Fachbereich. Solche Dinge sprechen sich doch immer rum, also waren es eine ganze Menge Leute, die Kenntnis darüber hatten, das musst du doch zugeben.«

Er schnaubte belustigt. Seine Reaktion und mein Schlafmangel verstanden sich nicht sonderlich gut. Ich spürte, wie mein Blut zu kochen begann.

»Möglich«, meinte er. »Aber nicht jeder aus dieser Gemeinschaft hat das Geld nötig oder war so auffällig.« Er zuckte vielsagend mit einer Augenbraue.

Es rauschte mir in den Ohren. Diese pseudobelehrende Art von ihm nervte mich tierisch. »So auffällig wie wer?«, fragte ich zickig. »Was willst du damit andeuten, Jason?« Ich hatte keine Lust mehr auf seine Spielchen.

»Nichts. Mir ist eben eine Person aufgefallen, die jüngst ein sehr ausgeprägtes Interesse an der Truhe gezeigt hat, und das habe ich der Polizei auch gesagt.«

Er wollte sich hervortun. Und nun musste er auch mich mit der Nase draufstoßen, wie toll er war. Mal wieder. Jason, der Doktorand mit dieser ganz besonderen Auffassungsgabe. Ich könnte würgen.

»Okay.« Augenrollend zuckte ich die Schultern und richtete die Aufmerksamkeit demonstrativ auf meine Fingernägel. Ich war sicher, er fand genug Cheerleader, wenn er das wollte. Mich brauchte er dafür nicht.

Aber Jason hatte noch nicht die Reaktion von mir erhalten, auf die er offensichtlich heiß war. »Ich habe ihnen von diesem Ben erzählt und unserem seltsamen Gespräch beim Essen neulich«, ließ er die Bombe platzen, weil ich nicht auf seine Andeutungen angesprungen war.

»Du hast was?«, rief ich schockiert. »Du spinnst ja. Ben hat die Truhe nicht.«

»Woher willst du das wissen?«, fragte er und verengte die Augen zu Schlitzen. »Also ich finde, er hat sich äußerst verdächtig aufgeführt. Und wenn er die Truhe hat, wovon ich ausgehe, hat er sich sicherlich schon abgesetzt.« Seine Worte dienten allein dem Zweck, mich zu treffen. Das war mir klar und ich sollte nicht darauf reagieren, ihm nicht zeigen, wie sehr es mich störte, dass er Ben verdächtigte, aber ich konnte kaum an mich halten.

Eine leise rationale Stimme in meinem Kopf wollte mir Einhalt gebieten, aber sie war nicht laut genug.

»Was redest du da?«, schrie ich und unterstrich meinen Ärger mit aller Fassungslosigkeit, die mein

Gesichtsausdruck aufbringen konnte. »Er hat sich nicht abgesetzt. Und die Truhe hätte von einer Vielzahl an Leuten geklaut werden können. Hier geht es doch nur um dein persönliches Ego. Du willst Ben eins auswischen, weil du ein Problem mit ihm hast. Das ist selbst für dich unterste Schublade.«

Jason verzog angewidert das Gesicht. »Welches Ego-Problem sollte ich denn bitte schön haben?«, fragte er.

Ich lachte zynisch auf. »Du meinst: Welches von den Tausenden?«

»Ich habe kein einziges«, spuckte er mir entgegen und wechselte dann in einen leicht süffisanten Tonfall. »Viel interessanter ist allerdings, warum dich das so wütend macht? Was läuft da zwischen euch?«

Meine Hände verkrampften sich augenblicklich zu Fäusten. Natürlich hatte ich recht behalten. Jason war eifersüchtig. Ben war ihm ein Dorn im Auge. Er fühlte sich durch ihn bedroht, was total unangebracht war. Aus Jason und mir würde nie wieder mehr werden. Nicht mal für eine Freundschaft reichte es aus. Er hatte nicht das Recht dazu, sich an Ben zu stören.

»Das geht dich überhaupt nichts an«, knurrte ich zwischen zusammengebissenen Zähnen hindurch. Jason hob entwaffnend die Hände nach oben.

»Hey, ich sorge mich nur. Du weißt, dass er keinen richtigen Job hat und mit fast dreißig sein Studium noch nicht beendet hat, oder? Klingt nach einem echten Hauptgewinn.« Der Spott in seiner Stimme war klar herauszuhören.

»Echt jetzt, Jason? Ausgerechnet du willst mir sagen, wer nicht gut für mich ist?« Mir musste Dampf aus den Ohren schießen, so viel Hitze staute sich in meinem Inneren.

»Ich meine ja nur, dass er nicht gerade so wirkte, als wäre er die hellste Kerze am Leuchter. Das ist alles.« Er zuckte lässig mit den Achseln und formte ein schiefes Lächeln mit seinen schmalen Lippen.

»Sagst du gerade, er wäre dumm?«

Wieder Schulterzucken.

»Ist das dein Ernst? Du kennst ihn doch überhaupt nicht!«, zischte ich wütend und verstand die Welt nicht mehr. Wo kam das alles her? Was sollte das? »Außerdem hast du absolut kein Recht, über irgendjemanden zu urteilen. In meinen Augen bist du auch nicht unbedingt eine *helle Kerze*«, äffte ich seinen Ton nach. »Du bist der lebende, atmende Beweis, dass ein Abschluss oder irgendeine Form von Titel – den du im Übrigen noch nicht hast – nichts über die Klugheit eines Menschen aussagt oder darüber, wie *gut* jemand ist.«

»Bitte?« Er lachte über mein Argument. »Ich bin offensichtlich nicht dumm.«

»Emotionale Intelligenz, Jason. Das, wovon selbst eine Erbse mehr besitzt als du.«

»Und wenn schon.« Wieder schnaubte er belustigt und lehnte sich entspannt in die Polster. Seine arrogante und selbstgerechte Art ließ mir die Galle aufkommen. »Emotionale Intelligenz kann deine Rechnungen nicht bezahlen«, erklärte er nüchtern und mit einem Kopfzucken.

»Du bist echt das Letzte«, spie ich ihm entgegen. Unfassbar, dass ich einst tiefere Gefühle für diesen Typen gehabt hatte. Wie sehr konnte man sich eigentlich in einem Menschen täuschen?

»Solange wir zusammen waren, hattest du keine Probleme mit mir.«

Jetzt. Ausgerechnet jetzt musste er das zur Sprache bringen. Es fühlte sich an, als würde meine gesamte Haut unter Strom gesetzt werden. In mir blühte eine Aggression auf. Hätte ich etwas in den Händen gehalten, es wäre quer durch den Raum geflogen. »Genau das ist doch der Punkt einer Trennung, Jason.« Bei jedem Wort, das meinen Mund verließ, verzog sich dieser so sehr, dass es schmerzhaft war. »Man trennt sich, weil man Probleme hat.« Zumindest in unserem Fall. Es war, als würde ich ihm die Welt erklären müssen.

Wieder Schulterzucken. Das machte mich wahnsinnig. »Dann hätten wir uns vielleicht nicht trennen sollen«, meinte er mit einem Zwinkern.

»Du machst Witze. Fahr zur Hölle, Jason«, spuckte ich ihm entgegen und die Wut ließ mich vom Sofa aufspringen. »Es ist wahr. Ich hatte keine Probleme damit, wenn du mich wie einen Menschen mit Gefühlen behandelt hast. Aber weißt du, womit ich ein Problem hatte?«, fragte ich rhetorisch und schüttelte die Hände in der Luft.

Er sah mich nur an.

Mit jedem Wort, das meinen Mund verließ, wurde ich wütender und wütender. »Ich hatte definitiv ein Problem damit, dass du mehr Affären hattest, als all die Socken im Schrank, die ich für dich zusammenlegen durfte. Ich hatte ein Problem damit, dass du mir immer und immer wieder Versprechungen gemacht hast, die du nicht einmal versucht hast einzuhalten.«

Am Ende meines Monologs erntete ich von ihm ein knappes Nicken. Er lehnte sich wieder vor und musterte eine der kupferfarbenen Kerzen auf dem Kaffeetisch. »Aber ansonsten hatten wir unseren Spaß«, sagte er schließlich nach einer gefühlten Ewigkeit und grinste mich an.

Ich wollte etwas zerstören.

Ich wollte etwas in seinem Gesicht zerschmettern.

Ich wollte seinen hohlen Kopf zwischen meinen bloßen Händen zerquetschen.

Das Erste, was ich greifen konnte, war leider ein Sofakissen. Mit aller Kraft schleuderte ich es ihm entgegen, in der Hoffnung seinen Kopf zu treffen. Aber er konnte es lachend auffangen. Er verstand überhaupt nichts.

War das alles, was er aus unserer Beziehung mitgenommen hatte? War das alles, was es für ihn war? Ein Spaß?

Ohne ein weiteres Wort machte ich auf dem Absatz kehrt und stürmte auf die Tür zu. Hinter mir hörte ich noch meine Mom nach mir rufen, aber ich trat in die frische Nachtluft hinaus.

Es nieselte leicht und während ich auf mein Auto zuging, das ich direkt gegenüber dem Haus geparkt hatte, war ich machtlos gegen die Tränen, die nun meine Sicht verschwimmen ließen.

Er hatte keine Einzige davon verdient.

Seine Art, alles ins Lächerliche zu ziehen, machte mich unfassbar wütend und verletzte mich.

Es war blanke Erniedrigung.

Keine Ahnung, wie ich hinter das Lenkrad kam. Aber sobald es vor mir auftauchte, ließ ich erst einmal meinen Kopf darauf fallen.

20

Stur beobachtete ich die Bewegung meiner Füße, während ich auf mein Wohnhaus zulief. Die Autofahrt hierher hatte eine Ewigkeit gedauert.

Ich rieb mir den Arm. Wahrscheinlich war es gar nicht so kalt, wie es sich für mich anfühlte. Aber in mir und um mich herum war es eisig.

So allein und gedemütigt wie in diesem Augenblick hatte ich mich lange nicht mehr gefühlt.

Mit den Fingern fischte ich nach dem Ärmel und zog daran, bis er über meinen Handrücken reichte. Damit rieb ich mir über die Nase und schluchzte auf. Dort, wo die Tränen ihre Reste gelassen hatten, ließ der Wind meine Haut brennen.

»Hey, da bist du ja«, hörte ich eine vertraute Stimme und blieb ungläubig stehen. Erleichterung machte sich in mir breit, weil er hier war.

Langsam hob ich den Kopf und beobachtete jede seiner Bewegungen, als wäre er ein Geist. Mein Herz schlug schneller, pumpte in einem rasanten Tempo das Blut durch meinen Körper.

Ben deutete hinter sich, während er näher kam. »Ich habe ein paar Mal geklingelt und ...«, unterbrach er sich und verharrte einen Moment. »Ist alles in Ordnung?« Seine Gesichtszüge verzogen sich zu einer besorgten Miene und wurden dann düster.

In diesem Augenblick konnte es mir nicht gleichgültiger sein, welche Gefahren es mit sich brachte, ihn zu berühren. Es war mir egal, ob unsere Haut aufeinandertraf und der Namenlose mich dann heimsuchte.

Bevor er wusste, wie ihm geschah, stürzte ich mich nach vorne, um ihn zu umarmen. Ich schob die Hände unter seine Lederjacke, über den weichen Stoff des weißen T-Shirts und verschränkte sie in seinem Rücken. Fest presste ich ihm mein Gesicht gegen die Brust und schluchzte bitterlich auf.

Es dauerte einen Moment, in dem er seiner Verwunderung Raum geben musste. Langsam ließ er die Arme sinken und führte sie um mich herum. Während er mit der einen Hand flach gegen meinen oberen Rücken drückte und mich so noch tiefer in die Umarmung zog, strich die andere immer wieder beruhigend über meine Wirbelsäule.

Etwas streichelte mich dort, wo es in der Brust schmerzhaft brannte, und verschaffte mir so Linderung. Mein Atem wurde ruhiger, wodurch ich seinen Duft mehr und mehr genießen konnte. Neben der hölzernen Note nahm ich einen feinen Zitrusduft wahr. Eine gefühlte Ewigkeit standen wir so da und ich wollte, dass wir für immer so verharrten.

»Möchtest du darüber reden?«, flüsterte er und sein Atem bewegte mein Haar, was mich angenehm an der Kopfhaut kitzelte.

Dann drückte ich mich ein wenig von ihm weg und legte den Kopf in den Nacken, um ihn anzusehen. Er lächelte traurig auf mich herab.

»Danke«, hauchte ich und spürte, wie mir die Hitze ins Gesicht stieg. »Das konnte ich gerade wirklich gut gebrauchen.«

Zur Antwort lachte er kehlig. »Das geht uns allen von Zeit zu Zeit mal so.«

Ich zwang mich dazu, die Arme von ihm zu lösen, und trat ein Stück zurück. Erst jetzt ließ er mich los. Plötzlich verlegen schaute ich zu Boden und räusperte mich. Unschlüssig schob ich mir eine Haarsträhne hinter das Ohr.

»Was gibt's denn?«, sagte ich und versuchte, betont lässig zu klingen. Das ging allerdings gehörig nach hinten los. Zwar war ich noch immer ein wenig aufgewühlt, aber zumindest so klar, dass mir mein Ausbruch peinlich wurde.

»Erinnerst du dich daran, dass ich dir eigentlich jemanden vorstellen wollte? Vor der Sache mit ...« Er brach ab und schluckte.

Das ließ mich ihn trotz meiner seltsamen Stimmung dennoch ansehen. Die Sorge über die Tatsache, dass er sich so schwer mit der Situation tat, versetzte mir einen schmerzhaften Stich. Traurig nickte ich.

»Wir sollten das bald nachholen«, erklärte er in einem belegten Ton. Er presste die Augen zusammen und rieb mit den Fingern darüber.

»Wen willst du mir denn vorstellen?«, fragte ich vorsichtig.

Mit geschlossenen Augen schüttelte er energisch seinen Kopf, um sich zu fangen. Dann presste er die Lippen aufeinander und rang sich ein dünnes Lächeln ab. »Es wäre besser, wenn ich das erst einmal für mich behalte«, sagte er und legte sich einen Finger auf die Lippen. »Die Schatten haben Ohren.«

Mein Lachen unterdrückte ich. Verrückt, was nun meinen Alltag bestimmte.

»Außerdem wollte ich dich noch darum bitten, dass du deinen Stiefvater nach der Truhe fragst.« Er stockte, als er meine weit aufgerissenen Augen sah. »Was?«

Ich biss mir fest in die Wange.

»Ava?«, fragte er und runzelte dabei verwirrt die Stirn.

»Sie ist weg.«

»Wer ist weg?«

»Die Truhe«, erklärte ich abgehackt und schluckte. »Die Truhe ist weg.«

Ben legte sich eine Hand auf die Stirn und sah schockiert in die Ferne. Ebendiese ließ er jetzt nah an seinem Gesicht nach unten fahren, sodass die Haut weiß aufleuchtete. »Kann man schon sagen, wer sie hat?«

Ich schüttelte den Kopf. »Die Polizei hat die Ermittlungen gerade erst aufgenommen. Sie sind in unserem

Haus und befragen meinen Stiefvater und Jason. Ich komme direkt von dort.«

Mit zögernden Schritten ging er rüber zu dem erhöhten Beet, das den Zugang zu meinem Wohnkomplex säumte. Noch immer rieb er sich das Gesicht und seine Augen huschten von einer zur anderen Seite.

Ich folgte und setzte mich neben ihn auf einen der Betonblöcke, die das Beet einfassten.

»Aber wir wissen doch, wer sie hat?«, flüsterte ich und lehnte mich ein wenig zu ihm rüber.

Er seufzte. »Der Namenlose kann das Ding nicht berühren«, erklärte er.

»Wie meinst du das?«

»Nur ein Mensch kann sie öffnen.« Das änderte für mich nichts.

»Dann hat ein Mensch sie ihm gebracht.« Energisch zuckte ich die Schultern.

»Ein Schattenwanderer vermutlich«, überlegte er laut. »Und ich hoffe wirklich, dass das nicht passiert ist. Dann kommen wir da niemals dran. Und wir brauchen den Dolch.«

»Ich dachte, es wäre nur ein Griff in der Truhe.«

Er nickte. »Stimmt. Aber es gibt auch noch eine Schneide dazu und man muss beides verbinden, um ...« Er machte eine bedeutsame Pause und sah sich dann nervös um. Ihm entfuhr ein kraftloses Stöhnen. »Wir haben so viele Gefahren auf uns genommen. Die

Sache mit Kyle. Und jetzt ist alles verloren. Es war alles umsonst.« Resigniert ließ er den Kopf hängen.

Ich legte eine Hand auf den Ärmel der Jacke und drückte seinen Arm. Er hielt inne und sah auf meine Finger runter.

»Sag das nicht. Es ist noch nichts verloren.« Etwas umständlich neigte ich den Kopf, um ihn aufmunternd anzulächeln. »Ein Rückschlag. Aber es gibt sicherlich noch eine andere Möglichkeit. Und wir werden sie finden. Es ist noch nicht vorbei.«

Er hob den Kopf und der Schmerz in seinem Blick traf mich hart.

»Tu das nicht«, flüsterte er.

»Was soll ich nicht tun?«, fragte ich.

»Uns helfen. Du wirst genauso verloren sein wie wir.« Er lehnte sich so weit zu mir rüber, dass wir uns beinahe an der Stirn berührten. Ich konnte seinen Atem auf meinem Gesicht spüren. »Und du darfst nicht verloren gehen«, flüsterte er.

Eine Gänsehaut jagte mir über den Körper und mein Atem stockte. Meine Gedanken und Empfindungen wirbelten durcheinander.

»Wenn ihr alle verloren seid, dann werde ich euch folgen.«

Er presste die Augen so sehr zusammen, dass seine Augenbrauen zitterten.

»Wieso willst du mich raushalten?«

»Ist das so wichtig?« Langsam öffnete er die Augen.

»Mir ist es wichtig«, erklärte ich. »Um eine Entscheidung zu treffen, brauche ich alle Informationen.«

In seinem Blick brandete etwas Wildes auf und hielt damit den meinen gefangen. Einen Moment lang sahen wir uns einfach nur an, bis er endlich mit der Sprache herausrückte.

»Ich mag dich, Ava«, verkündete er. »Ich mag dich und ich möchte, dass du in Sicherheit bist. Ich möchte, dass du lebst. Ich möchte, dass du noch hundert mehr Bücher liest, die dir einen Mehrwert geben. Du sollst mit deiner Familie, deinen Freunden, leben und lachen und tanzen. Ich will, dass du weiterhin mit Nathan in der Bücherei herumgeisterst, damit er Mrs. Banner in den Wahnsinn treibt.« Er lachte heiser und ich konnte ebenfalls ein verzweifeltes Kichern nicht unterdrücken.

In meinem Innern breitete sich Schmerz aus. Rührung und das Sehnen nach ihm vermischten sich. Sie bildeten einen Sog, der sich in meinem Selbst platzierte und verzweifelt versuchte, Bens Wesen anzuziehen.

Seine Worte, seinen Ton und seinen Atem.

Wie gebannt lauschte ich ihm und mit jedem Augenblick, der verstrich, glaubte ich, auch in ihm den Sog zu erkennen, der sich in mir breitgemacht hatte. Mit seiner Enthüllung hatte er der Funken zwischen uns in einen Flächenbrand verwandelt. Inmitten unserer Blicke tanzten Flammen.

Unsere Geister wollten verschmelzen.

»Wie kann ich solche Gedanken hegen?« Auf Bens Stirn bildeten sich Furchen. »Wir leben eine Rebellion und du bist unsere einzige Hoffnung. Aber ich kann nicht verantworten, dass dir etwas passiert. Ich will dich raushalten. Ich will, dass du lebst, verdammt. Ich will egoistisch sein, darf es aber nicht. In diesen Zeiten kann ich es mir nicht leisten, jemanden zu mögen. Ich kann es mir nicht leisten, mich zu verlieben.«

Ein Schwall Luft entwich mir. Dagegen konnte ich nichts tun. Ich senkte den Blick und schluckte schwer. Plötzlich war mein Kopf leer gefegt. In meiner Brust pulsierten seine Worte und ich vermisste ihn. Vermisste ihn so sehr, obwohl er mir direkt gegenübersaß. Obwohl er hier war, war er nicht nah genug.

Der Sog war so unerträglich stark geworden.

Was sollte ich darauf antworten? Wollte er überhaupt eine Antwort darauf?

Immerhin hatte er recht. Ein kleiner Fetzen Pflichtbewusstsein zupfte an meinen Gedanken. Gerade gab es so viel mehr als uns.

Ich konnte das Thema von vorhin nicht fallen lassen. Er durfte die Hoffnung nicht verlieren. Die anderen Schatten zählten darauf.

»Wir brauchen die Truhe nicht, wir …«

»Ich habe die Truhe gestohlen«, unterbrach mich eine Stimme, die uns aufschrecken und augenblicklich auseinanderfahren ließ.

Mein Gegenüber verschwand, aber ich registrierte das kaum, weil ich mich umdrehte, um die Person anzusehen, der die Stimme gehörte. Aber ich sah nur Bens Rücken. Er hatte sich zwischen uns aufgebaut.

»Lass den Quatsch«, hörte ich die Person zu Ben sagen und erkannte den Sprecher augenblicklich. »Wir wissen beide, dass das nicht nötig ist.«

»Dad?«, fragte ich irritiert und lehnte mich ein wenig zur Seite, um an Bens Statur vorbeizusehen.

»Ich würde gerne allein mit meiner Tochter sprechen«, sagte er an den Schatten gewandt.

»Haben wir das nicht schon bei unserem letzten Treffen geklärt? Mit dir habe ich rein gar nichts zu besprechen«, entgegnete ich kühl.

Sein Blick schoss zu mir. »Wenn ich mich recht erinnere, war meine Anweisung klar. Du sollst dich von den Schatten fernhalten.«

Er warf Ben einen giftigen Seitenblick zu.

»Interessant, dass gerade du das sagst«, meinte dieser und verschränkte die Arme.

»Ihr kennt euch?«, fragte ich an ihn gewandt.

»Ja«, antwortete er gedehnt, aber ohne den Blick von meinem Vater abzuwenden.

Dad machte einen Schritt auf ihn zu und hielt einen Zeigefinger erhoben. »Halt dich von meiner Tochter fern.«

»Sonst was?«, rief ich dazwischen und stand auf, um mich zwischen die beiden zu stellen. Herausfordernd sah ich Dad an und war gespannt darauf, was er zu sagen hatte.

»Verrät er mich an den Namenlosen, nehme ich an«, hörte ich hinter mir und für einen Moment wurde mir schwindelig.

Verwirrt sah ich Ben an. Hatte er das wirklich gerade gesagt. »Was?«

Er antwortete mir nicht, sondern sah stur über mich hinweg. Also wandte ich mich wieder meinem Vater zu. »Was?«

Dieser schluckte und schloss für einen Moment die Augen, bevor er sprach. »Der Namenlose hat mich vor Jahren ausfindig gemacht, da warst du etwa zehn.« Er spannte den Kiefer an und ließ mich die Rechnung machen. Seine Worte sickerten in mich und schafften Klärung. Mir wurde schwindelig. Der Boden unter mir schien zu wackeln. »Deshalb …«, weiter kam ich nicht. Ich spürte, wie sich die Fluttore wieder öffneten. Aber ich würde einen Teufel tun und vor ihm weinen.

»Er hat mich als Schattenwanderer in seine Dienste rekrutiert«, erklärte er weiter. »Ich musste dich und deine Mom schützen.«

»Du bist auf jeden Fall der einzige Schattenwanderer, der so lange durchgehalten hat.« Bens zischender Kommentar irritierte mich.

»Ich verstehe mich gut darauf, zu überleben«, lautete die Antwort.

»Was tust du für den Namenlosen?«, fragte ich atemlos und schockiert. Die immense Enttäuschung, die mir diese Enthüllung bescherte und in meinen Worten mitschwang, konnte ich nicht verbergen. Und wollte es auch nicht.

»Ich erledige, welche Aufgabe er auch immer gerade für mich hat.« Ich konnte überdeutlich sehen, wie ihn in diesem Moment Erinnerungen überfluteten und wie sehr sie ihn quälten. Er tat mir leid. Dagegen konnte ich nichts tun.

»Du kriechst ihm in den Arsch, um nicht als Experiment zu enden«, spie Ben in einem alles verachtenden Ton, den ich so noch nie von ihm gehört hatte.

Ich wandte mich um und sah ihn anklagend an. Es schockierte mich zutiefst, dass er so etwas sagte, obwohl der Mann vor ihm offensichtlich litt. Was auch immer zwischen ihnen vorgefallen zu sein schien, konnte das nicht rechtfertigen.

»Ava«, lenkte Dad meine Aufmerksamkeit wieder auf sich. »Ich würde wirklich gerne allein mit dir sprechen.«

Ein Zögern ergriff mich. Sollte ich alleine mit ihm reden? War das sicher? In meinem Kopf ging ich den Gedanken wieder und wieder durch, stimmte dann aber schließlich mit einem Nicken zu, auch wenn ich mir nicht gänzlich sicher war.

Sein Gesicht hellte sich auf. Die Erleichterung, die über seine Züge rollte, gab mir jedoch ein ungutes Gefühl.

Er griff nach meinem Handgelenk und wollte mich schon mit sich fortziehen, aber Ben hielt mich an der Schulter zurück. »Ich bleibe in der Nähe«, versprach er mit einem drohenden Blick an meinen Vater gewandt.

Dann ließ Ben sich wieder auf den Betonblock nieder, während wir uns ein paar Schritte entfernten. Plötzlich wirkte er so distanziert und fremd.

Die ganze Zeit über konnte ich ihn nur anstarren. Erst als Dad nach meinem Gesicht griff und es grob zu sich herumdrehte, schenkte ich ihm meine Aufmerksamkeit.

»Zuerst einmal: Ich werde euch nicht an den Namenlosen verraten«, erklärte er eindringlich. »Damit würde ich mich selbst auch in Schwierigkeiten bringen.«

»Dad, wieso bist du hier?«

»Ich habe ihn von dir sprechen hören.«

»Wen?«

Er musterte mich einen Moment besorgt. »Den Namenlosen«, schluckte er schwer.

Das ließ mein Herz augenblicklich schneller schlagen. Aber nicht auf gute Weise. »Weiß er von mir? Dass ich eine Schattenwanderin bin?«

Traurig schüttelte er den Kopf. »Noch nicht. Aber er ahnt auf jeden Fall etwas. Und er weiß, dass Maisie ihn ablenken sollte. Das hat erst sein Interesse geweckt. Wenn er jetzt erfährt, dass du meine Tochter bist …«

Ein Schaudern überrollte mich. Bei der Erwähnung des Interesses, das der Namenlose mir gegenüber hatte, wurde mir ganz übel. Dass das ein gutes Ende für mich hätte, bezweifelte ich.

Und welches Ende erwartete die Schatten? Sollte ich mich einfach von ihnen abwenden und so tun, als wären wir uns niemals begegnet? Als hätte ich ihre Not nicht gesehen?

»Du musst um jeden Preis wieder von seiner Agenda runter, verstehst du?« Er griff mich an den Schultern und schüttelte mich. »Im besten Fall endest du wie ich. Und im schlimmsten …«

Bedeutungsschwer brach er ab und seine Augen nahmen einen fast schon bedrohlichen Ausdruck an.

»Dad, was meinst du mit *deinem Fall*?«, fragte ich ihn. Was der schlimmste bedeuten würde, darüber wollte ich nicht nachdenken.

»Hast du die Briefe?«, wollte er wissen und entging mit dieser Frage einer Antwort auf die meine.

»Nein.« Kurz schloss ich die Augen.

»Nein?«

»Mom hat sie weggeworfen.«

»Scheiße«, fluchte er. »Es hätte dir so viel erklärt. Es ist nicht genug Zeit, um dir alles zu sagen.« Verzweifelt verlagerte er das Gewicht von einem auf das andere Bein. Wieder packte er mich bei den Schultern. Sein Blick war wilder. »Ava, hör auf, solange du kannst. Noch weiß der Namenlose nichts von dir. Halt dich fern von ihm.«

»Warum hilfst du ihm, wenn du ihn für so gefährlich hältst?«, fragte ich flüsternd.

Endlich ließ er mich frei. »Weil ich keine andere Wahl habe. Er lässt mir keine. Ava, ich will dich nur beschützen. Bitte, halt dich raus.«

»Ich kann nicht«, antwortete ich ehrlich. Tränen sammelten sich in meinen Augen.

»Wegen ihm?«

»Nein … ich …«, stammelte ich kläglich.

»Ich dachte, du wärst intelligenter, als dir von jemandem den Kopf verdrehen zu lassen.«

»So ist das nicht, ich …«

»Du kennst ihn nicht«, fuhr er wüst dazwischen. »Du weißt nicht, wer er ist. Du verstehst nicht, *was* er ist.«

»Das ist egal. Den Schatten wird unrecht getan.«

»Vergiss die Schatten. Du weißt ja gar nicht, wovon du sprichst. Sie können ihre Schlachten selbst schlagen.«

»Dad. Ich weiß jetzt Dinge. Ich wünschte, es wäre nicht so. Aber ich weiß sie. Wie kann ich jetzt einfach nur daneben stehen und zusehen, wenn andere leiden?« Es bereitete mir fast schon physische Schmerzen, nur daran zu denken, all dem den Rücken zu kehren. Mit dem Namenlosen an der Spitze herrschte alles andere als Gerechtigkeit. Wie sollte ich diesen Umstand einfach ignorieren und dann so weitermachen, als wüsste ich nicht, was ich wusste. »Ich kann helfen. Dann muss ich das auch tun.«

»Hat er dir das eingebläut?«, fragte er aggressiv und nickte in Bens Richtung.

»Nein …«

Er wartete meine Antwort gar nicht ab. »Hat er dir auch erzählt, dass eure Begegnung gar kein Zufall war?«, wetterte er und sein Ton hätte mich fast ignorieren lassen, was er da sagte. »Hat er dir verraten, dass er dich nur gefunden hat, weil er meine Vergangenheit ausfindig gemacht hat? Hat er dir erzählt, dass er dich monatelang ausspioniert hat, um herauszufinden, ob du das Schattenwanderergen von mir geerbt hast?«

Ich sah kurz zu Ben, der uns genau musterte. Irgendetwas vermittelte mir den Eindruck, ihm wäre bewusst, worüber wir hier sprachen. Aber ich konnte meinen Finger nicht darauf legen.

Das konnte nicht stimmen. Es war nur eine List, um mich von meinem Vorhaben abzubringen. *Oder?* »Was sagst du da?«, hauchte ich fassungslos. »Warum denkst du dir so was aus?«

»Du weißt, dass ich mir hier gar nichts ausdenke. Du bist intelligent genug, um es selbst zu sehen.« Dad ging einen Schritt zurück. Sein Gesicht war hart, kühl und sein Ton ohne Emotion. »Erinner dich und ziehe eine Verbindung.«

Wieder sah ich zu Ben, der nun den Boden fixierte.

Normalerweise wandelt er nicht in der Menschenwelt. Nur, wenn er etwas zu erledigen hat, fiel mir ein. Das hatte er selbst gesagt. Er war kein Schatten, der sich nach einem menschlichen Leben sehnte …

Ich dachte daran, dass er als Student getarnt in der Vorlesung meines Stiefvaters war. Mein Stiefvater, in dessen Besitz die Truhe war. Der auf dem Gebiet der Shadow People forschte … Und Ben arbeitete in der Bibliothek, die ich wöchentlich frequentierte.

Das schwarze Auge, das mich so erschreckt hatte …

All das waren erdrückende Indizien und ich wusste nicht, was ich denken sollte, wem ich glauben konnte.

Ben sah auf und die grauen Augen strahlten mir so hell entgegen, dass ich sie nicht hätte ignorieren können, selbst wenn ich das wollte.

Seine Züge waren müde. Besiegt.

Ich zog eine Verbindung.

Dad sagte die Wahrheit.

Es war alles eine List.

Alles war gelogen.

21

»Wie viele Bücher darf ich mir aussuchen?«

Ich überlegte. »Fünf.«

Nathan stöhnte enttäuscht und sah skeptisch in den Laden.

»Aber du kannst so viele lesen, wie du willst, bis uns einer der Verkäufer rauswirft«, fügte ich mit einem Zwinkern hinzu.

»Hm«, machte er.

»Wir probieren das heute einfach mal aus«, erinnerte ich ihn an unser Gespräch vorhin.

Er sah mich eine ganze Weile verurteilend an. »Okay«, gab er sich mit einem tiefen Seufzer geschlagen. »Mal sehen, wie lange wir hierbleiben dürfen.« Geräuschvoll rieb er die Handflächen aneinander. Schließlich trat er über die Schwelle, die den Laden von dem restlichen Treiben der Mall trennte.

»Der Kleine ist echt nicht begeistert von dem Laden.«

»Ja, aber in die Bücherei können wir heute nicht«, antwortete ich knapp.

»Ach ja. Worum ging's da noch mal?« Nici tippte sich theatralisch auf das Kinn.

Ich warf Nici einen tadelnden Blick zu.

»Du meintest, wir würden später darüber reden«, erinnerte sie mich und schlenderte lässig in den Laden hinein. »Jetzt ist später.«

Ich stöhnte genervt, während ich die ersten Bücher scannte. »Wir können nicht in die Bücherei, weil ich Ben nicht über den Weg laufen will«, versuchte ich, ihr auszuweichen.

»Auf die Gefahr hin, dass ich mich wiederhole, Ava. Ich will dir nicht alles aus der Nase ziehen müssen«, knurrte sie. »Es ist in Ordnung, wenn du nicht darüber reden möchtest. Dann sag das aber klar. Ich kann dich auch unterstützen und mit dir gemeinsam einen Typen hassen, ohne zu wissen, was los ist. Aber ich glaube, du willst eben sehr wohl darüber reden, sonst hättest du mich nicht mitgeschleppt.«

Sie war mitten im Gang stehen geblieben und sah mich herausfordernd an.

Damit hatte sie recht. Ich hatte das Bedürfnis, mich ihr anzuvertrauen, und ich wollte mit ihr über alles reden. Die letzten Tage waren so nervenaufreibend gewesen, dass ich mich einfach jemandem mitteilen *musste*. Sonst würde ich platzen. Aber von den Schatten könnte ich ihr niemals erzählen.

Ich hatte mich noch nicht entschieden, was ich ihr wie erzählen würde, und wusste es auch jetzt nicht.

Vorsichtig lugte ich an ihr vorbei und sichtete Nathan hinten im Laden vertieft in einem Buch.

»Ben kennt meinen Dad«, sagte ich schließlich, weil das weit genug von der Wahrheit entfernt war und gleichzeitig nah genug, um meinen Ärger widerzuspiegeln.

Zuerst verzog Nici verständnislos das Gesicht, dann schüttelte sie ungläubig den Kopf. »Inwiefern?«

»Er hat ihn vor mir gekannt. Und wusste von unserem Verhältnis«, schob ich schnell hinterher. Allerdings hatte Ben mich wer weiß wie lange verfolgt. Vielleicht wusste er es also tatsächlich. »Aber er hat mir nie etwas davon gesagt.«

»Woher kannten sie sich denn?«

»Ist das wichtig?«, zischte ich etwas zu hart. »Von irgendeinem Job, glaube ich.«

»Schräg.« Sie hob die Augenbrauen.

»Schräg?« Verständnislos blinzelte ich sie an. »Das ist deine einzige Reaktion?«

»Was erwartest du denn von dem Typen?« Provokativ streckte sie die Hände von sich. »Ihr habt euch gerade erst kennengelernt und wenn er einen guten Eindruck machen wollte, wäre es wohl nicht der schlauste Schritt gewesen, dir das zu sagen.« Sie ließ ihren Blick über einen Büchertisch wandern.

»Ich sage nicht, dass es das Erste hätte gewesen sein sollen, was er mir sagt ...«

»Hi Ava. Ich kenne deinen Dad, cooler Typ. Übrigens nennt man mich Ben«, sagte sie und äffte eine Männerstimme nach, die sehr machomäßig klang. Außerdem machte sie dabei hastige Gangsymbole mit den Händen.

»Hör auf!«, rief ich lachend und warf einen der kleinen Kuschel-Schlüsselanhänger nach ihr, die neben mir aufgestellt waren.

»Der ist süß«, meinte sie und begutachtete den kleinen flauschigen Ball. »Ich verstehe trotzdem, was du meinst. Es ist eben nicht so, als wenn du das beste Verhältnis zu deinem Dad hättest. Du hast ihn das letzte Mal gesehen, da warst du noch ein Kind.« Sie stockte.

Bei ihren Worten hatte sich ein ertappter Gesichtsausdruck bei mir eingeschlichen.

»Was soll dieses Gesicht?«, fragte sie mit einem verdächtigenden Blick.

»Ich habe meinen Dad wieder getroffen.«

»O heilige Mutter.« Sie schlug sich eine Hand auf den Mund. »Wie geht es dir damit? Wann war das?«

»Vor einer Weile und dann vorgestern. Deshalb habe ich das mit Ben überhaupt herausgefunden.« Ich überlegte einen Moment und hörte in mich hinein. Welche meiner Emotionen könnte ich ihr bedenkenlos mitteilen? »Es war seltsam beim ersten Mal. Enttäuschend. Und beim letzten Mal … war mir nur die Sache mit Ben in die Knochen gefahren.«

Nachdenklich fuhr sie sich mit einem Finger übers Kinn. Dann verzog sie besorgt das Gesicht. »Du solltest bei der Sache mit deinem Dad noch mal genauer reflektieren. Die Ben-Geschichte klingt eher, als würde sie deine Gefühle deinem Dad gegenüber kaschieren.«

Das tat sie nicht. Ich wusste, wie ich meinem Dad gegenüberstand.

Oder täuschte ich mich? Wie ich es auch schon bei Ben, Jason und meinem Vater getan hatte?

Ich horchte in mich hinein. Wie stand ich zu ihm? In dem einen Augenblick war ich wütend, im nächsten war er mir egal und im dritten tat er mir leid. Vielleicht lenkte mich wirklich alles gerade davon ab, zu ergründen, was es mir eigentlich bedeutete, meinen Vater wiedergesehen zu haben.

»Hm«, machte ich und strich nachdenklich über die folierte Schrift eines Liebesromans. »Kann sein. Ach ja, und weißt du was?«, lenkte ich nun vom Thema ab. »Jason war neulich wieder bei meinen Eltern und hat sich unmöglich aufgeführt. So sehr, dass ich von dort abgerauscht bin.«

Sie rollte verachtend mit den Augen. »Jason«, murmelte sie hasserfüllt.

»Ja, und als ich nach Hause kam, war Ben vor meiner Tür und hat mich getröstet. Das hat sich wirklich gut angefühlt. Ich war ein Häufchen Elend und allein seine Anwesenheit hat mich wieder aufgebaut. Und dann muss ich erfahren, dass ich ihm eigentlich keinen Deut Vertrauen entgegenbringen sollte.«

Das war das ehrlichste und rohste von allem, was ich ihr bisher erzählt hatte. Genauso fühlte es sich an.

Wie hatte ich so dumm sein können?

Wie konnte ich das alles übersehen und ihm sofort blind vertrauen. Ich sollte es doch besser wissen, nach allem, was ich mit Jason durchgemacht hatte.

Als ich erfuhr, dass die zwei Jahre unserer Beziehung, die ich immer wie den Heiligen Gral behandelt hatte, nur ein Witz für ihn gewesen waren, hatte das etwas in mir zerbrochen. Jemandem zu vertrauen, fiel mir seitdem schwer. Ich tendierte dazu, schnell skeptisch zu sein. Mit der Zeit hatte es sich ein wenig gebessert, doch gänzlich war ich dieses Misstrauen nicht losgeworden. Bei Ben hatte ich all die Zweifel über Bord geworfen, mir gesagt, ich könne nicht alle in eine Schublade stecken und was hatte mir das gebracht? Richtig, nichts. Jetzt konnte ich wieder von vorn anfangen, bei null starten.

Im Grunde ging es nicht nur um Ben. Es ging um alles, die Schattenwelt und ihren Kampf.

Fast hätte ich der ganzen Sachen sogar mein Leben oder noch mehr geopfert, wenn man den Worten meines Dads glauben durfte. Dabei war alles nur ein abgekartetes Spiel gewesen.

»Das kann ich verstehen«, holte mich Nici aus meinen düsteren Überlegungen. Wir lästerten über Jason, doch ich war nur mit dem halben Herzen dabei. Meine Gedanken drehten sich um die Schatten und wollten nicht damit aufhören. Ben hatte mich verraten. So einfach war das.

Ich würde den Teufel tun und ihnen helfen. Wer wusste schon, ob nicht sogar das gelogen war? Und was hatten sie mir noch alles verschwiegen?

Gleichzeitig plagte mich das schlechte Gewissen. Immer wieder musste ich an Kyle denken und sein Opfer. Es zerriss mir jedes Mal das Herz, wenn ich an ihn dachte. Ich wusste, dass er nicht mehr wirklich vierzehn gewesen war, aber es änderte nichts. Er war zu jung. Er war verloren.

Es war nicht gerecht, was den Schatten angetan wurde. Es war nicht fair, welches Los sie von dem Namenlosen zugeteilt bekommen hatten.

Ich war mir allerdings auch sicher, dass sie ebenfalls von allem gewusst hatten. Dass sie wussten, was Ben mit mir geplant hatte. Von Anfang an.

Wie hatte ich mich nur so in ihnen täuschen können?

»Ich muss noch hinzufügen …«, fing sie dann plötzlich an und ließ mich aufhorchen. »Natürlich denke ich, im Zweifel für den Angeklagten, aber irgendwie bin ich ganz froh, dass Ben erst einmal vom Tisch ist. Oder ihr zumindest Abstand habt.«

»Wieso das?«, fragte ich ehrlich irritiert. »Du kennst ihn doch gar nicht.«

»Schon, aber …« Sie suchte nach den richtigen Worten. »Seit du ihn getroffen hast, wirktest du immer so … verstört.«

Ich runzelte die Stirn. Ich war nicht verstört.

Okay, ich war es doch. Aber nicht wegen ihm. Er war überhaupt der Lichtblick in all der Verstörtheit gewesen.

Ich hatte entdeckt, dass es eine direkte Spiegelwelt zu unserer gab, die viel schöner war, und ich war einer der wenigen Menschen, die sie betreten, sehen und atmen konnten. Das hatte mich fasziniert.

Dann waren da noch die Schatten, deren Fähigkeiten in mir den größten Respekt auslösten.

Und der Namenlose.

Er hatte mich verstört.

Und das, was er getan hatte.

Aber Ben? Ben hatte mich nie verstört. Für mich war er in all dem das Normalste der Welt gewesen. Als gehörte er genau dort hin. An meine Seite.

22

Zur Abendzeit hatten Nici, Nathan und ich uns in die Fressmeile verzogen. Wir saßen abseits der anderen Gäste und des Tumults der Mall an einem kleinen runden Tisch. Die Geräuschkulisse war hier nicht mehr so beträchtlich, aber noch immer deutlich hörbar.

Nici und Nathan saßen mir gegenüber und waren in ein Gespräch vertieft, das damit gestartet hatte, dass wir freundlich aus dem Buchladen rausgeworfen worden waren. Nun schilderte er ihr eine Situation, die seine Klassenkameraden und ein Fußballspiel betraf.

Nici hörte ihm gefesselt zu, fragte interessiert nach oder gab ihre Zustimmung zu etwas. Sie kam aus einer großen Familie und auch wenn es ihr eigentlich gefiel, dass sie weit von ihnen entfernt wohnte, vermisste sie sie dennoch. Besonders ihre kleineren Cousins.

Immer, wenn sie auf meinen Bruder traf, wurde mir wieder bewusst, wie gut sie mit Kindern umgehen konnte. Sie hatte schon fast etwas Mütterliches.

Die Geschichte, um die es gerade ging, war mir bereits bekannt. Nathan hatte sie mir auf der Autofahrt erzählt, kurz bevor wir meine beste Freundin eingesammelt hatten.

Also gab ich mir wieder Raum, um die Gedanken wandern zu lassen. Die ganze Situation kam zurück. Ich wünschte, ich hätte all das niemals erfahren. Ich wünschte, ich hätte Ben und die Schatten niemals getroffen.

Aber das würde bedeuten, dass mir immer dieses winzige Puzzleteil fehlen würde, von dem ich nicht wusste, wie ich jemals hatte ohne es leben können. Also war ich doch eher dankbar für das, was ich erfahren hatte.

In Gedanken versunken blickte ich über Nici und Nathan hinweg. Hinter ihnen entdeckte ich einen Gang, der von der Einkaufsstraße weg zu den Toiletten führte.

An der Wand hüpften zwei Schatten. Normale Schatten, so wie ich sie mein ganzes Leben zuvor gekannt hatte. Von realen Personen. Nicht die Bewohner der Schattenwelt, die augenblicklich meine Gedanken einnahmen.

Was ist nur aus meinem Leben geworden?

Die beiden Schatten wurden größer. Ihr Grau wurde dunkler und konturenreicher. Und dann musste ich einsehen, dass es doch nicht die *normalen* Schatten waren, wie ich angenommen hatte. Es gab keine Menschen, die diese Formen an die Wände warfen.

Mein Bauchgefühl kippte. Kurz huschte ich mit den Augen zu Nathan.

Die Schatten intensivierten sich weiter und teilten sich schließlich von der Wand. Sie kamen auf uns zu und die Farben und Details wurden kräftiger.

Es waren Camilla und Maisie.

Dass ich die Schatten kannte, beruhigte mich ein wenig, aber die Gänsehaut blieb.

»O nein«, entwich es mir heiser.

»Was?« Nici hob den Blick und unterbrach ihr Gespräch mit meinem Bruder. Im Augenwinkel sah ich, wie sie mich einen Moment musterte und sich dann nach dem umsah, was ich so anstarrte. »Was ist los?«

»Das sind Freundinnen von Ben«, sagte ich mit einem kleinen Nicken.

Nici drehte sich sofort zu mir zurück. »Nicht dein Ernst.«

Ich antwortete nicht, weil sie schon zu nah waren, und kaum, dass Nici noch einmal etwas sagen konnte, fing Maisie an, uns zu begrüßen.

»Einen schönen Abend, Ladys«, sagte sie und ließ ihren Blick über uns schweifen, bevor sie dann mit verspieltem Gesichtsausdruck an Nathan hängen blieb. »Und werter Herr.«

Dieser salutierte selbstbewusst, aber gleichzeitig auch ein wenig verwirrt. »Ich bin Nathan«, erklärte er.

»Maisie«, sagte sie mit einem belustigten Zucken in den Augenbrauen. »Das ist Cam.« Sie nickte mit dem Kopf in die Richtung ihrer Begleiterin.

Diese imitierte die Geste mit einem freundlichen Lächeln. Dann sah sie mich mit einem besorgten Blick an. »Ava? Können wir dich einen Augenblick sprechen?«

Nici winkte überdeutlich mit der Hand in der Luft. »Entschuldigung?«, rief sie in ihrer gewohnt provozierenden Art. »Also ich bin Nici. Wer seid ihr?«

»Freunde von Ava«, antwortete Maisie knapp und wirkte dabei irgendwie ein wenig überheblich, was Nici kein Stück beeindruckte.

»Ich kenne alle Freunde von Ava«, erklärte sie mit Nachdruck.

Camilla ignorierte den Zusammenstoß zwischen den anderen beiden Frauen. »Bitte. Es ist wirklich wichtig.«

Innerlich seufzte ich. Dann setzte ich einen betont kühlen Ton und Gesichtsausdruck auf. »Das sind meine beste Freundin und mein kleiner Bruder. Wenn ihr das, was ihr sagen wollt, nicht vor ihnen sagen könnt, haben wir nichts zu besprechen.«

Was sie mir zu sagen hatten, hing sicherlich mit der Schattenwelt zusammen. Das würden sie nicht vor den beiden herausposaunen und ich konnte gut darauf verzichten, auch nur noch ein einziges weiteres Wort mit ihnen zu wechseln.

Maisie stemmte eine Hand in die Hüfte. »Wir würden es wirklich bevorzugen, allein mit dir zu sprechen«, knurrte sie.

Warum wollten immer alle unter vier Augen mit mir sprechen? Wann hat das jemals zu etwas Gutem geführt?

»Sie hat doch schon gesagt, was Sache ist«, pflichtete mir Nici bei.

»Ava, wir wollen das einfach nicht so stehen lassen. Was zwischen dir und Ben abgelaufen ist, ist eine Sache, aber du hast uns nicht die Chance gegeben, dir unsere Sichtweise zu schildern. Und das wollen wir gerne nachholen.« Sie kam um den Tisch herum und setzte sich demonstrativ neben mich auf die Bank. Ein breites Grinsen stahl sich auf ihr Gesicht.

»Wir haben dich lieb gewonnen«, sagte sie und drückte meine Schulter leicht. Dann fügte sie flüsternd und mit einem Augenzwinkern hinzu: »Sogar Maisie.«

Wie von selbst sahen wir beide zu Maisie, die demonstrativ die Augenbrauen hob. Sie schnaubte belustigt und verschränkte die Arme. »Das halte ich für ein Gerücht«, meinte sie überheblich.

»Okay.« Camilla rollte die Augen. »Aber wir anderen auf jeden Fall.«

Das versetzte mir einen Stich. Während ich in ihre klaren, freundlichen Augen sah, wurde mir bewusst, dass ich sie vermisst hatte. Sie alle. Wie auch die Schattenwelt.

Ich tauschte einen langen Blick mit Nici aus, während Nathan uns alle ratlos und ein wenig verstimmt musterte. Im Kopf ging ich alle Argumente durch, die mir einfielen, und kaute dabei energisch auf der Innenseite meiner Wange herum.

Dann schloss ich einen Augenblick die Lider. Es hatte keinen Sinn. Kaum dass ich die beiden Schatten gesehen hatte, wusste ich bereits, dass auch ich mit ihnen sprechen wollte. Nun nach Ausflüchten zu suchen, brachte nichts.

Als ich die Augen wieder öffnete, nickte ich Nici zu. Sie wartete und sah dann zu Nathan. »Bist du schon zu alt, um dir den Spielplatz mit mir anzusehen?«

»Auf jeden Fall«, antwortete dieser und hatte einen äußerst zweifelnden Ausdruck im Gesicht.

»Hm«, machte sie, aber erhob sich. »Ich will aber nicht alleine hingehen und bestehe darauf, dass du mich begleitest.« Sie hielt ihm eine Hand hin und er sah mich gequält an.

»Wenn Nici darauf besteht, musst du dem als Gentleman wohl Folge leisten«, erklärte ich mit einem Schulterzucken und einem unterdrückten Lachen.

Er stöhnte auf, aber fing damit an, von der Bank runterzurutschen. Dabei griff er nach Nicis Hand.

»Wir sind gleich da vorn«, sagte sie zu mir und zeigte zu den kleinen Aufbauten eines Indoor-Spielplatzes, der einem Piratenschiff nachempfunden war. Sie warf den Schatten jeweils einen argwöhnischen Blick zu, damit sie ihre Aussage so verstanden, wie sie gemeint war: als eine Drohung.

Dann gingen die zwei los und Maisie setzte sich mir und Camilla gegenüber auf den Platz, den die beiden geräumt hatten.

»Ihr wollt mir ein schlechtes Gewissen einreden, oder?«, fragte ich geradeheraus.

Camilla legte mitleidig den Kopf schräg. »Nein, das wollen wir nicht. Wi–«

»Ich schon«, fuhr Maisie dazwischen. »Ich bin hier, um dir ein schlechtes Gewissen einzureden.«

Dafür erntete sie einen tadelnden Blick von meiner Sitznachbarin.

»Dass du verstimmt bist, ist verständlich.«

»Das bin ich nicht«, unterbrach ich sie sofort. »Ich bin wütend. Verdammt wütend.« *Und verletzt.*

Die beiden wechselten einen sorgenvollen Blick, aber bevor eine von ihnen etwas sagen konnte, stellte ich die Frage, die mir auf der Zunge brannte. »Habt ihr davon gewusst?«

Camilla zögerte, trat von einem Bein auf das andere. Dann knickte sie ein. »Ja.«

Ungläubig schüttelte ich den Kopf und ließ diese Wahrheit langsam sacken. »Ihr habt mich getroffen und gemeinsam so getan, als wäre alles ein riesiger Zufall«, fasste ich zusammen. »Wie konnte ich das nicht merken? Ich komme mir so dumm vor.«

»Wir dachten, so wäre es einfacher für dich, alles zu verarbeiten«, erklärte sie mit ruhiger Stimme.

Zynisch lachte ich auf. »Ich erfahre, dass all die Schauermärchen wahr sind, die mein Stiefvater uns erzählt hat. Dass die Legenden von Schattenmenschen wahr sind. Dass sie in einer Parallelwelt leben und ich die Möglichkeit in meiner Genetik habe, diese Welt als Mensch zu betreten«, zählte ich auf. »Das ist auch so schon eine Menge, die ich verarbeiten muss. Ich glaube nicht, dass es mir so viel mehr ausgemacht hätte, wenn ihr gleich von Anfang an ehrlich gewesen wärt. Und mir gesagt hättet, dass ich extra ausgesucht worden bin.«

Maisie schnaubte auf und rollte die Augen. Dann verschränkte sie die Arme und schüttelte den Kopf. »Ich wusste, dass das nach hinten losgehen wird.«

»Du bist aber auch nicht unbedingt die sensibelste Person, Maisie«, zischte Camilla ungehalten und funkelte sie bedrohlich an. »Entschuldige, aber für solche Entscheidungen bist du einfach zu grob.«

»Nein. Ich bin realistisch«, gab diese unbeeindruckt zurück. »Wenn man jemandem etwas verheimlicht, was die Person aber wissen sollte, um eine fundierte Entscheidung zu treffen, die über mehrere Leben entscheidet, dann gibt es daran nichts, was man schonend beibringen kann. Harte Entscheidungen erfordern eine harte Vorgehensweise. Wäre ich diese Person gewesen? Ich wäre mächtig angepisst.«

Verwundert musterte ich sie. Wer hätte gedacht, dass gerade Maisie es sein würde, die mich verstand? Sie brachte zum Ausdruck, was ich fühlte. Eine Reaktion, von der mein rationales Selbst nicht erlaubte, es nach außen hin zu zeigen.

Sie lehnte sich großspurig zurück und sah meine Sitznachbarin demonstrativ herausfordernd an. »Ich finde, diese Person sollte alles erfahren.« Zur Verdeutlichung wiederholte sie: »Alles.«

»Nein«, lautete Camillas knappe Antwort.

»Worum geht es hier?«, fragte ich dazwischen.

»Es gibt noch etwas, das du wissen solltest.«

»Nein, Maisie«, wiederholte Camilla dieses Mal mit mehr Nachdruck. »Wir haben darüber gesprochen und entschieden, das nicht zu tun.«

»Du hast das entschieden«, gab sie leichthin zurück.

»Was sollte ich noch wissen?« Wie konnten sie hier auftauchen, mit mir reden wollen und dann direkt vor mir zugeben, dass es da noch etwas gab, das sie mir verheimlichten? Was sollte das?

Camilla schüttelte den Kopf und sah mich flehend an. »Es ist nicht wichtig.«

»So klingt das aber nicht.«

»Vielleicht sollte Ava selbst entscheiden, ob sie alles wissen will? Wir haben nicht das Recht, Dinge vor ihr zu verstecken.«

»Ja, ich will alles wissen«, stimmte ich Maisie zu.

Diese sah mich zufrieden an und wollte etwas sagen, aber Camilla fuhr ihr entschieden über den Mund. »Nein«, feuerte sie und starrte ihr Gegenüber mit einem felsenfesten Blick nieder, bis Maisie die Augen verdrehte und sich mit verschränkten Armen gegen die Rückenlehne der Bank fallen ließ.

Dann wandte sie sich mir zu. »Glaub mir. Du willst nicht alles wissen.« Sie holte tief Luft. »Ich habe dich ausfindig gemacht«, enthüllte sie stattdessen. »Es war überhaupt alles meine Idee.«

Ein brennender Schmerz fuhr mir durch den Brustkorb und mein Mund klappte wie von selbst auf.

»Wir wussten, dass wir einen Schattenwanderer brauchen. Wir hatten nur von einer Handvoll gehört und noch weniger gesehen. Immer dann, wenn einer auftauchte, war er oder sie schon in der Gewalt des Namenlosen, bevor wir überhaupt davon erfuhren«, erklärte sie. »Irgendwann schlug ich vor, die Vergangenheiten und das Umfeld der Schattenwanderer, die wir kannten, zu durchleuchten. Es lag nahe, dass ihre Nachfahren das Gen haben könnten.«

Sie schlug die Augen nieder. »Das war eine ziemlich traurige Angelegenheit.«

»Wieso?«, fragte ich heiser. Der Schock über ihre Worte saß mir schmerzhaft in den Knochen.

»Fast alle hatten keine Nachkommen oder Familie. Oder ...« Sie unterbrach sich.

»Oder?«, bohrte ich weiter.

Maisie antwortete für sie. »Sie waren alle kürzlich von der Bildfläche verschwunden.«

»Keine Ahnung, wie dein Vater es geschafft hat, euch so lange zu verstecken«, drückte Cam ihre Bewunderung aus. »Als ich dich gefunden habe, bin ich dir eine Weile gefolgt, um sicherzustellen, dass du Eigenschaften einer Schattenwanderin aufweist. Wirklich sicher konnten wir uns erst sein, wenn du deine erste Reise überstanden hättest, aber die grundsätzlichen Sachen hattest du erfüllt.«

»Cam hatte Angst, dass du sie vielleicht einmal gesehen haben könntest und sie als verrückte Stalkerin abstempeln würdest«, trieb Maisie das Gespräch weiter voran.

Meine Sitznachbarin hörte ihr geduldig zu und nickte dabei wiederholt. »Also habe ich Ben gefragt, um dir weiter auf den Zahn zu fühlen«, sagte sie, als sie wieder mich ansah.

»Deshalb kamst du mir so bekannt vor«, überlegte ich laut, als die Erkenntnis durch meine Erinnerungen sickerte.

»Ava, vor all dem hatten wir gemeinsam entschieden, dass wir die Entscheidung, uns zu helfen, in den Händen des Schattenwanderers lassen. Bevor Ben sich aufgemacht hat, um dich einzuweihen. Bevor wir überhaupt damit angefangen haben, einen Schattenwanderer zu suchen. Wir wollten niemals jemanden dazu zwingen, uns beizustehen«, versicherte sie mir. Sie schien darauf zu warten, dass ich selbst auf irgendeine Information kam, aber ich starrte nur verständnislos zurück.

»Wenn du uns also nicht mehr helfen möchtest, ist das absolut in Ordnung. Wenn du Angst hast, ist das ein absolut valider Grund, um auszusteigen. Wir werden jemand anderes finden«, löste Maisie deshalb auf und schob dann hinterher: »Aber bitte, lass uns nicht fallen, weil Ben dich verärgert hat.«

Frustriert schnaubte ich und fokussierte einen Moment einen Punkt an einer der hinteren Wände der Fressmeile.

»Versteht ihr meine Lage nicht? Ihr wollt meine Hilfe und nach allem, was ich mit dem Namenlosen miterleben musste, hätte ich euch die gerne gegeben.« Meine Stimme brach. »Aber wie kann ich euch helfen, wenn ich euch nicht vertrauen kann? Wenn ihr absichtlich Dinge vor mir verborgen haltet? Ich lebe nicht in euren Gefilden und wusste bis vor Kurzem nicht einmal, dass es diese überhaupt gibt. Mit dem Wissen, dass ihr bereit wärt, mich zu täuschen … Ihr könntet hier genauso gut die Bösen sein. Vielleicht stehe ich bei euch auf einer Seite, auf der ich nicht stehen will, wenn ich das Gesamtbild hätte.«

Der Ausdruck in Cams Augen erzitterte. »Sag das nicht«, flüsterte sie mit schwerer Stimme.

»Das glaubst du nicht wirklich, oder? Ich meine, okay, ich bin vielleicht ein elendes Miststück«, mischte sich Maisie ein, ihre Stimme gewohnt gelangweilt. »Aber Ben, Cam und die anderen ganz sicher nicht. Alles, was sie dir nicht erzählen, tun sie, um dich zu schützen. Jeder Einzelne hat sein Leben riskiert, um dich vor dem Namenlosen verborgen zu halten.«

Sie holte tief Luft und ihr Atem zitterte. »Ich wäre gar nicht hier, wenn Ben nicht wäre. Statt jede meiner Taten infrage zu stellen, würde ich viel lieber ein paar Menschen in den Wahnsinn treiben und jeden Tag genießen, so wie ich das vorher gemacht habe. Ich kann mich dem Namenlosen entziehen. Es könnte mir egal sein, was mit den Schatten ist, und ich würde ein sorgenfreies Leben führen.« Sie senkte die Stimme und verzog die Augenbrauen. »Aber das wäre einfach nicht richtig. Denn wir Schatten leiden. Und ich muss tun, was ich kann, um das zu ändern.«

»Wir haben uns entschieden, dir aktiv Dinge zu verschweigen, damit sie dich nicht beeinflussen. Du solltest uns helfen, weil du es so *willst*. Denn …« Camilla unterbrach sich.

»Wenn du alles wüsstest, dann würdest du keine Sekunde zögern, uns zu helfen«, schloss ihr Gegenüber. »Es sei denn, du bist genauso ein elendes Miststück wie ich.« Maisie grinste schief.

»Es soll aber deine eigene, unvoreingenommene Entscheidung sein«, verdeutlichte Cam noch einmal.

»Erzählt es mir«, verlangte ich, nachdem ich das Gesagte einen Moment auf mich hatte wirken lassen.

Die Worte hatten mir eine Gänsehaut über den Körper gejagt. Mich hatte jedes davon tief getroffen, auch wenn ihr ganzes Aussehen in krassem Kontrast zu den sensiblen Themen stand, Maisie hatte recht. Ich wusste, dass sie recht hatte. Meinem Dad hatte ich selbst ganz ähnliche Argumente genannt, als er mich davon hatte abbringen wollen, ihnen zu helfen.

Die Enthüllung hatte mich tief verletzt und dass gerade Ben es war, dem die Verantwortung zugesprochen wurde, machte alles um so vieles schlimmer.

Aber vielleicht könnte meine Mithilfe für die Schatten einen großen Unterschied machen. Sollte ich es ihnen wirklich verwehren, nur weil ich beleidigt war? Weil mein Herz einen Rückschlag erlitten hatte?

Die beiden Schatten sahen einander ratlos an. Keine von ihnen schien zu wissen, was sie sagen sollten.

»Erzählt es mir, bitte«, bat ich sie nun in einem versöhnlicheren Ton. »Vielleicht nicht alles. Aber erzählt mir genug, um eine Entscheidung treffen zu können.«

Sie sahen sich weiterhin an, als hätte ich nichts gesagt. Dann nickte Cam und senkte augenblicklich den Kopf, um auf die Tischplatte zu starren.

»Der Namenlose verfolgt ein höheres Ziel. Wenn er es erreicht, plant er schon das nächste. Auch wenn es unmöglich erscheint, schafft er es immer irgendwie. Er macht unaufhörlich weiter. Dieses Mal höher und höher und höher.« Maisie betonte jedes Wort überdeutlich. »Ich erspare dir die vielen Details. Aber es gibt einen Grund, wieso sein Verschleiß an Schattenwanderern so groß ist. Er versucht, einen Weg zu finden, um die Welten zu verschmelzen.«

Ich stockte und versuchte, in meinem Kopf die Verbindungen zu ziehen. Derweil fuhr sie fort. »Und er glaubt, die Schattenwanderer sind der Schlüssel dazu. Noch weiß er nicht wie genau, aber ich bin mir ziemlich sicher, dass er das früher oder später herausfindet.«

»Er will die Welten verschmelzen?«, fragte ich irritiert. »Die Schatten- und die Menschenwelt? Wozu soll das gut sein?«

»Die Kontrolle über uns Schatten reicht ihm wohl nicht mehr«, meinte sie mit einem Schulterzucken.

»Wieso muss er denn dafür die Welten verschmelzen?«

»Weil er euch Menschen nicht kontrollieren kann.«

»Wenn die Welten eins sind, könnte er das aber?«

»Keine Ahnung«, stöhnte sie genervt. »Ich bin doch keine Expertin auf dem Gebiet der Welten. Aber wir denken eben, dass das auf lange Sicht der Plan ist.«

»Du siehst also, dass nicht nur die Leben von uns Schatten auf dem Spiel stehen ...«, flüsterte Camilla. Sie sah mich an und fügte dann hinzu: »Aber du darfst dich dadurch nicht unter Druck gesetzt fühlen.«

»Wie sollte ich das nicht?«, fragte ich und lachte tonlos. »Das ist eine immense Verantwortung und dabei weiß ich noch nicht einmal, was ich zu tun habe.«

Sie schüttelte lächelnd den Kopf, als wäre ich ein Kind, dem sie gerade die Welt erklärte. »Ava, wenn du nicht bereit bist, ist das okay«, sagte sie ruhig. »Wenn du Angst hast, ist das okay. Du musst diesen Kampf nicht bestreiten.«

»Wieso hat Ben mir das alles nicht gesagt?«, fragte ich kopfschüttelnd. »Ich meine, zumindest als ich ihm alles an den Kopf geworfen und beschlossen habe, euch nicht mehr zu helfen. Wieso hat er mir da nicht einfach alles erzählt?«

Die beiden wechselten einen bedeutsamen Blick. »Er weiß nicht, dass wir hier sind«, erklärte Cam.

Maisie schürzte die Lippen. »Und er findet es sogar ganz gut, dass du dem Vorhaben den Rücken kehrst«, meinte sie und wich meinem Blick aus.

Ich runzelte die Stirn. Mir kamen Bens Worte wieder in den Sinn. Aber darüber konnte ich im Augenblick nicht nachdenken. Meine Gedanken waren an etwas anderem hängen geblieben, das sie gesagt hatten. »Wieso braucht der Namenlose gerade Schattenwanderer für seinen Plan?«

»Weil ihr beide Welten in euch tragt. Metaphorisch gesprochen«, erklärte Cam.

»Ihr könnt sowohl in der Schatten- als auch in der Menschenwelt leben«, griff Maisie das Gesagte auf und führte es aus. »Ihr seid in beiden Welten *zu Hause*. Wir Schatten gehören nicht in die Menschenwelt und können uns auch nicht unendlich lange hier aufhalten. Menschen, die keine Schattenwanderer sind, können gar nicht in die Schattenwelt.«

Ich nickte bedächtig. »Deshalb denkt er, dass wir die Welten verschmelzen können?« Es war mehr eine Feststellung als eine Frage.

»Im Prinzip *seid* ihr die Verbindung, die er erreichen will.« Cam runzelte mitleidig die Stirn.

Sie musste das nicht weiter ausführen. Ich wusste ganz genau, was das bedeutete. Eine Kälte machte sich in meinem Körper breit und ich sank weiter in die Bank zurück.

Die beiden wechselten erneut ein paar unsichere Blicke und warteten geduldig, ob ich weitere Fragen hatte.

»Wir haben gesagt, was wir sagen wollten«, änderte Cam dann abrupt das Thema. »Du hast jetzt eine Menge, worüber du nachdenken musst.«

Sie griff umständlich in ihre hintere Hosentasche und zog einen Zettel hervor. Bevor sie ihn mir reichte, begradigte sie leidlich die Knickstellen. »Hier.«

Mit gerunzelter Stirn sah ich die Zahlenreihe an. »Deine Nummer?«

»Bens«, sagte sie und sofort riss ich den Kopf hoch.

Ihr Blick war über alle Maßen ernst. »Wenn du dich umentscheidest, ruf ihn innerhalb der nächsten drei Tage an. Rufst du nicht an, dann«, sie machte eine theatralische Pause, »wissen wir Bescheid und keiner von uns wird dich noch einmal behelligen.«

»Wieso Bens Nummer, wenn er doch gar nicht weiß, dass ihr hier seid?«, fragte ich und runzelte die Stirn.

»Nun, irgendwann muss er es ja schließlich erfahren«, Cam lächelte gutmütig. »Und ich denke, er würde sehr gern deine Stimme hören.«

Ich musterte die Nummer. Als ich den Kopf wieder hob, waren die beiden verschwunden. Unschlüssig sah ich mich um, aber nirgends konnte ich eine Spur von ihnen entdecken.

In mir tobte ein Sturm. Mein Stolz, meine Wut kämpften mit dem Drang, das Richtige zu tun.

Vielleicht bezog ich die Konsequenzen nicht eng genug in meinen Überlegungen mit ein. Aber ich bezweifelte auch, dass ich wirklich ermessen könnte, was für mich auf dem Spiel stand. Aber den Schmerz in Maisies Worten konnte ich nicht leugnen und auch nicht, dass er mich tief berührt hatte. Sie hatte sich für das Richtige entschieden und würde kämpfen.

Mein Stolz. Die Angst. Oder das Richtige?

Wofür würde ich mich entscheiden?

Tief in mir kannte ich die Antwort schon längst.

23

Seine belegte Stimme am Telefon zu hören, war seltsam. Er sprach leise und es gab viele Pausen zwischen uns. Auch wenn ich ihm noch nicht verziehen hatte, flatterte mein Herz bei jedem Wort.

Jetzt vor ihm zu stehen, war surreal.

Zwischen uns war es komisch. Natürlich war es das.

»Du willst das wirklich durchziehen?« Keine Begrüßung. Keine Entschuldigung. Keine Erklärung.

Eine Art Schock zuckte mir durch den Körper und machte das Denken lahm. »Deshalb habe ich dich angerufen«, erklärte ich knapp. Meine Stimme klang hohl und weit entfernt.

Er nickte kaum merklich und ich konnte sehen, wie sich seine Kiefermuskeln anspannten. »Okay«, sagte er nach einer Weile.

All die ungesagten Worte zwischen uns ließen meinen Nacken kribbeln. »Wie geht es jetzt weiter?«, presste ich unsicher hervor.

»Wenn du es mir erlaubst, bringe ich dich in die Schattenwelt«, fing er an und streckte mir behutsam die Hände entgegen.

Ich zögerte, denn ich wusste nicht, was ich nun tun sollte. Was ich tun wollte. Es war so verworren und meine Gedanken so verwirrt. Sie rasten und lagen gleichzeitig brach.

Wie betäubt legte ich die Hände auf seine. »Und dann?«, fragte ich, aber Ben blieb mir die Antwort schuldig und sah mich nicht einmal an, als uns der Rauch umfing.

Einen Moment später senkte sich die Dunkelheit und kaum, dass wir in der Schattenwelt angekommen waren, ließ Ben mich los. Dann wich er meinem Blick aus, wandte sich um und setzte sich sofort in Bewegung.

Ich nahm all meinen Mut zusammen, mobilisierte alles an Stärke, was ich hatte. »Werden wir überhaupt nicht reden?«, fragte ich und rührte mich nicht von der Stelle.

Er drehte sich schwungvoll zu mir zurück. »Worüber?«

»Über alles?« Ich verschränkte die Arme und verzog verärgert die Brauen. »Über alles, das vorgefallen ist.«

Seine Kiefermuskeln spannten sich an und er presste die Lippen aufeinander. »Ich dachte, du hast schon alles mit Cam und Maisie besprochen?«, meinte er mit einem kühlen Gesichtsausdruck.

Das irritierte mich. »Du bist sauer?«

»Sie haben das hinter meinem Rücken gemacht.«

Fassungslos lachte ich kurz auf. »Na und? Du bist nicht unbedingt ein Heiliger in der ganzen Situation gewesen«, zischte ich. »Von uns beiden bin ich diejenige, die hintergangen wurde.«

Er sah einen kurzen Augenblick zu Boden, aber der verärgerte Ausdruck in seinem Gesicht nahm keinen Deut ab. »Du hattest dich entschieden, nicht mehr dabei zu sein«, meinte er.

Ich versuchte herauszufinden, was das heißen sollte. Natürlich hatte ich ihm nach dem Vertrauensbruch gesagt, dass sie auf meine Hilfe verzichten mussten. Da war ich wütend und verletzt gewesen. Aber jetzt, da Cam und Maisie mir offenbart hatten, was sonst noch auf dem Spiel stand ... Dass ich wieder mit an Bord war, war nahezu selbstverständlich.

Ein Teil von mir hatte angenommen, er wäre froh darüber, dass ich mich umentschieden hatte. Wieso war er nun beleidigt? »Wenn du meine Hilfe nicht willst, kannst du das sagen«, erklärte ich ihm.

»Das kann ich nicht«, knurrte er und schüttelte energisch den Kopf. Sein Blick spie Feuer. »Ich habe nicht nur mir gegenüber eine Verpflichtung. Die anderen Schatten verlassen sich auf dich und wenn du dabei sein willst ...«

»Ja?«, bohrte ich nach.

Er schluckte. »Kann ich dich nicht abhalten.«

»Du glaubst nicht daran, dass ich das schaffen kann, was ich tun soll, oder?«, vermutete ich, angestachelt davon, dass er so offen verstimmt war. Dabei konnte ich nicht einmal sagen, ob ich selbst daran glaubte. Wer wusste schon, was meine Aufgabe war.

Er riss die Augen weit auf. »Was? Doch. Ich glaube an dich«, stellte er klar und sofort verschwand jede Härte aus seinem Gesicht. »Aber du darfst den Namenlosen nicht aus der Rechnung auslassen. Er ist unberechenbar.«

Beim Gedanken an den Namenlosen wurde mir wieder flau im Magen. Er war grausam. Ich wusste das und konnte es doch nicht recht begreifen.

Wir mussten ihn stoppen.

»Ich mache mir einfach nur Sorgen. Das ist alles«, grätschte Ben in meine Gedanken und seine Stimme klang traurig. »Aber wenn du das wirklich möchtest, dann respektiere ich das.«

»Ich möchte es.« *Möchte ich es?*

»Und das finde ich sehr bewundernswert.« Es klang, als spulte er einen einstudierten Text ab. Der Ton seiner Worte war abgeklärter, als er sein müsste.

Wir starrten einander herausfordernd an. Jeder wollte noch so viel mehr sagen und doch blieben wir still. Die Worte schienen um uns herumzuschwirren und doch kam uns keines davon über die Lippen.

Mit einem Seufzen trat er plötzlich an mich heran. Ich blinzelte verblüfft.

Ehe ich mich versah, packte er sanft nach meinem Kinn, um es anzuheben. Er drückte die Stirn gegen meine und schloss einen Moment die Augen. Zitternd atmete er ein, dann hauchte er meinen Namen.

Bevor ich wirklich erfassen konnte, was hier passierte, löste er sich wieder und sah hinunter auf meinen Hals. Im nächsten Augenblick legte er die Finger um den Narwal und bewegte ihn einen Moment in der Luft hin und her.

»Wenn etwas schiefgeht«, murmelte er. »Was ist mit deiner Familie?«

Ein kalter Schauer überkam mich. »Kann ihnen denn was passieren?« Meine Stimme war nicht mehr als ein Hauchen.

Ben hob den Blick. »Ich denke nicht. Zur Sicherheit habe ich Schatten in der Nähe. Sollte etwas passieren, werden sie Alarm schlagen«, erklärte er. »Aber ... Was sage ich deinen Eltern und Nathan, wenn *dir* etwas zustößt?«

Er ließ den Anhänger los und dieser kam mit einem feinen Kratzen wieder auf der Haut auf.

Ich musste schlucken. Mein Hals war ganz trocken. Ben spielte nicht fair. Mir ein schlechtes Gewissen einzureden ... »Du kannst mich nicht umstimmen«, krächzte ich, aber spürte den Stachel des Zweifels. *Bleib stark, Ava*, sprach ich mir gut zu.

Ben wandte den Blick zu Boden. Er schnaubte enttäuscht. »Wir sollten los.«

Der Nebel in meinem Inneren verdichtete sich. »Kommen die anderen nicht mit?«, stammelte ich verwirrt und fand meine Frage so belanglos.

»Nein«, schüttelte er den Kopf. »Wir dachten, so würden wir dieses Mal weniger auffallen.«

Ich nickte verständig und verstand doch nichts.

Als er dieses Mal losging, folgte ich ihm. Zuerst wollte ich mich auf die Gedanken einlassen, die in mir aufkamen. Wollte irgendwie ein Konstrukt davon erstellen, was hier vor sich ging, um endlich ein Verständnis dafür zu entwickeln. Aber kaum, dass ich begonnen hatte, forderte die Welt um mich herum meine Aufmerksamkeit.

Die Schattenwelt war zu atemberaubend, zu anders, um sie zu ignorieren. Alles schien, als wäre es mit einer Schicht überzogen, die ganz leicht leuchtete.

Wir gingen eine Landstraße entlang. Sie war nicht geteert, sondern von Fahrzeugen mit der Zeit in das Feld gefahren worden. Ich genoss den Wind, der mir durch die Haare pustete und das hohe Gras um uns herum sanft tanzen ließ. Über uns beobachtete ich den leuchtend blauen Himmel und konsumierte förmlich das Sonnenlicht auf meiner Haut.

Ich streckte die Arme aus und ließ die Hände über die Windböen fahren. Dabei kam ich nicht umhin, das Gefühl mit Glück zu vergleichen. Wenn man es berühren könnte, würde es sich genauso anfühlen. Weich und ein angenehmes Kitzeln auf der Haut. Da war ich mir sicher.

Auch wenn wir gerade einen steilen Hügel hinaufstiegen, begrüßte ich den schweren Atem und den Druck in meiner Brust, wenn sich dieser darin ausbreitete. Nach einer Weile kamen wir auf der Spitze an und ich ließ meinen Blick über die Weite schweifen.

Zu unserer Linken befand sich eine riesige weiße Wand. Es war, als hätte jemand ein Radiergummi genommen und über den großen Teil eines Gemäldes radiert, um dort nur weißes Papier übrig zu lassen.

»Was ist das?«, fragte ich und hielt den Atem an.

»Der Nebel«, erklärte Ben und ich hörte ein Lächeln in seiner Stimme. »Es ist einer der Orte, die ich dir unbedingt zeigen wollte. Komm. Lass uns näher herangehen.«

Wir begannen, den Hügel herunterzusteigen, wobei ich mich seltsam beflügelt fühlte. Als würde mich jemand schieben. Das könnte natürlich an der Neigung liegen, aber es schien mehr, als nur das zu sein. In meinem Inneren wuchs eine Vorfreude, die bald mein ganzes Sein einnahm.

Ich merkte gar nicht, wie ich Ben sogar überholte. Es dauerte eine ganze Weile, aber dann stapfte ich über den weichen Untergrund einer wilden Blumenwiese und stand kurz darauf direkt an der weißen Wand.

Sie bewegte sich. Es sah aus, als hätte jemand eine irrsinnig lange, gläserne Mauer gezogen und dahinter war ein dichter weißer Rauch, der immer wieder dagegenwirbelte.

Zwischen den einzelnen Strudeln bewegten sich feine Glitzerpartikel, die mir zunächst gar nicht aufgefallen waren. Sie schienen mit allem hochzusteigen. Vorsichtig fuhr ich mit den Fingern über das Weiß.

Der Nebel war kühl, schmiegte sich seidig an die Haut und umspielte meine Finger. Ich hob den Blick und versuchte, ein Ende zu erspähen, aber die Wirbel schienen endlos. Es war mir nicht einmal möglich zu sagen, wo der Nebel aufhörte und der Himmel anfing.

An meiner Taille zog es sanft. Verwundert schaute ich auf die Hand, die dort lag.

»Vorsicht«, flüsterte Ben an meinem Ohr und sein Atem kitzelte über die feinen Härchen.

Ein kurzes Kichern erklang und es dauerte einen Augenblick, bis mir bewusst war, dass ich es war, die da kicherte.

Als ich mich zu seinem Gesicht umsah, musste ich ein paar Mal blinzeln, weil mein Sichtfeld so verschwommen war. Er nickte an mir vorbei und ich sah, dass mein gesamter Unterarm bereits in der Wand verschwunden war. Man konnte nur ein paar Zoll hineinsehen, bevor alles im ewigen Weiß verschwand. Langsam zog ich meinen Arm daraus hervor und besah ihn dann, als würde ich erwarten, dass der Nebel ihn irgendwie verändert hatte. Als hätte er ihn erhabener gemacht oder dergleichen.

Dann sah ich wieder zurück in die Ewigkeit.

»Was ist da drin?« Meine Stimme klang seltsam belegt.

»Vermutlich nichts.«

Das wunderte mich. »Vermutlich?«

Ben rang mit den Worten. »Wir Schatten können ihn nicht betreten«, enthüllte er. Behutsam trat er einen Schritt vor und bewegte die Hand ein Stück hinein. Dort, wo sie die Mauer berührte, wurde sie unsichtbar.

»Faszinierend«, hauchte ich und starrte seine Finger an, die wieder auftauchten, während er sich von dem Nebel zurückzog.

Wir verharrten einen Moment. Vielleicht auch eine Stunde, vielleicht mehr. Ich konnte die Zeit nicht einschätzen, die verging. Aber langsam wurde es schon dunkel.

»Wollen wir weiter?«, fragte Ben plötzlich und weckte mich damit aus der Hypnose. »Wir können ein anderes Mal wieder herkommen, wenn du willst. Aber jetzt sollten wir uns sputen. Man wartet auf uns.«

Ich nickte und fühlte mich dabei, als hätte man mich aus einem besonders seligen Schlaf gerissen. Nur widerwillig riss ich mich von dem Anblick los und folgte ihm. Ich ließ meine Hand weiterhin über den Nebel fahren und beobachtete das Spiel der Strudel, die ich aufwirbelte. Dann machte die unsichtbare Mauer langsam eine Biegung und wir entfernten uns davon, während ich weiterhin sehnsüchtig zurückschaute.

Selbst als wir die weiße Wand schon eine ganze Weile nicht mehr sehen konnten, wandte ich mich immer wieder um, als würde sie jeden Augenblick erneut hinter uns auftauchen.

Ich vermisste sie wie einen alten Freund.

Wir passierten ein kleines Waldstück und erreichten dann eine asphaltierte Straße. Ich fühlte mich, als wäre ich in Trance und könnte nur schwer daraus erwachen.

Wir näherten uns einer Stadt. Ben führte uns an mehreren Häusern entlang und dann durch eine Einkaufsstraße. Hier war alles so still und leer, dass es mir eine Gänsehaut bescherte. Der Zauber der Schattenwelt war hier kaum noch zu erahnen. Nur an dem gewohnten Duft konnte ich ausmachen, dass wir nicht wieder in meiner Welt waren.

Jetzt bogen wir in eine Gasse ab und durchquerten ein Netz an engen Gängen, bis wir auf einer anderen Straße mit uralten Hochhäusern rauskamen. Ben steuerte eines davon an.

Wir betraten die Lücke zwischen diesem und dessen Nebengebäude und fanden uns bald darauf auf einem unordentlichen Hinterhof wieder.

»Achte darauf, wo du hintrittst«, wies er mich zur Vorsicht an und stieg dann eine Außentreppe herunter. Ich folgte ihm verunsichert.

Am Fuße angekommen, befand sich dort eine schäbige Metalltür, deren Lack an mehreren Stellen abgeplatzt und mittlerweile schon durch Rost ersetzt worden war.

Ben sah mich an und holte tief Luft. »Bereit?«

Ich nickte, auch wenn ich gar nicht wusste, was mich erwartete.

Er hob die Hand und klopfte gegen die Tür.

24

Eine ganze Weile standen wir vor der Tür und nichts geschah. Mit verärgertem Gesichtsausdruck musterte Ben den alten Lack, während ich unschlüssig von einem auf das andere Bein trat.

»Sieht aus, als hätte dein Freund uns versetzt«, witzelte ich nervös.

Er schüttelte den Kopf und sah mich an. »Technisch gesehen ist er kein Freund von mir.«

In seiner Stimme verbarg sich kein Ton, der mir verriet, was ich davon halten sollte. Bevor ich jedoch etwas darauf entgegnen konnte, schwang die Tür in abgehackter Weise auf.

Vor uns stand ein junger Mann mit kupfernen Locken, die ihm in alle Richtungen abstanden. Ich schätzte ihn so auf Anfang zwanzig. Er griff nach der Zigarette, die zwischen seinen geschwungenen, rosafarbenen Lippen steckte. Sein Gesicht wurde lang, während er ein letztes Mal genüsslich daran zog. Dabei hüpften die beiden sehr präsenten Muttermale auf der einen Wange hoch. Dann schnipste er die Kippe zu uns nach draußen und stieß den Rauch durch den Mundwinkel aus.

Die smaragdgrünen Augen glitzerten belustigt, als er einen Arm in die Seite stemmte. Die Farbe war so intensiv, so *magisch*, dass ich das Gefühl hatte, er wäre dem Buchdeckel eines Fantasyromans entsprungen.

Das Einzige, was er am Körper trug, war eine wild gemusterte Haremshose mit einem tiefen Sitz, die bis zu den Knöcheln seiner nackten Füße reichte. Es war ziemlich anstrengend für mich, nicht auf sein Sixpack zu starren, das er wie selbstverständlich zur Schau trug. Seine Haut war gebräunt und wirkte ölig.

»Ich bin sein Wegweiser«, erklärte er und grinste schief, was tiefe Grübchen auf seinem Gesicht auftauchen ließ. Dann trat er einen Schritt zurück und bedeutete uns, einzutreten.

Kaum, dass ich den Raum betreten hatte, schob ich die Tür hinter mir zu. Diese war schwer und knirschte, während ich sie schloss. Der Gedanke daran, ob sie überhaupt Geräusche von draußen durchließ, durchzuckte mich.

»Man muss nicht immer hören«, sagte der Rothaarige und schnappte sich einen dünnen Mantel, um ihn sich über die Schultern zu werfen. Allerdings schien sich der Träger nicht die Mühe machen zu wollen, das Ding zu schließen.

Ben und ich wechselten einen unsicheren Blick. Wovon sprach dieser Mann? Oder bezog er sich da tatsächlich auf meine flüchtige Überlegung, ob er unser Gespräch belauscht hatte. Aber das wäre doch verrückt, oder?

Die wenigen Kellerfenster waren mit schweren Stoffen behängt, die eine rote Färbung aufwiesen und mit goldener Spitze verziert waren. Deshalb gab es kein natürliches Licht und das Einzige, was unsere Umgebung erleuchtete, war das Flackern der Abertausenden Stumpenkerzen, die überall in Grüppchen und unterschiedlichen Größen verteilt standen. Die Möbel waren mit pinken und fuchsiafarbenen Stoffen verkleidet. Da, wo man einen Blick auf ihre Beschaffenheit werfen konnte, war dunkles, ramponiertes Holz zu sehen.

Es war nicht viel Platz um uns herum, was zum einen einen warmen, fast heimischen Effekt hatte, aber zum anderen irgendwie unangenehm in meinem Nacken kribbelte. Es roch süß und würzig. Die Schwere des Duftes stach mir in den Schläfen.

Der Unbekannte steuerte einen Türrahmen an.

»Seine Augen«, flüstere ich Ben zu, während wir ihm folgten. »Sie sind nicht grau.«

Er wollte etwas antworten, aber der Mann kam ihm zuvor. »Deine doch auch nicht«, meinte er und ich glaubte, einen aggressiven Unterton heraushören zu können. »Es gibt hier nicht nur Schatten, Schätzchen.«

Das Orakel, zuckte es durch meine Gedanken. Ich warf Ben einen unruhigen Blick zu, aber er beobachtete den Mann.

Lässig hob dieser einen Kettenvorhang zur Seite und wies in das Innere des Raumes, der sich dort befand. Hinter uns ließ er die roten Perlen wieder zurückfallen und überholte uns. Wie hypnotisiert beobachtete ich das Schwingen der Ketten.

Dann wollte ich diesen neuen Raum in Augenschein nehmen und bemerkte dabei, dass wir nicht mehr nur zu dritt waren. Der Unbekannte trat an eine Frau heran, die auf einem Stuhl saß und ihn matt anlächelte, als er ihr Kinn ergriff. Als er sie losließ, musterte sie mich ohne irgendeine Regung in ihren Zügen.

Sie hatte ein ovales Gesicht und eine Stupsnase. Die vollen Lippen hatte sie leicht geöffnet und zeigte so, wie ausgeprägt ihre beiden vorderen Zähne waren. Sie gaben ihr einen hasenähnlichen Ausdruck. Die dunkle Farbe ihrer Augenbrauen stand im Kontrast zu ihren blonden, gesträhnten Haaren. Sie trug einen kinnlangen Haarschnitt mit großen Locken. Ihr Oberteil war bauchfrei und bestand aus semitransparenten Stoffen, die einander überschnitten und sanft raschelten, als sie sich aufrechter hinsetzte. Wie der Mann trug sie eine Haremshose und war barfuß.

Währenddessen war dieser weitergegangen und hatte es sich auf einer großen Liegewiese bequem gemacht, die mit pompösen, farblich abgestimmten Kissen gespickt war. Dort lag eine weitere Frau, die uns ebenfalls ohne Emotion musterte.

Sie hatte lange, glatte Haare, die sich kaum bewegten, während sich ihre Brust zum Atmen hob und senkte. Ihre Augenbrauen waren breit, hoch gezupft und hatten dieselbe Farbe wie ihr Haar, dunkelblond.

Die spitze Nase passte perfekt in ihr herzförmiges Gesicht. Vom Typ her ähnelte sie der anderen Frau, aber ihre Züge waren um einiges weicher und freundlicher.

Alle drei hatten die gleiche grüne Leuchtfarbe in den Augen.

»Das ist Didiane«, erklärte der Mann und strich der Frau neben ihm mit dem Zeigefinger übers Kinn. Diese presste die Lippen ihres breiten Mundes zusammen und erzeugte so ein dünnes Lächeln. Dann nickte er zu der anderen. »Das ist Blanche.«

Ich nahm Notiz von den Frauen, aber wusste nicht so recht, was ich mit der Situation anfangen sollte.

Er sah mich und meinen Begleiter nahezu herausfordernd an. »Und ich bin das Orakel«, sagte er und seine Augen leuchteten auf. Die Art, wie er es aussprach, ließ mich auf eine musikalische Untermalung warten, die aber ausblieb.

»Und ihr seid keine Schatten?«, fragte ich geradeheraus. »Was seid ihr dann?«

»Vergangenheit«, antwortete Didiane flüsternd. »Gegenwart.«

»Und Zukunft«, schloss Blanche. Beim Klang ihrer Stimme bekam ich eine Gänsehaut.

Ich schluckte.

»Sie sind Hellseher«, übersetzte Ben unnötigerweise und lehnte sich ein Stück zu mir. Trotzdem nickte ich, behielt die anderen drei aber aufmerksam im Auge. Er legte mir beruhigend eine Hand auf den unteren Rücken.

Das stechende Grün in den Augen des Orakels schien sich in meine Wahrnehmung zu tätowieren. »Du kannst anfangen«, war dessen plötzlicher Befehl, was mich zusammenzucken ließ. Zuerst dachte ich, er würde mit mir sprechen, aber ich wusste nicht, was ich tun sollte. Doch dann erhob sich Blanche in einer flüssigen Bewegung aus ihrem halben Schneidersitz.

Sie ging zwischen mir und dem Schatten hindurch, dem sie im Vorbeigehen über die Brust fuhr. Ihre Finger berührten ihn dabei nur ganz leicht wie eine Feder.

»Du sagtest, du würdest die Vorhersage machen«, bemerkte Ben verständnislos und an das Orakel gewandt.

Ich war bereits drauf und dran, Blanche zu folgen, ohne groß Fragen zu stellen. Nun hielt ich aber inne und sah ihn fragend an.

»Das ist richtig. Sie ist ich. Meine Schöpfungen bin ich«, erklärte er vage und bedeutete uns, uns in Bewegung zu setzen.

Blanche hatte sich derweil an einen kleinen runden Tisch gesetzt, der in einer Ecke des Raumes stand. Er war so niedrig, dass es keine Stühle gab. Sie hatte sich dort im Schneidersitz auf dem Boden niedergelassen.

Unsicher wechselte ich wieder einen Blick mit Ben, der mich aufmunternd anlächelte. Dann trat ich an den Tisch heran. Zuerst unschlüssig auf eine Aufforderung wartend. Dann hockte ich mich hin und schlug die Beine unter.

Blanche nahm ein mittelgroßes Samtsäckchen von der hölzernen Tischplatte und schüttete den Inhalt in ihre Hand. Es waren kleine dunkelbraune Knochen, die nicht sauber abgenagt wirkten. Ich erwartete, dass sie unangenehm rochen, doch dem war nicht so. Ich vernahm gar keinen Duft, der von ihnen ausging.

Sie lächelte mich kurz an und fing dann an, die Knochen zwischen ihren Handflächen in Kreisen herum zu bewegen. Die Art, mit der sich ihr Körper regte, war fließend und nahezu leidenschaftlich. Sie schloss genüsslich die Augen und fing an, etwas Unverständliches zu summen. Der Bass, der dabei von ihr ausging, brummte in meiner Brust.

»Was tut sie? Was passiert jetzt?«, murmelte ich unter meinem Atem und sah vorsichtig Ben an, weil ich nicht wusste, ob ich überhaupt sprechen durfte.

Die Stimme des Orakels, die direkt an meinem Ohr laut wurde, ließ mich heftig erschrecken. »Sie wird deine Zukunft weissagen.«

Ich neigte den Kopf zu ihm, um ihn besser zu verstehen, während ich nicht groß darüber nachdenken wollte, wie er sich unbemerkt an mich heranschleichen konnte. »Meine gesamte Zukunft?«, fragte ich und wusste nicht so recht, ob mich dieser Gedanke neugierig oder ängstlich machte.

»Sie wird vorhersagen, ob wir mit dir an unserer Seite eine Chance auf den Sieg haben«, meinte Ben und verschränkte die Arme, während er Blanche bei ihren Vorbereitungen musterte.

»Chance?«, fragte ich und starrte ebenfalls die Frau an, die dazu ansetzte, den Kopf quälend langsam von einer zur anderen Seite zu schwingen.

»Sicher hast du es schon einmal gehört«, flüsterte das Orakel nun in mein anderes Ohr. »Die Zeit ist nicht linear oder starr. Die Zukunft ist wie eine Masse, die sich ständig in Bewegung befindet. Bis zu dem Augenblick, in dem sie eintrifft.«

Blanches Kopf hörte plötzlich auf, sich zu bewegen. Sie sah aus, als wäre sie komplett eingefroren. Von den Zehen bis zu den Haarspitzen.

Das Orakel wandte sich wieder meinem anderen Ohr zu. »Manchmal gibt es nur eine Möglichkeit oder unzählige, wie eine Situation ausgehen kann. Lass uns sehen, was deine bringt.«

Ich spürte, dass er sich zurückzog, weil die Härchen in meinem Nacken sich langsam wieder beruhigten.

In diesem Augenblick erwachte Blanche plötzlich aus ihrer Starre und öffnete die Augen, die nun komplett schwarz waren. Das leuchtende Grün war gänzlich verschwunden. Sie flüsterte eine Vielzahl von Worten, die ich nicht verstehen könnte, selbst wenn ich sie akustisch mitbekommen würde. Kaum merklich wich ich von ihr zurück.

In dem Augenblick, in dem sie verstummte, schwang ihr Kopf in rasendem Tempo zurück, als hätte sie bisher etwas festgehalten und damit aufgezogen. Derselben Bewegung folgend, warf sie die Knochen auf den Tisch.

Das Schwarz verschwand wieder aus ihren Augen. Sie atmete schwer und ihr leicht geöffneter Mund zitterte, während sie mich mit ihrem Blick durchbohrte.

Langsam ließ ich den Kopf sinken und begutachtete mit wachsender Angst den winzigen Schädel, der dort direkt vor mir auf dem Tisch zum Stehen kam. Die leeren Augenhöhlen schienen mich zu beobachten. Ich konnte mich nicht daran erinnern, ihn vorher schon gesehen zu haben.

Zitternd schluckte ich und sah ängstlich Blanche an, die noch immer still war.

Nur, dass sie mir nicht mehr allein gegenübersaß.

»Hm«, machte der Namenlose und musterte dabei den Schädel. »Interessant.« Er neigte den Kopf.

Ich ruckte vom Tisch zurück und kam stolpernd auf die Beine, kurz bevor ich gegen die Wand in meinem Rücken prallte. Panisch wandte ich mich zu Ben um.

Zwei dunkel gekleidete Schatten hielten ihn fest umklammert. Einer davon hatte den Arm so, dass dieser in rauchiger Form Bens Mund wie ein Band verschloss. Er versuchte, sich zu wehren, aber seine Bewegungen waren stark eingeschränkt und abgehackt. An der Art, wie sich sein Gesicht verzog, konnte ich sehen, dass er zu schreien schien, aber kein Ton drang zu uns anderen durch.

Er würde mir nicht helfen können. Voller Schock sah ich den Namenlosen wieder an.

»Überrascht?«, fragte dieser sichtlich erheitert.

Es war, als würde mir alle Luft abgeschnürt.

»Ich könnte doch meinen Bruder nicht verraten«, meinte das Orakel leichthin, umrundete den Namenlosen und stellte sich auf die andere Seite von Blanche.

»Mach dich nicht lächerlich«, murmelte erwähnter Bruder. Sein Gesicht war nun düster und wirkte beinahe angeekelt.

»Ich muss mich selbst schützen«, erklärte das Orakel weiter, indem er das Gesagte ignorierte. »Die Chancen stehen gegen euch.« Er hob entschuldigend die Brauen und streckte die Arme nach links und rechts aus.

Eine bedrohliche Welle erfasste die Stimmung im Raum, während der Namenlose ein Bein aufstellte und sich dann darauf stützend erhob. Seine Augen waren schwarz und die Gesichtszüge kalt wie Eis.

Dann wandte er sich Ben zu. »Du hast gegen deine Bewährung verstoßen«, erklärte er ihm in einem unheiligen Ton. »Lasst ihn los.«

Kaum dass die Schatten von ihm abließen, fiel mein Begleiter hustend zu Boden. Er konnte sich nur im allerletzten Moment auffangen. Ohne eine weitere Vorwarnung griff der Namenlose ihn grob am Kinn und zwang ihn, sich hinzustellen.

»Es ist beinahe tragisch«, lamentierte er. »Du hast wirklich gedacht, du könntest mich täuschen.«

Mit allem Hass, den er aufbringen konnte, sah Ben den Namenlosen an und spuckte ihm kurzerhand ins Gesicht. »Ich habe vom Besten gelernt.« Seine Stimme triefte vor Ekel.

Geduldig wischte sich der Namenlose den Speichel von Stirn und Nase. Er lachte leise und schüttelte den Kopf. Mit dem grausamsten Lächeln, das ich in meinem Leben je gesehen hatte, sah er den Schatten an. »Zeit für deine Strafe, Junge.«

»Nein«, rief ich kurzerhand und ehe ich mich versah, stand ich zwischen den beiden. Ich hielt die Arme so nach hinten, als würde ich damit eine unsichtbare Kuppel formen. Dabei berührten meine Finger jeweils den Stoff von Bens Ärmeln.

Zuerst folgte Stille. Der Namenlose zog das Kinn zurück und hob eine Augenbraue. Dann lachte er laut auf. »Eines muss ich euch Menschen lassen. Eure Dummheit ist einmalig.« Er griff grob nach meiner Schulter. Ich wehrte mich, aber konnte ihm nichts entgegenbringen. Schon beim ersten Versuch schob er mich mit Leichtigkeit beiseite, so als wäre ich nur eine Puppe. »Geh mir aus dem Weg.«

»Stopp«, rief das Orakel und alle wandten sich ihm zu. »Du kennst meine Regeln, Bruder. Nicht hier«, meinte er in gewohnt feierlichem Ton. »Das ist mein persönlicher Teil der Schattenwelt, den du mir zugesprochen hast, und hier gelten meine Gesetze.«

Dann warf er mir einen kurzen Blick zu.

In diesem Moment verengte der Namenlose die Augen. »Wehe …«

Aber Ben hatte mich schon an den Armen gegriffen. Durch die zerfließenden Schatten konnte ich gerade noch das wutverzerrte, schreiende Gesicht des Namenlosen sehen, bevor die Dunkelheit uns verschluckte.

25

Als wir in der Menschenwelt ankamen, war der Aufprall so unerwartet, dass ich strauchelte und zur Seite gegen eine Mauer plumpste. Ich legte den Kopf einen Moment an den kalten Stein und fühlte Moos an meiner Wange.

Während ich mit dem Blick über die Umgebung schweifte, wollte ich meinen aufgeregten Atem ausklingen lassen. Wir befanden uns auf der Lichtung eines dichten Waldes. Das Aussehen der Bäume kam mir nicht bekannt vor, was vielleicht daran lag, dass es Nacht war.

Ich konnte nicht tiefer darüber nachdenken. Auch nicht darüber, was das eigentlich für eine Mauer war, die hier inmitten von Büschen stand. Ben zog mich unnachgiebig in eine aufrechte Position.

»Keine Zeit zum Ausruhen«, warnte er aufgeregt.

Sein Ton versetzte mich widerwillig wieder in Alarmbereitschaft. »Was ist los?«

»Es ist nur eine Frage der Zeit, bis der Namenlose hier auftaucht«, meinte er und packte mich am Stoff meines Ärmels, um mich mit sich zu zerren. Er steuerte uns in den Wald hinein.

»Was?«, fragte ich. Meine Stimme klang kratzig und dennoch ein paar Oktaven zu hoch. »Wieso hast du uns dann hier ins Nirgendwo geschleppt? In einer Stadt gäbe es doch mehr Zeugen und der Namenlose könnte nichts machen.«

»Das hält ihn nicht ab«, gab er mit einer Stimme zu bedenken, die mich bis ins Mark erschütterte. »Hier können wir menschliche Opfer auf ein Minimum halten.«

Wir stießen hart zusammen, als er urplötzlich zum Stehen kam. Erschrocken riss ich die Augen auf, als er mich grob an den Oberarmen packte.

Seine Stimme war ebenso eiskalt wie die Nacht, die uns umgab.

»Du musst dich jetzt hier verstecken und versteckt bleiben, egal, was du siehst oder hörst«, sagte er und durchbohrte mich mit seinem Blick. »Es ist ein verabredeter Treffpunkt und Maisie holt dich hier raus, sobald sie kann. Bis dahin musst du hier ausharren. Verstanden?«

Ich nickte mechanisch. »Was ist mit dir?«, hauchte ich und wusste, was seine Antwort sein würde und dass ich sie nicht hören wollte.

Er musterte mich und spannte einen Moment den Kiefer an. »Ich werde sie ablenken.«

Mein Körper zitterte, aber nicht nur wegen der Kälte. Ich zwang mich dazu, mir jedes Detail seines besorgten Gesichtes einzuprägen, was sich endgültig anfühlte. Mich dagegen wehren konnte ich nicht. Wenn dies der letzte Augenblick zwischen uns beiden war, dann wollte ich alles davon in mir aufnehmen.

Ich stürzte nach vorn und presste mein Gesicht an seine Brust. Mein Atem zog weiße Schlieren vor meinen Augen, während ich mich auf das Heben und Senken seines Körpers konzentrierte. Voller Kraft legte er die Arme um meinen Oberkörper und drückte mich an sich. Zu kurz. Zitternd holte er Luft und schob mich dann bestimmt von sich.

Ein Lächeln war auf sein Gesicht gemeißelt, doch die Mundwinkel zitterten verräterisch. »Es wird alles gut«, versprach er. »Dir wird es gut gehen.«

Ich öffnete den Mund, um ihm zu sagen, dass mir das egal war. Es spielte keine Rolle, wenn er sich dafür opfern musste. Ich wollte ihm sagen, dass ich darauf pfeifen könnte, heil aus der Sache herauszukommen, wenn das bedeutete, dass wir einander nie wiedersehen würden. Ich wollte ihm sagen, dass ich …

Aber da löste er sich bereits in schwarzen Rauch auf.

Zögerlich streckte ich die Hand aus und fuhr damit über den dunklen Schatten, der trotz der vorherrschenden Dunkelheit deutlich zu sehen war, bis er sich verzog.

Unschlüssig sah ich mich zwischen den Bäumen um und rieb mir den Arm. Die Geräusche und Tierlaute, die immer wieder ertönten, jagten mir eine Gänsehaut nach der anderen durch den Körper. Bei jedem knackenden Ast fuhr ich zusammen.

Langsam kauerte ich mich neben einen Baum und verschwand dort zwischen den spitzen Ästen und wilden Blättern.

Ich hielt mich daran, was er gesagt hatte. Ich verharrte.

Das Zittern meines Körpers nahm zu, je länger ich in der Kälte saß. Angespannt lauschte ich auf etwas und wusste doch nicht auf was.

Urplötzlich hallte ein Schrei durch die Nacht. Bens Schrei.

Eine Träne rollte mir über die Wange.

Ein weiterer Schrei erfüllte das Dunkel und ich zog die Beine an, die ich fest umklammerte. Ich presste mit aller Kraft die Lider aufeinander. Während abgehackter Atem meinen Mund verließ, zitterte die Unterlippe heftig. Bis der nächste Schrei ertönte, zählte ich die Sekunden.

Ich konnte nichts tun.

Ich war ein Mensch.

Ich war nutzlos.

Krampfhaft unterdrückte ich ein Schluchzen. Biss mir in den Handrücken, während ein dumpfer Laut zwischen den Bäumen hindurch hallte, gefolgt von einem schmerzerfüllten und unterdrückten Stöhnen.

Ich sollte verharren.

Ich sollte verharren.

Ich sollte verharren.

Ich sollte hier auf Maisie warten.

Wieder ein Schrei. Energisch presste ich die Hände auf meine Ohren.

Sie waren übernatürlich. Ich war ein Mensch.

Was könnte ich schon tun?

Der Schrei erreichte mich durch meine Hände hindurch. Er war lauter, länger diesmal und ging mir durch Mark und Bein. Gerade als ich dachte, er würde niemals aufhören, wurde er durch ein Husten unterbrochen. Ein flüssiges Husten.

Ich zwang mich dazu, die Augen zu öffnen, und starrte vor mir auf den Waldboden.

Der Namenlose hatte eine perfide Faszination für Schattenwanderer, brauchte uns für seine Zwecke. Da dämmerte es mir.

Ich konnte etwas tun.

Bevor ich länger darüber nachdachte, schob ich mich an dem Baum im Rücken hoch. Meine Beine waren wackelig, aber mein Wille war stark.

Widerwillig lauschte ich gezielt nach den Schreien und ließ mich von ihnen durch den Wald leiten. Mein rationales Selbst schrie mich an. Aber ich ignorierte die Stimme in mir, die mir sagte, dass ich umdrehen sollte. Meine ganze Aufmerksamkeit galt dem Vorwärtskommen.

Die Bäume lichteten sich ein wenig, während die Schreie lauter wurden. Ich erkannte die Mauer wieder. Stur beschleunigte ich meinen Schritt und kam dann wenig später auf die Lichtung gestürmt, während um mich Blätter aufwirbelten.

Ohne Erbarmen beleuchtete der Vollmond die Szenerie, als wären alle nur Teil eines Bühnenstücks.

Der Boden war hier gänzlich von einem Teppich aus schwarzen Rauchschwaden bedeckt.

Bens Gesicht war schmerzverzerrt, wies Stellen auf, durch die man seine Haut nicht mehr sehen konnte. Auf seinen Zügen fanden sich Spuren einer dunklen Flüssigkeit und ich brauchte einen Moment, um zu realisieren, dass es sich um Blut handelte.

Zwei Schatten hielten ihn fest umklammert, die jeweils eine Hand gegen seine Schulter stemmten und eine andere um den Arm schlangen. Zwei weitere waren jeweils links und rechts davon postiert. Sie hatten die Hände auf dem Rücken und starrten mehr oder minder unbeteiligt geradeaus.

Der Namenlose wurde von Rauchschwaden umkreist, die erzitterten, wann immer er seine Hände bewegte, was darin resultierte, dass Ben sich krümmte und mit aller Macht versuchte, einen Schrei zu unterdrücken, bis dieser ihm schließlich doch über die Lippen kam. Zwischen ihnen herrschte aber keine sichtbare Verbindung.

Wie auf ein Stichwort drehten alle Beteiligten ihre Köpfe zu mir herum.

Der Anführer der Schatten ließ die Hände und damit die Schwaden sinken und verzog das Gesicht zu einem diabolischen Grinsen.

»Hör auf«, forderte ich mit zittriger und viel zu leiser Stimme.

»Ich wüsste nicht, dass unser Herr Befehle von einem kleinen Mädchen annimmt«, sagte einer der Unbeteiligten lachend.

Ben ließ den Kopf hängen, als ihm klar wurde, dass ich es war, die sprach. Die beiden Schatten zu seinen Seiten ließen ihn zu Boden fallen. Er stemmte sich zitternd hoch und schluchzte frustriert auf. Die Wucht, mit der er eine Faust in den Boden boxte, trieb mir einen Kloß in den Hals. Dann sah er mich flehend an. *Wieso?*, schrie sein Blick.

Er war verloren. Ich war verloren. Aber er würde wenigstens leben.

Schwer schluckte ich. »Ein ... ein ... Ha–Handel«, stammelte ich völlig außer Atem, aber sah den Namenlosen mit allem Willen an, den ich aufbringen konnte.

»Was?«, fragte er nach und hielt sich eine Hand ans Ohr, während er leise kicherte.

»Ich will einen Handel abmachen«, wiederholte ich fester und musste mehrere Male schlucken.

Er verschränkte die Arme und hob eine Braue. »Gut. Ich habe gerade nichts Besseres zu tun. Also. Erheitere mich.«

»Du lässt Ben in Ruhe und dafür trete ich in deinen Dienst.«

»Wofür könnte ich dich brauchen?«

»Keine Spielchen«, zischte ich und verzog wütend das Gesicht, was sein Grinsen ersterben ließ. »Ich weiß genau, dass du Schattenwanderer brauchst. Und ich stelle mich zur Verfügung, wenn du Ben gehen lässt.«

»Hm«, machte er. Langsam führte er zwei Finger an eine seiner buschigen Augenbrauen und strich mit ihnen ein paar Mal darüber. Mein Herz machte einen kleinen hoffnungsvollen Hüpfer.

»Das wäre durchaus ein guter Tausch«, schnarrte er und kratzte sich am Kinn. »Da gibt es nur ein Problem.«

Plötzlich waren die beiden Schatten, die bisher tatenlos herumgestanden hatten, bei mir und griffen sich jeweils einen meiner Arme. Ich versuchte augenblicklich, mich aus ihrem Griff herauszuwinden, und sah den Namenlosen dabei schockiert an.

Sein diabolisches Grinsen war zurück. »Ich habe dich doch schon«, ließ er verlauten und machte eine Handbewegung, die Ben in die Luft hob.

»Nein!«, schrie ich und rebellierte gegen die Schatten, die mich festhielten. Aber egal, wie sehr ich mich wand, sie lockerten ihren Griff nicht und wirkten nur wenig beeindruckt von meinen Befreiungsversuchen. Gehetzt sah ich von einem zum anderen, aber sie beachteten mich gar nicht. Sie starrten nur auf die Szene vor uns.

Der Namenlose hatte Ben festgesetzt und zu sich herangeholt. Er ließ ihn langsam zu Boden und auf die Knie gleiten. Kurz atmete er auf, dann streckte er die Hand nach Bens Gesicht aus. Nur wenige Millimeter vor dessen Haut hielt er an. Seine Hand fing an zu zittern.

Ben bleckte vor Schmerz die Zähne und ein zischender Schrei entwich ihm. Der Namenlose wirkte kurz verwirrt, aber verstärkte seine Bewegung.

Sein Opfer drehte den Kopf. Drehte ihn, bis er mich ansah.

Ich war schockiert, panisch und doch spürte ich einen Anflug an Verwunderung bei diesem Anblick. Der Namenlose teilte mein Gefühl augenscheinlich. Sein Grinsen war gänzlich verschwunden und er weitete die Augen voller Schrecken.

Er hatte Ben bewegungsunfähig gemacht, aber trotzdem schaffte dieser es, den Kopf drehen. Es war nicht viel, aber es machte den entscheidenden Unterschied und brachte den Namenlosen aus dem Konzept.

Hände fuhren über meine Schultern und explodierten regelrecht in Schattenschwaden, die sofort von mir Besitz ergriffen.

»Nein!«, schrie ich.

Während die Schatten um mich herum wuchsen, sah ich durch die Lücken Bens Gesicht.

Seine Augenlider flackerten müde, aber er lächelte.

DANKE

So viele wunderbare Menschen haben mit mir an den
Schattenwanderern gearbeitet und mich auf meinem
Weg unterstützt – und tuen es noch!

Die Liste ist so lang. Es ist der absolute Wahnsinn.

Die ausführliche Danksagung folgt zum Ende der
Reihe, aber es wäre komisch, diesen Band zu beenden
und mit keinem Wort zu erwähnen, dass ich das allein
niemals geschafft hätte.

Danke an meine über alles geliebte Familie.

Danke an die absolut selbstlosen TestleserInnen.

Danke an brillante AutorenkollegInnen,
die wir diesen Weg gemeinsam gehen
und uns immer gegenseitig unterstützen.

Danke an Cover Design, Lektorat und Korrektur. Ihr
wart in Höchstform für meine Schatten.

Danke an grandiose BloggerInnen. Ganz besonders an
mein Bloggerteam.

Danke an DICH.

Dafür, dass du dieser Geschichte, meinem Traum, deine
Zeit geschenkt hast und ich hoffe sehr, es hat dir gefallen.

ÜBER DIE AUTORIN

Jessica M. Rhodes ist eine unerschrockene
Abenteurerin -, solange sich ihre Abenteuer in der
sicheren Umgebung ihrer Fantasie abspielen.
Ansonsten präferiert sie die Gesellschaft ihres Heims,
ihrer Familie und ihrer Freunde.
Außerdem ist sie Autorin und versteht sich besonders
auf das Bekämpfen monströser Kreaturen,
das Besteigen höchster Berge,
darauf den Sternenhimmel unsicher zu machen
und Herzen auf unsterbliche Weise zu verschmelzen.

Jessica M. Rhodes

MARMORNACHT

300 Seiten   ISBN: 978-3744813488

Lass das Licht an...

Nach langer Abwesenheit kehrt Abigail Grant in ihre
Heimatstadt zurück, um dort das Geburtstagswochenende
ihrer Schwester zu feiern. Aufgrund der Spannungen
zwischen ihr und ihrer Familie sind Probleme jedoch
vorprogrammiert. Und Abby kann sich kaum vorstellen,
dass es etwas gibt, das diese noch übertreffen könnte.

Allerdings treiben übernatürliche Kreaturen ihr Unwesen
auf Baltimores Straßen. Als der geheimnisvolle Will ihr
das Leben rettet, entdeckt sie mit ihm und der Hilfe seiner
Freunde, dass im Schatten ihrer gewohnten Welt etwas
lauert, das furchterregender nicht sein könnte.

Es ist lauter, als ich es aus meinen jüngeren Tagen kenne. Der *Club*, in den mich Haley und ihre Freundinnen schleppen, nachdem wir auf ihren Geburtstag angestoßen haben, ist schon immer ein besonders beliebtes Ziel unter den Jugendlichen gewesen, weil man hier bei Minderjährigen gleich beide Augen zudrückt.

Meine Erscheinung steht in einem harten Kontrast zu den anderen Mädchen. Während Haley und der Rest ihrer Girlband Kleidung tragen, als hätten sie sich für eine Edeldisko schick gemacht – eng und kurz, trage ich dieselben unkomplizierten und bequemen Sachen wie sonst auch: Flache Schuhe, eine Jeans und eine etwas weitere, durchscheinende Bluse über einem pastellfarbenen Top.

Club ist auf jeden Fall mehr als Spitzname für den Schuppen zu verstehen. Es handelt sich dabei lediglich um eine Kneipe mit einem kleinen Bereich, in dem gerade so viele Tische weggeräumt sind, dass der Inhaber behaupten kann, es handele sich hierbei um eine *Tanzfläche*.

Der Laden liegt zwar etwas außerhalb unseres Wohnbezirks, wäre von unserem Haus aus aber gemütlich zu Fuß zu erreichen gewesen. Trotzdem waren alle dafür, sich ein Taxi zu teilen. Alle, außer mir. Aber ich wurde ja auch gar nicht erst gefragt.

Kaum, dass wir angekommen sind, ziehen Haleys Freundinnen uns begeistert an einen bereits besiedelten

Tisch. Sofort wird mir klar, dass es sich bei den Jungs ebenfalls um Mitschüler aus der Akademie handelt. Es wird laut gegrölt, wild gestikuliert und als wir uns endlich setzen, schwirrt mir ein wenig der Kopf. Auch wenn ich mich eher verhalten gebe und vorhatte nur vorsichtig mit einem Handzeichen in die Runde zu grüßen, stürzen sie sich auf mich. Auf Haleys Schwester. Sie sagen es nicht direkt, aber ich habe das Gefühl, dass jeder der Anwesenden genau weiß, wer ich bin. Besonders einer der Jungen, der schon einiges über den Durst getrunken hat, beißt sich an mir fest. Zuerst gibt er mir eine Einführung in sämtliche Namen der Gruppenmitglieder, von denen ich mir keinen einzigen merke, auch wenn ich den Benannten höflich zunicke. »Warst du nicht auch mal an unserer Schule?«, fragt der Junge danach.

Im Augenwinkel sehe ich, wie Haley mich mit geweiteten Augen ansieht, aber ich halte mich wacker. »Ja, war ich.«

Er legt den Kopf schräg und möchte noch etwas fragen, aber ein anderer erhebt plötzlich die Stimme. »Wo bleiben denn Peter und Will mit dem Bier?«, ruft dieser laut über unsere Köpfe hinweg und ich atme innerlich auf, als das den anderen augenblicklich ablenkt.

Die Gruppe beginnt einen Singsang und klopft rhythmisch auf die Tischplatte. »Wo ist das Bier?«, rufen sie und brechen dann in Jubel aus. Ich fühle mich ein wenig überfordert, starre in die Runde, als wären sie Bewohner eines anderen Sterns.

Sobald ich mich umdrehe, sehe ich den Grund ihrer Freude. Zwei Jungs mit Tabletts voller Bierkrüge kommen auf uns zu und einer von ihnen zieht augenblicklich meine Aufmerksamkeit auf sich. Er unterscheidet sich sehr von Haleys Tänzer-Freunden. Und das nicht nur wegen seiner dunklen Kleidung, den zerschlissenen Jeans oder der nicht so aufwendig gestylten Frisur. Die anderen Jungs sind, für ihre Tätigkeit typisch, eher klein und drahtig. Er aber trägt nicht nur ein sehr gesundes Körpergewicht mit sich herum, sondern auch mehr Muskeln, als es für normales Training üblich wäre.

Die Tabletts finden ihren Platz auf dem Tisch und ich versteife mich unmerklich, als er sich neben mir auf einen Stuhl fallen lässt. Ich lehne dankend ab, als er mir ein Bier anbietet und er schenkt mir ein freundliches Lächeln, bevor er sich auf seinem Stuhl zurücklehnt. Lässig legt er einen Arm nach hinten über die Stuhllehne und beginnt an seinem Bier zu nippen.

Die anderen am Tisch stürzen sich wie eine Horde Verdurstende auf die Krüge, während ich nach einem der leeren Gläser greife und mir etwas aus der Wasserflasche eingieße, die, wie überall sonst auch, in der Mitte unseres Tisches steht. Ich nehme einen Schluck und versuche irgendeinem Gespräch in meiner Nähe zu folgen. Komme dabei aber nicht umhin, aus den Augenwinkeln heraus immer wieder meinen Sitznachbarn zu mustern.

Er hat kurze, dunkelbraune Haare, ein spitzes Kinn und markante Wangenknochen. Wegen der schlechten Lichtverhältnisse kann ich seine Augenfarbe nur schwer erahnen, aber es scheint eine Farbe zwischen Blau und Grau zu sein. Ein dunkler Drei-Tage-Bart verdeckt eine sehr feine, eigentlich unscheinbare Narbe an seiner Wange, die mir nur wegen ihrer rosigen Färbung auffällt. Vermutlich ist es bloß ein winziger Schnitt, den er sich vor ein paar Tagen zugezogen hat.

Alles an ihm wirkt entspannt und ruhig, aber seine Augen huschen wachsam über die Gesichter der anderen und ich weiß, dass er keine Probleme damit hat den Gesprächen zu folgen.

»… oder was meinst du, Will?« Ich habe den Rest des Gesprächs nicht mitbekommen, doch mein Nachbar reagiert darauf.

Seine Augen blitzen. »Nicht wirklich mein Fall«, lacht er und lehnt sich noch ein wenig mehr zurück, um seinen Fuß auf einem Tischbein abzustellen. Die Jungs johlen. Einige anerkennend, andere stimmen ihm wohl eher nicht zu.

Will sendet eine gewisse Attraktivität aus und ich bemerke, wie auch ein paar der Mädchen immer mal wieder einen schüchternen Blick in seine Richtung werfen. Ich muss zugeben, dass er auch in mir ein Interesse weckt. Kein romantisches oder gar sexuelles, aber ich frage mich ernsthaft, warum er Teil von Haleys Gruppe ist, wo er doch so anders wirkt.

Eines der Mädchen stößt plötzlich einen Ausruf aus, der so laut und schrill ist, dass ich zusammenfahre. Irritiert blinzele ich in ihre Richtung, als würde mir ein starker Wind ins Gesicht pusten.

»Genug getankt, Leute! Ab auf die Tanzfläche! Lasst uns das Geburtstagskind feiern!«, ruft sie verzückt und mit rosigen Wangen aus.

Alle brechen sofort wieder in Jubel aus und erheben sich, während einige noch die letzten Schlucke auf einmal aus ihren Gläsern nehmen. Ich mache mir gar nicht erst die Mühe aufzustehen. Gemütlich trinke ich etwas von meinem Wasser und beobachte die lärmende Bande mit einem belustigten Schmunzeln. Sie besiedeln den Bereich vor der Jukebox, die schon kaputt war, als ich noch ein Stammgast gewesen bin, und tanzen wild zu der Musik aus den Lautsprechern. Jetzt, mit etwas Abstand, wird mir erst richtig bewusst, dass der Schuppen beinahe leer ist und erinnere mich peinlich berührt zurück an die Zeit, als ich eines dieser quietschenden Mädchen gewesen bin.

Eine Hand schiebt sich in mein Sichtfeld und ich stelle verblüfft fest, dass ich nicht die Einzige bin, die sich dafür entschieden hat, sitzen zu bleiben. Mein Sitznachbar ist wohl auch nicht so sehr für die vermeintliche Tanzfläche zu begeistern.

»Hi. Ich bin Will«, sagt er mit einem charmanten Lächeln.

»Abigail.« Ich schüttele ihm kurz die Hand. Sie ist rau, aber angenehm warm.

»Also – Abigail? Was tust du hier, wenn du offensichtlich nicht hier bist, um zu tanzen?«, fragt er in einem Plauderton und ich bin mir nicht sicher, ob er tatsächlich Interesse hat oder ob er einfach nur nett sein will.

»Ich bin wegen meiner Schwester hier«, antworte ich. »Die, die ihren Geburtstag feiert.«

»So? Und welche ist das genau?« Er schaut zu den Mädchen rüber, die einen Kreis gebildet haben und sich zum Rhythmus der Musik bewegen.

Ich stocke verwirrt und mustere ihn einen Moment skeptisch. Er ist wohl doch nicht so aufmerksam gewesen, wie es den Anschein gemacht hat. »Das blonde Mädchen dort in der Mitte«, sage ich und hebe kurz den Zeigefinger, um auf Haley zu zeigen.

Will macht einen erkennenden Laut und nickt, während er sich nachdenklich an seinem Arm kratzt. Dabei fällt mein Blick auf die feinen Linien eines Dreieck-Tattoos, das unter seinem Ärmel hervorblitzt und auf die Ringe, die seinen Unterarm auf der anderen Seite zieren. Wie aufgemalte Armreife gehen sie einmal ganz rum und sind mit unterschiedlichen Verzierungen versehen. Zwei sind dicht beieinander und etwas schlichter gehalten. Ein Dritter liegt ein kurzes Stück darüber und ist mit wilden Schnörkeln geschmückt.

»Ich dachte, du wärst einer von ihren Freunden«, bemerke ich.

»Oh. Nein. Ich kenne nicht einen von denen.« Er hebt abwehrend die Augenbrauen, sodass sich tiefe, geschwungene Furchen auf seiner Stirn bilden.

»Aber—«

»Aber wir sehen aus wie beste Freunde?«, rät er grinsend meine nächsten Worte und liegt damit gar nicht so falsch. »Ja, weißt du? Ich kenne nicht mal deren Namen. Aber die Jungs sind so betrunken, spendieren mir Bier und lachen über meine Witze, als wäre ich ein Held. Da bin ich eben geblieben«, er hält kurz inne, um von seinem Bier zu trinken, »Ich meine: Wer wäre da nicht geblieben, oder?«

Ich, zum Beispiel. Ich finde es eigenartig, dass er einfach so mit einer fremden Gruppe rumhängt, obwohl sie ganz klar eher nicht seiner sonstigen Gesellschaft entsprechen. Und das nur wegen Bier und ein paar Lachern.

»Und was machst du so, Abby?«, fragt er leichthin, weil ihm scheinbar aufgefallen ist, dass das Gespräch ins Stocken geraten ist.

Aber ich zögere einen Moment. Irritiert, weil er, wie selbstverständlich, meinen Spitznamen verwendet. Als würden wir uns schon ewig kennen. »Ich studiere Jura.«

Er lacht kurz. »Nein, ich meinte: Was machst du gern?«

»Wie kommst du darauf, dass ich das nicht gern tue?«

»Ach, komm schon. Jura?« Er sieht mich skeptisch an.

Prüfend mustere ich sein Gesicht. »Ich tanze gern«, meine ich daraufhin kurz angebunden. Ohne eine Miene zu verziehen oder irgendwie näher darauf einzugehen. Aber ich frage mich ernsthaft, wieso ich ihm das gerade einfach erzählt habe. Und das, obwohl er mir doch etwas suspekt zu sein scheint.

Seine Augen blitzen fast schon kampflustig. Er nickt in die Richtung der Tänzer und lächelt schief. »Aber ich sehe dich gar nicht tanzen.«

»Nicht diese Art von Tanz«, sage ich unbeeindruckt, obwohl das nur halb stimmt. »Ich tanze Ballett«, erkläre ich mich und wechsele dann das Thema, bevor er Luft holen kann, um etwas zu entgegnen. »Was machst du denn so, Will?«

Diesmal ist es an ihm, mich prüfend zu mustern. In seinem Gesicht blitzt zum ersten Mal diesen Abend etwas Ernstes auf. »Ich jage«, lautet seine knappe Antwort und er wirkt offenbar besonders interessiert an meiner Reaktion.

»Wow«, sage ich und verziehe missbilligend das Gesicht. »Du weißt wirklich, wie man sich beliebt macht. Bis gerade eben fand ich dich fast schon nett«, stichele ich und nehme einen Schluck aus meinem Glas, während Will schmunzelnd den Blick senkt.

Als er den Kopf wieder hebt, blitzen seine Augen verschmitzt. Er will etwas sagen, doch da erhebt sich wieder Trubel um uns herum, weil die anderen an unseren Tisch zurückkehren. Zwei Jungs reißen Will förmlich aus unserer Unterhaltung und ich bin fest entschlossen diese Chance für mich zu nutzen.

Ich erhebe mich, gehe mit zwei schnellen Schritten um den Tisch herum zu Haley und beuge mich zu ihr herunter, um mich ihr mitzuteilen, ohne dass gleich jeder etwas davon mitbekommt.

»Hey. Ich glaube, ich haue jetzt ab. Okay?«

»Oh, wieso das?«

»Ich bin müde und—« Weiter komme ich mit meiner schlechten Ausrede nicht, denn sie erhebt sich bereits, um mich zum Abschied zu umarmen.

»Danke, dass du mitgekommen bist«, sagt sie gedämpft an meinem Ohr.

»Nochmal Happy Birthday, kleine Schwester«, lächele ich, als sie sich wieder von mir löst. »Trink nicht noch mehr«, füge ich mit erhobenem Zeigefinger und in Großer-Schwester-Manier hinzu, bevor ich noch schnell ein paar Worte zum Abschied in die Runde werfe.

Vor dem Gebäude nehme ich einen tiefen Atemzug der wohltuenden Nachtluft. Es ist gerade so kühl, dass mir meine Strickjacke noch reicht, um mich warm zu halten. Kurz überlege ich, ob ich mir ein Taxi rufen soll, entscheide mich dann aber doch, dass ich wach genug bin, um zu laufen. Ich bin den Weg auch früher schon immer zu Fuß nach Hause gegangen. Guilford ist eine der eher ruhigeren Gegenden Baltimores und es sind knapp zwanzig Minuten Fußweg bis zu meinem Elternhaus.

Nächtliche Spaziergänge hatten schon immer eine ganz besondere Wirkung auf mich, mit dem Duft der Nacht und den Sternen über mir. Eine leichte Brise weht mir immer wieder angenehm um die Nase und ich lausche entspannt dem Zirpen der Grillen aus den Vorgärten der Häuser, die ich passiere. Es bereitet mir schon etwas Unbehagen hier ganz allein die Straßen entlang zu gehen, doch die Straßenlaternen geben genug Licht ab, damit ich immer genau sehe, wo ich hintrete und wiegen mich so in Sicherheit. Hinter ihnen erheben sich, ein wenig einschüchternd, die riesigen Häuser und allerlei Bäume.

Ich bin schon einige Minuten unterwegs, als mir ein herzhaftes Gähnen entweicht. Scheinbar bin ich doch müder, als ich es anfangs angenommen hatte. Aber es ist ja auch nicht mehr weit. Als ein Mäuschen über meinen Weg huscht, halte ich erschrocken inne und biege danach routiniert in die Straße ein, in der die reicheren Mitmenschen ihre Villen haben. Bei Tag ist es eine wunderschöne Allee aus Bäumen mit tiefhängenden Ästen und saftig grünen Blättern. Bei Nacht erinnert sie mich nur daran, dass hinter den Bäumen noch meterhohe, steinerne Zäune ragen, teilweise von Efeu und anderem Gestrüpp bewachsen, die den Blick auf die Häuser dahinter verbergen.

Plötzlich schiebt sich ein ungutes Gefühl in mein Bewusstsein und lässt mich frösteln. *Ist das nicht typisch? Gerade in diesem Moment muss ich mich an den Horrorfilm von vor drei Wochen erinnern.*

Ich ziehe meine Jacke ein wenig fester um mich und ermahne mich, rational zu denken. Aber mir stellen sich dennoch die Nackenhaare auf und ich beschleunige automatisch meinen Schritt. Zu allem Überfluss beginnen die Laternen vor mir plötzlich zu flackern. Erst nur eine, aber dann werden es ziemlich schnell immer mehr, bis ich verwundert stehen bleiben muss und ungläubig das blinkende Spektakel beobachte. Bis zum Ende der Straße produziert jede Laterne in ihrem eigenen Takt unterschiedlich starke Lichter und das für Minuten.

Ganz plötzlich stoppt es und für eine Sekunde stehe ich im Dunkeln. Dann leuchten sie wieder auf und alles ist wieder beim Alten. Wie erstarrt stehe ich verwirrt blinzelnd da. Habe ich mir das gerade bloß eingebildet? Immerhin bin ich mittlerweile wohl doch schon ziemlich müde. Oder machte sich da jemand einen Spaß mit mir? Wenn ja, so finde ich das jedoch absolut nicht lustig.

Unruhig sehe ich einmal in die eine und dann in die andere Richtung die Straße hinunter, kann aber nichts Verdächtiges sehen. Zögernd setze ich schließlich meinen Weg fort. Dabei versuche ich möglichst viel von meiner Umgebung im Blick zu behalten.

Die Laterne unmittelbar über mir leuchtet für einen kurzen Moment auf, gibt einen hellen, knackenden Ton von sich und wird mit einem kleinen Funkenregen dunkel. Mir entweicht ein erstickter Schreckenslaut. Gehetzt blicke ich von der erloschenen Glühbirne zur nächsten Laterne. Aber als ich bei ihr ankomme, passiert mit ihr dasselbe, genauso wie bei der darauffolgenden. Mit jeder Laterne beschleunige ich zwar meinen Schritt, aber die nächste Glühbirne brennt bereits durch, noch bevor ich mich in ihr Licht retten kann.

Was geht hier vor sich?!, ist alles, was ich denken kann, als ich erstarre und dabei zusehe, wie die Glühbirnen vor mir, eine nach der anderen, erlöschen. Sie lassen mich in zunehmender Dunkelheit und ich schlucke schwer. Ich spüre das Adrenalin in meinen Adern pulsieren.

Ein Rascheln hinter mir lässt mich herumfahren. Meine Brust hebt und senkt sich kräftig zu meinen schweren Atemzügen. Kalter Schweiß rinnt mir den Rücken entlang, aber ich kann keine unnatürlichen Bewegungen erkennen. Vielleicht ist mir Haleys Geburtstagscrew gefolgt und nun wollen sie mir spaßeshalber Angst machen.

Diesen Gedanken verwerfe ich jedoch sofort wieder, als hinter mir ein tiefes, dumpfes Hauchen ertönt. Ich wirbele hektisch herum. *War das ein Tier?*, frage ich mich panisch, als ich hinter mir nichts erkenne. Eiskalte Schauer pulsieren durch meinen Körper und ich kann ein leises Schluchzen nicht mehr unterdrücken. Kein Gedanke ist mehr laut genug, um meine Panik zu übertönen und mich zu beruhigen. Deshalb tue ich das Einzige, das mir in den Sinn kommt: Wie von der Tarantel gestochen, sprinte ich los. Mir ist nicht einmal bewusst, in welche Richtung ich eigentlich laufe. Ich will nur so schnell wie möglich aus dieser unheilvollen Dunkelheit heraus.

Plötzlich trete ich mit dem Schienbein gegen etwas Hartes und stürze vornüber auf den Bürgersteig. Hier ist der Weg ein wenig abschüssig und so rolle ich einige Meter seitlich bergab. Meine Umwelt dreht sich dabei verschwommen und schwindelerregend vor meinen Augen. Sobald ich mich halbwegs erfolgreich abfangen kann und so fast zum Stillstand komme, drücke ich mich vom Boden hoch. Noch bevor ich mich ganz erhoben habe, spüre ich einen immensen Schmerz an meiner Schulter aufwallen. Ich schreie auf, aber ich sehe mich nicht um, sondern renne einfach weiter, als wäre ich gerade nicht hingefallen und hätte mich dabei nicht verletzt.

In der nächsten Sekunde wird es gleißend hell um mich herum. Es blendet mich so sehr, dass ich stehen bleiben und meine Augen mit einem Arm abschirmen muss. Meine Ohren sind seltsam belegt, als würde ich mich in den Bergen befinden und ich höre rauschende Geräusche, die ich nicht einordnen kann. Orientierungslos versuche ich in dem unendlichen Weiß etwas zu erkennen. Aber erst als die Helligkeit etwas an Intensität verliert, kann ich einen großen Schatten ausmachen, der sich auf mich zu bewegt. Ein neuer Schwall Panik überkommt mich.

Ebru Adin

DAS REBELLISCHE HERZ
Die Krone der Unendlichkeit

300 Seiten   ISBN: 978-3752842944

Sie können sich nicht voneinander fernhalten ...
Doch ihre Welten trennen sie ...

»Glaubst du, dass die Ewigkeit ausreicht, um dich zu
vergessen?

Seit ihrer Kindheit verbring Violet ihr Leben auf einem
Internat. Wo sie schnell lernt, sich alleine
durchzukämpfen. Bis sie auf den msysteriösen Cole
trifft. Er ist unverschämt, arrogant und stellt ihr ganzes
Leben auf den Kopf, als er ihr die Tore zu einer neuen
Welt offenbart. Eine Welt voller dunkler Gefahren,
Magie und Kreaturen, denen sich Violet stellen muss.

Prolog

»Glaubst du, dass die Ewigkeit ausreicht, um dich zu vergessen?«

Zweihundert Dollar

Die Kälte war unerträglich und ich hüpfte wie verrückt auf dem Bordstein auf und ab, versuchte, mich irgendwie zu wärmen. Neben mir stand Rose und das Klappern ihrer Zähne war so laut, dass uns die Leute beim Vorbeilaufen schräg ansahen. Die meisten trudelten erst jetzt ein, und wir machten uns schon wieder auf den Heimweg.

»Weißt du, wie wir von hier wegkommen?«, fragte Rose mit vor Kälte bläulicher Haut. Wir hatten beide nicht viel an, nur unsere Kostüme. Warum hatten wir auch auf diese Party gehen müssen? Wenn uns unsere Betreuerin Ms. Mallory erwischen würde, wären wir so gut wie tot. Rose hatte unbedingt auf diese Kostümparty gewollt, die man eigentlich erst ab achtzehn besuchen durfte. Mit gefälschten Ausweisen, die uns Nathan gebastelt hatte, hatten wir uns reingeschlichen. Selbst hatte er sich natürlich nicht getraut, mitzugehen und seine Fälschungskünste unter Beweis zu stellen. Seine Ausrede war ein Referat für Englisch, aber ich kannte Nathan. Er fürchtete sich vor den Konsequenzen, die uns bevorstanden, wenn unsere gefälschten Ausweise auffliegen oder uns einer der Betreuer in die Quere kommen würde.

Wir waren aber nicht die Einzigen, die sich aus dem Internat geschlichen hatte, um auf eine Party im Industriegebiet zu gehen. Ich hatte Skye und Kieran, zwei unserer Mitschüler, gesichtet. Im Nachhinein wäre es klüger gewesen, wenn wir uns den beiden angeschlossen hätten, dann müssten wir jetzt nicht mutterseelenallein auf einem schlecht beleuchteten Bordstein verweilen und darauf hoffen, dass ein Taxi vorbei fuhr.

Während wir uns umschauten, verfluchte ich Rose für die Wahl unserer Kostüme. Sie hatte mir einen hautengen Lederfummel und Katzenohren verpasst und ich wusste bei Gott nicht, was ich genau darstellen sollte. Und sie selbst war als eine sexy Krankenschwester verkleidet.

Eigentlich müssten wir schon längst wieder zurück sein. Wenn einer unserer Aufseher bemerken würde, dass wir nicht mehr da waren, gäbe es richtigen Ärger. Ich konnte es mir nicht leisten, dass der Rektor meinen Vater anrief. Für dieses Theater hatte ich jetzt gar keine Nerven, zumal das Verhältnis zum ihm alles andere als gut war. Und wenn er erfuhr, dass ich aus dem Internat abgehauen war, um auf eine Party außerhalb der Stadt zu gehen, dann konnte ich mir was anhören.

»Verdammt!«, zischte Rose. »Wie sollen wir wieder zurückkommen?«

»Meinst du, wir sollten jemanden anrufen?«, fragte ich Rose. Es war unerträglich kalt und ich war ziemlich müde. Wir hatten den letzten Bus nach Mitternacht verpasst und befanden uns mitten in einem Kaff. Und von einem Taxi fehlte jede Spur. Aus meiner Familie konnte ich auch niemanden anrufen. Keiner von ihnen würde ans Handy gehen, geschweige denn kommen, um uns zu holen.

Auf wackeligen Beinen liefen wir durch die kleine Gasse, die uns in die Nähe der Hauptstraße brachte. Vielleicht hatten wir Glück und jemand nahm uns ein Stück mit.

Ein schwarzer Sportwagen stand auf der anderen Seite und ich konnte eine Person darin erkennen. Während Rose sich nach dem Taxi umsah, nutzte ich die Gelegenheit, lief auf das Auto zu und klopfte an die Scheibe. Der junge Mann darin reagierte nicht und tippte eine Nachricht auf seinem Smartphone.

Ich klopfte erneut.

Er seufzte und ließ die Scheibe herunter. »Was gibt's?«, fragte er schroff. Er sah von seinem Smartphone auf und musterte mich. Seine Augen stachen sichtbar aus der Dunkelheit heraus und ein paar dunkle Strähnen fielen ihm in die Stirn.

»Ich wollte fragen, ob Sie —«

»Tut mir leid, Süße«, unterbrach er mich und ließ seinen stählernen Blick über meinen Körper gleiten. »Du bist nicht mein Typ und ehrlich gesagt, etwas zu jung für diese Branche, oder?« Dann zwinkerte er mir zu.

Als er gerade die Scheibe hochfahren wollte, drückte ich dagegen. »Wie bitte?«, fragte ich ungläubig. »Was für eine Branche?!«

Er verdrehte die Augen. »Wirklich?«, antwortete er und ließ seinen Blick noch einmal über meinen Körper schweifen. Erst jetzt fiel mir auf, wie ich auf ihn wirken musste. Ich trug eine hautenge Lederhose, einen Leder-BH und darüber eine schwarze Weste. Ich musste zugeben, dass ich nicht wirklich wie ein siebzehnjähriges Mädchen aussah, das auf eine Kostümparty ging.

Er fuhr sich mit der Hand übers Gesicht. Als ich meinen Kopf etwas in seine Richtung senkte, um ihn durchdringender anzusehen, fing er an, in seiner Hosentasche nach etwas zu wühlen. »Hier«, sagte er und drückte mir zweihundert Dollar in die Hand. »Damit du heute Abend nicht leer ausgehst, Süße.«

Ich starrte völlig perplex auf das Geld in meiner Hand und versuchte, mich im Zaum zu halten. Als ich gerade etwas erwidern wollte, stieg eine Dame auf der Beifahrerseite ein. »Wir können los, Azriel«, sagte die zierliche Blondine mit den schulterlangen platinblonden Haaren. Ohne auf mich zu achten, fuhr er die Scheibe hoch und trat aufs Gas. Zurück blieben ich und die zweihundert Dollar in meiner Hand.

Rose kam auf mich zu und stellte sich neben mich. »Niemand von denen fährt zurück«, begann sie. »Hey, wo hast du denn das Geld her?«

Lara Kalenborn
Emilias Gift
Vayas Töchter, Band 1

316 Seiten   ISBN: 978-1542803267

Leidenschaftlich. Düster. Wild.
Das ist die Welt der Amazonen.

Im Untergrund des Ruhrgebietes führen die Amazonen
einen jahrhundertealten Krieg gegen die Skythen. Emilie,
eine junge Toxikologin, weiß jedoch nichts von diesem
Kampf. Erst als sie von den Kriegerinnen entführt wird,
begreift sie nach und nach, wie viel ihr verheimlicht
wurde: Die Amazonen wollen Emilia als Waffe gegen
die Skythen einsetzen, denn deren Anführer ist niemand
Geringeres als ihr eigener Mann.

Band 2: »Amazonen Allianz«
Band 3: »Assassinas Herz«

Essen, Nordrhein-Westfalen, Deutschland.
14 Jahre nach Ausbruch der Wasserkriege.

1 Vayas Fesseln

15. Januar in Essen, NRW, Deutschland.
21:36 Uhr in der Nähe des Anwesens der Superba-Dynastie.

Fabel Sonnenstein spürte die Kälte auf ihrer Haut, aber ihr vor Kraft strotzender Körper schützte sie vor den eisigen Januarwinden, die schon seit Tagen durch das Ruhrgebiet fegten. Obwohl sie nichts als eine zerfranste Jeans, Sneakers und ein dünnes Darkwing-T-Shirt mit aufgedruckter Schildkröte trug, glühte ihr Inneres warm.

Eilig lief sie über den grauen Asphalt der aufgebrochenen Straßen, war getrieben und wusste doch nicht, wohin sie wollte. Denn der einzige Ort, an dem sie sich wünschte zu sein, war für sie unerreichbar. Sie machte einen Satz über ein großes Schlagloch, das groß genug gewesen wäre, um ihr halbes Bein zu verschlucken.

Bleib stehen!, befahl die Stimme, die erst seit Kurzem in ihrem Kopf wohnte.

„Nein", antwortete Fabel und lief weiter durch die vom kalten LED-Licht der Laternen durchbrochene Dunkelheit der Großstadt.

In der Ferne hörte sie die Schnellstraße. Es fuhren nicht mehr viele Autos – die meisten Leute hatten ihre Wagen längst verkauft oder zum Sterben an den Straßenrändern stehen lassen – aber vielleicht war ja doch einer der wenigen Fahrer mit genug Tempo unterwegs, um sie dieses Mal zu töten.

Geh zurück. Alleine ist es für uns zu gefährlich hier draußen.

Die Stimme klang besorgt, doch das konnte Fabel nicht aufhalten. Sie würde unter keinen Umständen zurück gehen in dieses Haus, in dem sie täglich die bittere Wahrheit schlucken musste, dass sie zur Furie gemacht worden war und ihre Dämonen endgültig entfesselt wurden.

Du bringst dich in Gefahr! Kehr um!

Fabel schüttelte den Kopf. Dabei wallten ihre üppigen Locken auf und verliehen ihrem Schatten eine unheimliche Silhouette. Sie hatte schon vor ihrer Wandlung schönes Haar besessen, aber nun fielen die blonden Spiralen in tosenden Wellen über ihre Schultern.

Plötzlich ertönten Schritte hinter ihr. Sie drehte sich nicht um und ließ ihre Beine schneller ausholen. Wer es schaffte, sie zu verfolgen, war gefährlich ... Sie hastete um die nächste Ecke, versank im Schatten der alten Zechenhäuser und machte, dass sie davonkam. Ihr Herz raste, der Zorn des Verfolgers kratzte schon an ihren Hacken und schickte einen Schauer über ihren Rücken.

Dann war der Jäger zu nah und Fabel fuhr mit einem erstickten Aufschrei herum.

Sie sah direkt in das zornige Gesicht ihrer Erschafferin. „Hani!"

Superbas schmale, hellbraune Augenbrauen waren auf einander zugewandert und betonten das wilde Funkeln in ihren blauen Augen. Die vollen Lippen waren verkniffen und sie atmete heftig. In ihrer überirdischen Schönheit wirkte sie wie eine Göttin des Zorns. „Was in Vayas Namen tust du hier draußen?"

An Superbas Seite tauchten zwei weitere Amazonen auf, die ähnlich wütend aussahen. Fabel musterte diese hübschen Racheengel für einen Moment und schätzte ab, wie viel Spielraum sie noch hatte, bis das Fass überlaufen würde.

„Wann lernst du endlich, dass du nicht zu ihnen zurückgehen kannst?" Superbas Geduldsfaden war offensichtlich kurz davor zu reißen, die Ader auf der Stirn ihrer Hani trat schon weit hervor. „Sag mir, was du hier draußen alleine vorhattest."

Fabel entschied, nicht zu antworten, denn Superba war gerade nicht in der richtigen Verfassung, um ihr zu gestehen, dass sie nicht mehr bei ihr leben wollte. Todesmutig wollte Fabel sich umdrehen und weiterlaufen, doch da legte sich eine Hand wie eine Schraubzwinge um ihren Arm und hielt sie zurück.

„Wende mir niemals den Rücken zu, Ya Bit", flüsterte Superba. Ihre Erschafferin klang gefasst, aber die Amazone in Fabel hatte ein feineres Gespür für Superbas Wut und erzitterte unwillkürlich.

Für eine gefühlte Ewigkeit blieben sie alle wie Skulpturen aus Eis in der Winterkälte stehen.

„Sie müssen erfahren, dass ich nicht tot bin." Fabels Atem tanzte seltsam fröhlich durch die eisige Luft. „Ich kann so nicht weiterleben."

Ihr Hani blinzelte, Anstrengung stand ihr ins Gesicht geschrieben. „Für sie bist du tot. Es ist besser so – für alle." Superba zog sie an sich und sagte mit flehendem Unterton: „Halt dich endlich an unsere Gesetze!"

Fabel konnte nicht widerstehen und sank in die Umarmung hinein. Die ältere Amazone strahlte Wärme aus und die Berührung linderte den Schmerz in ihrem Herzen. Sie schlang die Arme um Superbas Taille, legte das Gesicht an ihren weichen Hals, drückte ihre Nase gegen die Haut ihrer mächtigen Hani, atmete ihren betörenden Duft ein und ... fühlte sich plötzlich befreit.

„So ist es gut", murmelte Superba, legte ihre Hand unter Fabels Kinn, hob es an und küsste sie.

Fabels Gedanken kamen zum Stillstand, endlich ließ das Ziehen in ihrer Brust nach. Stattdessen machte sich Erregung in ihrem Amazonenkörper breit. Superbas feuchte Lippen und süße Zunge betäubten ihren Selbsthass und schickten kribbelnde Stöße durch sie hindurch. Ihre Beine wurden zittrig vor Erregung. In diesem Augenblick verstand Fabel vollends, dass sie kein Mensch mehr war. Sie war nun mit jeder Faser ihres Seins eine Amazone.

Gleichzeitig schlug Reue in ihren aufkochenden Körper ein. Fabel wollte am liebsten im Erdboden versinken wegen ihrer Lust. Durch Superba erregt zu werden, erschütterte sie immer wieder, denn eigentlich konnte sie ihre Erschafferin auf den Tod nicht ausstehen.

„Hani." In diesem Wort lag alle Verzweiflung und Unsicherheit, aller Hass und alle Liebe, die Fabel in diesem Moment empfand. Die Anrede ihrer Erschafferin fiel zwischen ihnen zu Boden wie Laub im Herbst.

„Komm mit nach Hause, Ya Bit", befahl Superba und nahm sie unter ihren Mantel.

Fabel ließ sich fortbringen – sie hatte ja wirklich keinen anderen Ort, wo sie hingehen konnte. In der ganzen riesigen Stadt gab es nur ein Zuhause für eine Kreatur wie sie. Fabels Heim war nun das alte Theater, dessen Fassade langsam zerfiel wie der Rest des Bezirks. Sie grub ihre Finger in den feinen Spitzenstoff, aus dem Superbas Kleid gemacht war. Darunter fühlte sie die schwingende Hüfte ihrer Hani, deren Füße in High Heels unaufhaltsam heimwärts steuerten.